*Von Bernard Clavel*

Wo der Ahorn Früchte trägt · Roman
Goldene Wildnis · Roman
Traumland · Roman

Bernard Clavel

# Wo die Bäume den Himmel berühren

Roman

Aus dem Französischen
von Eliane Hagedorn und Barbara Reitz

Schneekluth

Die Deutsche Bibliothek – CIP-Einheitsaufnahme

Clavel, Bernard:
Wo die Bäume den Himmel berühren : Roman / Bernard Clavel. Aus dem Franz.
von Eliane Hagedorn und Barbara Reitz. – München : Schneekluth, 1994
ISBN 3-7951-1085-8

Die französische Originalausgabe erschien
unter dem Titel AMAROK
Ü: Eliane Hagedorn und Barbara Reitz im Kollektiv Druckreif

ISBN 3-7951-1085-8


Satz: Mitterweger Werksatz, Plankstadt
Gesetzt aus der Garamond 11/13 Punkt
Druck und Bindung: Mohndruck, Gütersloh
Printed in Germany 1994

TEIL 1

# Die Insel der Toten

# 1

Amarok liegt, den Kopf auf den Pfoten, vor der Tür. Seine Flanke ist an die dicken Bretter gepreßt, die sein Fell blankpoliert hat; seine Ohren sind gespitzt. Er schnüffelt und erhebt sich. Aus der Tiefe seiner Kehle dringt ein ersticktes, dumpfes Knurren. Dann erkennt er den Schritt und den Geruch; der buschige, gebogene Schwanz wedelt freundschaftlich.
»Ich bin es, Amarok, ich bin es.«
Der Hund beschnuppert und leckt die Hand, die seinen Kopf beiseite schiebt. Seine hellen Augen funkeln in der dunklen Nacht.
Die Tür schleift über den rauhen Holzfußboden. Raoul Herman richtet sich in seiner Schlafkoje auf, stützt sich auf einen Ellenbogen. Das leise Knurren seines Hundes hat ihn aus dem Schlaf gerissen. Trotz seiner einundsechzig Jahre hat der Trapper noch ein feines Gehör. Selbst nach einem ausgiebig begossenen Sonntagabend ist sein Schlaf wie der eines wilden Tieres: Die Sinne sind wachsam.
»Wer ist da?«
Die Glühbirne leuchtet auf. Sie baumelt nackt an einem Kabel, das mit einem Schnürsenkel an einem Haken direkt unter der ölig glänzenden Holzdecke befestigt ist. Stéphane Robillard zieht die Tür halb hinter sich zu.

»Du mußt kommen. Timax hat Ärger.«
»Ärger?«
»Es sieht übel aus!«
Neugierig schiebt Amarok den Kopf durch die angelehnte Tür. Seine leuchtenden Augen blicken fragend.
Raoul räuspert sich. »Wie spät ist es?«
»Noch nicht Mitternacht.«
»Mein Gott, ich bin doch gerade erst eingeschlafen!«
Stéphane tritt einen Schritt in den engen Gang vor, der die Schlafkoje aus Tannenholz von der Werkbank trennt, die so überladen ist, daß nicht einmal eine Maus Platz für eine Nuß gefunden hätte. Stéphanes Gesicht mit dem schmalen blonden Schnurrbart wirkt angespannt. Sein unruhiger Blick unter den zusammengezogenen Augenbrauen wandert zur Tür. Dort sitzt Amarok, seine Schnauze liegt auf der äußersten Kante der Schwelle, die er nicht überschreiten darf.
Da sich Raoul reckt und streckt und es nicht eilig zu haben scheint, meint Stéphane ungeduldig: »Mach schon, jetzt ist keine Zeit, um zu trödeln.«
»Verdammt, nie hat man seine Ruhe!«
Der Trapper schlägt die Hasenfelldecke zurück und erhebt sich murrend. Mit einem halben Schritt steht er vor der Werkbank. In dem Durcheinander von Werkzeug, Fallen, Dosen und Körben steht eine Emailleschüssel. Er nimmt einen Krug und gießt Wasser ein, taucht sein Gesicht hinein, prustet. Mit seinen langen, knochigen Händen wringt

er den grauen Bart aus wie einen dicken Schwamm.
»Was hat er angestellt?«
»Eine Schlägerei bei Clarmont.«
»Ich dachte, er war bei den Rougerauds.«
»Er kam von dort. Mit Gisèles Bruder.«
»Und?«
»Er hat sich mit dem dicken Sergeanten von der Militärpolizei geprügelt. Muß ihn übel zugerichtet haben.« Stéphane zögert einen Augenblick, dann sagt er leise, als befürchte er, daß ihnen jemand zuhöre: »Wir fragen uns, ob er ihn nicht umgebracht hat.«
»Um Gottes willen!«
Ein beinahe greifbares Schweigen erfüllt den Raum, nur noch das regelmäßige, dumpfe Klopfen von Amaroks Schwanz, der gegen den Türrahmen schlägt, ist zu hören.
»Wo ist er?«
»Wahrscheinlich auf der Krankenstation.«
Verärgert herrscht Raoul ihn an: »Ich spreche von Timax!«
»Abgehauen!«
Die Brust des Trappers schwillt zu einem tiefen Seufzer an. Einige glitzernde Wassertropfen zittern in den gelockten weißen Haaren auf seiner Brust. Er hat nur eine Unterhose an, die ihm über das Knie reicht. Er beugt sich über die Bettkoje und sucht nach seiner Kleidung. Auf seinem breiten Rücken zeichnen sich die Muskeln ab, bilden unter dem Licht der Lampe für einen Augenblick ein

Relief, das an den Widerschein des Mondes auf einem wellenbewegten See erinnert. Er streift ein dickes wollenes Trikot von undefinierbarer Form und Farbe über, schlüpft in eine grobe Kordhose, die an Knien und Oberschenkeln abgewetzt ist, und zieht die Schuhe an.

Stéphane hat das Zimmer schon verlassen. Die feuchte Kälte der Nacht dringt herein und vermischt sich mit der lauen, von Tiergerüchen erfüllten Luft. Raoul löscht das Licht, schiebt seinen Hund mit dem Knie hinaus und schließt die Tür.

»Bleib hier, Amarok. Sitz!«

Amarok sitzt auf der Schwelle, Raoul tätschelt seinen Kopf, ehe er Stéphane folgt.

Die beiden Männer gehen quer durch den Garten und erreichen nach etwa zwanzig Schritten den Platz, wo die Robillards das Verpackungsmaterial des Warenhauses abstellen. Stapel von leeren Kisten, Flaschen, Kanister aller Art und einige Fässer. Hinter der Fensterscheibe sind Schatten zu erkennen. Raoul bleibt stehen.

»Wer hat euch Bescheid gesagt?« erkundigt er sich.

»Gustave Clarmont.«

»Ist er noch da?«

»Ich denke schon.«

Stéphane öffnet die Tür. In der Küche steht Catherine, kerzengerade, mit verschränkten Armen und angespanntem Gesichtsausdruck. Zwei Schritte weiter der junge Clarmont, dessen rundes, rotwangiges Gesicht im Schein der Lampe glänzt. Im Hintergrund, an die Kupferstange des Küchenherdes

gelehnt, Alban Robillard. Alle Blicke richten sich auf Raoul, als würden die drei glauben, daß er mit einer Handbewegung ihre Unruhe vertreiben kann.
»Ich habe Louise aufgeweckt und losgeschickt, um Justine zu holen. Die beiden müssen jeden Augenblick hier sein«, verkündet Catherine.
»Die arme Justine«, klagt Alban, »Was sie alles durchmachen muß ...«
Seine Frau unterbricht ihn schroff: »Das sagst du nun schon zum drittenmal innerhalb von fünf Minuten. Wir haben es begriffen!«
Alban schweigt und schüttelt den Kopf, seine Mütze mit dem gesprungenen Schirm sitzt ihm schräg auf dem Kopf. Seine rechte Hand ruht auf dem Stock, in der linken hält er eine erloschene Kippe, die er an die Lippen führt, doch dann hält er mitten in der Bewegung inne.
Raoul ist zu dem dicken Clarmont hinübergegangen. Trotz seiner achtzehn Jahre hat der Wirtssohn ein pausbäckiges Kindergesicht. Die Brille, die auf seiner Stupsnase thront, scheint jemand anderem zu gehören. Seine schwarzen Augen blinzeln nervös hinter den dicken Gläsern.
»Nun?« fragt Raoul.
Der Blick des Jungen wird lebhaft. In der Eile verschluckt er die Hälfte der Worte. Umständlich erzählt er: »Der Sergeant hat angefangen. Das können alle bezeugen. Ganz schön betrunken. Er hatte schon andere Leute angepöbelt. Dann hat er sich Paul Rougeraud vorgenommen. ›Du bist alt genug. Jetzt bist du dran. Du wirst eingezogen, und ich

kann dir sagen, die werden dir das Leben sauer machen!‹«

»Kurzum, irgendwann hat Timax zugeschlagen«, wirft Catherine gereizt ein, die die Erzählung schon einmal gehört hat.

Der junge Clarmont wird unsicher und hält inne. Doch da der Trapper ihn fragend ansieht, fährt er fort: »Der Sergeant wollte sich Paul schnappen. Timax sagt zu ihm: ›Rühr ihn nicht an, er ist der Bruder meiner Zukünftigen.‹ Da geht der Sergeant auf ihn los. Also, das hättet ihr sehen sollen! Er ist bestimmt zwei Köpfe größer als Timax, mein lieber Mann …«

Die Tür öffnet sich. Außer Atem, mit ernstem Gesicht und schweißüberströmt tritt Justine Landry ein, gefolgt von Louise Robillard, unter deren granatrotem Mantel ein rosafarbenes Nachthemd hervorblitzt.

»Herr im Himmel! Und ich dachte, er wäre bei seiner Gisèle …«

Catherine geht auf sie zu. Mit beinahe barscher Stimme wirft sie ein: »Beruhigen Sie sich, Justine. Jetzt ist keine Zeit zum Jammern.«

»Was haben sie ihm angetan?«

»Gar nichts. Er hat einen Sergeanten von der Militärpolizei niedergeschlagen.«

»Das kann man laut sagen«, fällt Gustave ein. »Ich wußte zwar, daß Timax stark ist, aber das hätte ich ihm nie zugetraut.«

Justines Augen leuchten vor Bewunderung kurz auf, und sie flüstert: »Ja, kräftig ist er …«

»Er hat ihn am Kinn erwischt. Der andere ist hintenüber gefallen, und sein Kopf ist auf die Tischkante geschlagen.«
Es herrscht Schweigen. Als versuche jeder, das krachende Geräusch des Schädels zu hören.
Catherine durchbricht die Stille: »Jedenfalls hat Clarmont den Kopf nicht verloren und Timax schnell Proviant und einen Schlafsack gegeben. Er hat ihm gesagt, er solle sich möglichst weit weg, in den Wäldern, verstecken.«
»Mein Gott«, seufzt Justine.
Raoul fragt den Clarmont-Sohn: »Weißt du, wohin er gegangen ist?«
»Ich habe ihn gefragt. Er hat mir gesagt: ›Ich gehe dahin, wo ich hingehen muß.‹«
»Ist das alles?«
»Ja. Ich habe nachgebohrt, doch er hat gemeint: ›Es ist besser, wenn du es nicht weißt. Sie könnten dich zum Reden bringen. Meine Mutter weiß Bescheid.‹«
Justine tritt einen Schritt vor. Zugleich mit Raoul fragt sie: »Er hat gesagt ›Meine Mutter weiß Bescheid?‹«
»Ja, das hat er gesagt. Da bin ich ganz sicher.«
»Also ist er ...«
Catherine unterbricht sie schnell: »Nun gut, Gustave. Vielen Dank. Du mußt jetzt schnell nach Hause gehen. Sonst machen sich deine Eltern noch Sorgen.«
Ihr Blick gebietet den anderen Schweigen. Sie lächelt dem rundlichen Jungen zu und schiebt ihn

zur Tür. Gustave geht. Sie hören, wie sich seine Schritte entfernen. Catherine schließt die Tür und kommt langsam ins Zimmer zurück. Sie sieht Justine an.

»Alle, die ihn kennen, wissen, was er meint. Aber Sie hätten es beinahe vor diesem Jungen gesagt, der zwar nett, aber dumm ist.«

Ohne eine Antwort abzuwarten, wendet sie sich an ihren Mann und ihre Schwiegertochter, die nebeneinander am Küchenherd lehnen.

»Ihr beide könnt jetzt ruhig nach oben gehen und schlafen. Wir müssen schließlich nicht alle hierbleiben. Morgen ist nicht Sonntag.«

Alban winkt ab und verzieht sein Gesicht, als wolle er sagen: Gut, gut, wenn ihr mich nicht wollt ... Er schiebt den erloschenen Zigarettenstummel in seine Jackentasche und geht zur Treppe. Louise folgt ihm wütend. Die hölzernen Stufen der Treppe knarren, dann hört man ihre Schritte im ersten Stock. Justine läßt sich auf einen Stuhl fallen, stützt die Ellenbogen auf den Tisch und vergräbt die Stirn in den Händen. Dann beginnt sie zu weinen.

»Er kann nirgendwo anders sein ... Er kann ...« murmelt sie.

Raoul geht zu ihr, legt die Hand auf ihren Nacken. Die dicke Frau erhebt sich. Sie klammert sich an den Arm des Trappers, verzieht das Gesicht zu einem verkrampften Lächeln und schluchzt: »Du gehst zu ihm, Raoul, nicht wahr? Du wirst meinen Kleinen retten. Ich habe schon zu viel durchgemacht.«

Catherine, die sich bemüht, behutsam zu sein, sagt: »Seien Sie still, Justine, Raoul wird sich um ihn kümmern. Aber Sie dürfen nicht so zittern. Wenn Sie den Polizisten beim Verhör die Stirn bieten wollen, dürfen Sie nicht weinen. Der Kummer lähmt die Willenskraft.«
Die Dicke strafft sich. Ihr bleiches Gesicht, über das noch immer Tränen rinnen, verkrampft sich. Sie kneift die vollen Lippen zusammen, um das Schluchzen zu unterdrücken, das ihre Brust schüttelt, und versucht, ihrer Stimme einen festen Klang zu geben.
»Und wenn sie mich töten, von mir erfahren sie nichts. Nichts! Das schwöre ich.«
»Ich gehe mit Raoul«, erklärt Stéphane ruhig.
Justines Miene hellt sich auf, aber Catherine Robillard entscheidet: »Du bleibst hier!« Als ihr Sohn ihr widersprechen will, kommt sie ihm zuvor: »Daß Raoul im Wald ist, verwundert niemanden. Aber wenn du verschwunden bist, ist das etwas anderes.«
»Aber ...«
»Willst du etwa, daß sie deine Frau verhören, um herauszufinden, wo du bist?«
»Deine Mutter hat recht«, sagt Raoul. »Außerdem brauchen wir hier jemanden, der uns im Notfall verständigen kann. Du bist der einzige. Wir können keine anderen Leute in die Sache hineinziehen.«
»Das stimmt«, seufzt Justine, »es ist nicht nötig, alle Welt in Schwierigkeiten zu bringen.«

Ihre Stimme klingt auf einmal verändert, als hätte irgend etwas ihren Kampfgeist geweckt.
»Er braucht einen Schlafsack und etwas anzuziehen. Ich hole es schnell«, sagt sie.
»Alles Nötige gibt es im Laden«, sagt Catherine.
Raoul geht zur Tür. »Ich packe meine Sachen.«
Stéphane folgt ihm. »Ich helfe dir.«
Sie verlassen den Raum, entfernen sich einige Schritte von dem Lichtschein, der durch die Fenstertür dringt, dann bleiben sie für einen Augenblick stehen. Der Trapper läßt seinen Blick durch die Nacht schweifen: tiefe Dunkelheit, schwacher Wind, kein Stern zu sehen. Man ahnt dicke Wolken am Himmel, langsam und regenschwer können sie noch lange ihres Weges ziehen.
»Das Wetter ist günstig«, bemerkt Raoul. »Ich kann mir keinen M.P.-Mann vorstellen, der in der Lage wäre, ihn in dieser Finsternis aufzuspüren.«
In seiner Stimme liegt eine Spur von Unruhe und auch leise Vorfreude. Der Alkoholnebel in seinem Kopf ist verflogen, sobald Raoul beschlossen hat, aufzubrechen. Der Instinkt des Nachttieres ist erwacht. Der Trapper fühlt sich wohl in seinem Körper, der nur aus Muskeln und Nerven besteht, die sich über ein robustes Knochengerüst spannen.
Die beiden Männer durchqueren den Garten, aus dem ein kräftiger Erdgeruch aufsteigt. Vor der Tür zu Raouls Hütte steht Amarok. Unbeweglich, doch sein Körper zittert. Er hat begriffen, daß ein unvorhergesehener Ausflug bevorsteht. Er wartet und wittert die Düfte der Nacht.

# 2

Amarok läuft vor ihnen her, die Nase dicht am Boden. Nach etwa dreißig Schritten bleibt er stehen. Der große Kopf dreht sich langsam um, die Ohren ragen spitz aus dem dicken Fell. Ein Blick nach hinten, und er läuft weiter. An der Straßenecke hält er erneut an, wartet. Raoul und Steph holen ihn ein. Jeder hat einen großen Sack geschultert, und der Trapper hat außerdem sein Gewehr und seinen Brotbeutel umgehängt. Der Hund sieht seinen Herrn aufmerksam an. Der macht eine kleine Handbewegung.
»Lauf.«
Amarok biegt nach links ab, in eine kleine Straße, die von wenigen Häusern gesäumt ist. Nur in einem einzigen brennt Licht. An der ersten Kreuzung hält er wieder inne und wartet. Sobald Raoul die rechte Hand hebt, läuft er ohne sich umzuwenden bis zur Première Avenue. Dort drückt er sich an ein Holzhaus, streckt die schwarze Nase bis zur Ecke vor, schnüffelt und schiebt dann den Kopf so weit vor, bis sein Blick über die Straße gleiten kann. Selbst im Dämmerlicht können seine hellen blauen Augen klar sehen.
Etwas weiter unten in der Straße drängt sich eine Menschentraube. Aus der weitgeöffneten Tür der Bar dringt rotes Licht, dessen Schein sich in den gegenüber geparkten Wagen widerspiegelt.
Raoul bleibt neben seinem Hund stehen, streckt den Kopf ebenfalls vor und stellt fest: »Gut, daß wir einen Umweg gemacht haben.«

Amarok, noch immer auf der Hut, läuft vor ihnen her und erreicht schließlich das Ufer des Harricana-Stroms. Dort angekommen, wendet er sich nicht einmal mehr um, sondern läuft schnurstracks am Wasser entlang, auf den Anlegeponton zu, wo die Boote vertäut sind. Wenn die Menschen in der eisfreien Zeit mit ihm zum Ufer gehen, dann immer, um das Boot zu nehmen. Er läuft ohne Umwege auf den Ponton zu, sieht sich um, atmet die von Wasser und Fischgeruch erfüllte Nachtluft ein und setzt sich vor Raouls Kanu.

Die beiden Männer folgen ihm. Der Trapper läßt seinen Blick über die vertäuten Boote gleiten.

»Er hat Clarmonts Kanu genommen«, stellt er fest.

»Das habe ich mir gedacht.«

»Ist deins in Ordnung?«

»Natürlich.«

»Falls du uns nachfahren mußt ...« Raoul schweigt und überlegt einen Augenblick. »Wenn du auch nur im entferntesten den Eindruck hast, daß es gefährlich sein könnte, über den Fluß zu fahren, geh zu Fuß durch die Wälder. In der Nähe der großen Pappeln läufst du ans Ufer. Du gibst uns das Signal, und ich schicke dir Amarok. Dann steckst du eine Nachricht in eine Flasche und bindest sie eng an seinem Halsband fest.«

Als Amarok seinen Namen hört, steht er auf und wedelt mit dem Schwanz.

Die beiden Männer lassen das Kanu zu Wasser. Amarok springt in den vorderen Teil. Trotz seiner fünfzig Kilo bringt er das Kanu kaum zum

Schwanken. Dann steigt der Trapper ein, legt das Gewehr vor sich und verstaut die Säcke im Heck. Ehe er ablegt, beugt er sich zu seinem Neffen hinüber und rät ihm: »Geh auf dem Heimweg bei den Rougerauds vorbei. Du sagst ihnen nicht, wo er ist. Aber wenn Gisèle weiß, daß ich bei ihm bin, wird sie sich weniger ängstigen ... Mach einen großen Bogen um die Bar.«

»Du darfst nicht versuchen, Timax einzuholen«, flüstert Steph. »Er ist wahrscheinlich wie ein Wahnsinniger losgerast.«

»Ich habe Zeit. Mach dir keine Sorgen.«

Das Boot schiebt sich lautlos durch die Dunkelheit, in der nur eine Eule ihren Weg gefunden hätte, gleitet in langen, regelmäßigen Zügen den Fluß hinauf. Amarok kann die Umrisse des Ufers kaum erkennen, doch auf seinen Geruchssinn ist mehr Verlaß als auf das schärfste Auge. Und auf sein Gehör. Obwohl das Wasser gegen den Bug des Kanus plätschert, nimmt er das leiseste Rascheln der Blätter, das geringste Glucksen der Wasseroberfläche wahr. Er weiß, ob das Geräusch vom Wind, von einem Tier oder einem Menschen verursacht wurde. Er hat gelernt, daß er nur die Anwesenheit von Menschen melden muß. Das tut er, ohne das Maul zu öffnen, durch ein leises Knurren, das nicht über die Spitze des Bootes hinaus zu vernehmen ist.

Raoul hält sich in der Mitte des Flusses. In der Finsternis ist das der sicherste Weg. Mit seinem geschulten Ohr kann er die Entfernung zum Ufer ausmachen. Er versucht nicht, die Gegenströmung auszunutzen, wie er es bei Tag oder in einer klaren Nacht tun würde. Er paddelt lautlos, ohne sich anzustrengen. Und er lächelt bei dem Gedanken an Timax, der es ebensogut wie er selbst versteht, sich blind auf dem Fluß zurechtzufinden. Der Trapper empfindet eher Stolz als Angst. Alles, was Timax über den Wald weiß, hat er von ihm gelernt. Catherine hatte ihm verboten, sein Wissen an Steph weiterzugeben, und so hat er es diesem Waisenkind geschenkt. Die Zuneigung, die sie füreinander empfinden, ist durch den Wald entstanden. Lange Märsche zu zweit. Fellhandel mit den Indianern und Eskimos. Weite Touren mit Schlitten und Hunden ...

Wegen Timax hatte Raoul vor acht Jahren wieder ein Gespann zusammengestellt und Hunde abgerichtet. Letztes Jahr hat sich der Junge dann mit Gisèle verlobt. Raoul fühlte sich zu alt, um allein weiterzumachen, und überließ seine Hunde einem Freund. Nur den besten hat er behalten. Einen Mischling, der in sich die Kraft eines Malamuts und die Geschwindigkeit eines Husky vereint, doch in dessen Adern Wolfsblut fließt: Amarok – der Wolf.

Seit er eine Freundin hat, verbringt Timax mehr Zeit in der Schuhmacherwerkstatt als im Wald. Catherine triumphiert. Alban lächelt. Und die dicke Justine, die außer ihrem Sohn niemanden hat, bewundert ihn zu sehr, um ihn zu kritisieren. Im Gegenteil, sie verteidigt ihn in jeder Lage.

Von Zeit zu Zeit hält Raoul inne. Das Kanu ist in

Schwung und gleitet von selbst weiter. Der Trapper wartet, bis sein Atem wieder ruhiger geht. Er wendet den Kopf nach rechts oder links, damit ihm der Fahrtwind weniger um die Ohren pfeift. Er erahnt die gedrungene Gestalt des Hundes am Bug. Amarok nimmt noch immer Witterung auf. Jedes Geräusch gibt ihnen eindeutige Hinweise auf die Beschaffenheit des Ufers und die Windungen des Flusses. Er reckt den Hals: stromaufwärts hat er das Geschnatter einiger Wasserhühner gehört. Durch Timax' Boot aufgeschreckt, haben sie noch nicht wieder Schlaf gefunden.
Raoul läßt sich durch kein Geräusch aus der Ruhe bringen. Nichts läßt ihn zusammenfahren. Weder eine Ratte, die ins Wasser springt, noch ein Fischotter, der an der Wasseroberfläche auftaucht, um sogleich wieder zu verschwinden. Einige große Nachtvögel gleiten auf der Jagd nach Beute knapp über seinen Kopf hinweg durch die samtige Dunkelheit und durchbrechen mit ihren Flügelschlägen die nächtliche Stille.
Raoul hat mehrmals in kleinen Buchten angehalten, in denen das Wasser vollkommen unbewegt ist. Durch ein leichtes Zusammenziehen der Hand hält er sein Paddel gerade so viel in Bewegung, daß das Boot nicht abtreibt. Dieses kaum merkliche Spiel muß man im Blut haben, muß von jeher daran gewöhnt sein, wenn man es ohne Schwierigkeiten und gefahrlos praktizieren will.
Es ist schon einige Jahre her, seit Raoul zum letzten Mal in einer so finsteren Nacht den Harricana

stromaufwärts gefahren ist. Doch er hat das Gefühl, als handele es sich um eine alltägliche Arbeit. Er hat nichts vergessen. Seine Nerven und Muskeln können sich noch an alles erinnern.

Nach gut zwei Stunden legt er in einer kleinen Bucht an, wo der Boden feucht und weich ist und das Moos bis ins Wasser wächst.

»*Go*!«

Zuerst springt der Hund, dann Raoul auf den morastigen Boden. Seine Stiefel sinken ein. Er zieht den Bug des Kanus aus dem Wasser, steigt dann langsam den Hang hinauf, schlängelt sich durch das Gestrüpp wie ein Reptil. Er beobachtet seine Umgebung. Die Ahnung eines schwachen Lichtscheins, der nicht hell genug ist, um die Umrisse der Bäume klar ausmachen zu können. Als Raoul das Blattwerk streift, erkennt er die Buchen zu seiner Linken, nur wenige Schritte vom Ufer entfernt. Weiter oben vernimmt er das gedämpfte Rauschen der Espen.

Raoul geht zurück ans Ufer. Er setzt sich auf eine Wurzel, die die Wellen freigespült haben, und zieht seine Pfeife und seinen aus einer Karibublase gefertigten Tabakbeutel hervor. Sorgfältig stopft er die Pfeife und zündet sie mit schnellen kleinen Zügen an. Dabei schließt er die Augen, um sie nicht durch den hellen Schein der Flamme für die Dunkelheit unempfindlich zu machen. Er raucht gemächlich, dann zieht er ein kleines Fläschchen Gin aus der Tasche und trinkt einen Schluck. Das Brennen des Alkohols, das sich mit der Würze des Tabaks vermischt, ist ein Genuß, der für ihn zu den größten Freuden gehört: ein Vorgeschmack aufs Paradies. Er raucht seine Pfeife fertig, klopft sie geräuschlos aus und trinkt ein wenig von dem frischen Flußwasser. Als hätte er auf dieses Zeichen gewartet, kommt Amarok und stillt zwei Schritte von ihm entfernt seinen Durst.

»Du hast auch keine Hemmungen!« flüstert Raoul ihm zu.

Als das Boot den Ouanaka-See erreicht, ist die Sonne noch nicht hinter dem Wald aufgegangen. Das grünliche Licht, das über dem Wasser aufsteigt und durch die langen Nebelschwaden dringt, kündigt das Morgengrauen an. Raoul könnte jetzt direkt auf die Insel zuhalten, doch er hatte genug Zeit zum Nachdenken. Er wartet lieber. Er will ganz sicher sein, daß niemand Timax' Vorhaben erraten hat und in der Umgebung herumstreunt. Zwanzigmal ist er im Geist die Leute aus der Gegend durchgegangen, die von der überfluteten Mine wissen, und keinem traut er zu, es der Militärpolizei zu erzählen. Aber wer weiß – der Krieg und die drohenden Einberufungen haben die Gemüter erregt. Das Leben mit den Indianern hat Raoul gelehrt, so vorsichtig wie ein Biber zu sein. Nie am hellichten Tag etwas ausführen, was man auch in der Nacht tun kann, so lautet das Gesetz.

Er ist, wie schon so oft, hierhergekommen, um zu fischen, das kann niemanden überraschen. Ohne sich der Insel zu nähern, sucht er mit den Augen das Ufer ab, während er seine Fischleine ins Wasser hält. Er hat den ganzen Tag Zeit, das Gelände zu beobachten. Er weiß nicht, was er tun würde, wenn ein Polizeiboot käme. Er weiß es nicht, doch sein Blick fällt auf seine achtschüssige Winchester 30-30, die in Reichweite am Boden des Kanus liegt.

»Sie kommen vielleicht zum See, doch sie werden auf keinen Fall die Insel betreten. Das ist sicher!«

Er hat diesen Satz gemurmelt, als wolle er sich selbst überzeugen. Sie würden nur kommen, wenn jemand in Saint-Georges redete. Doch das ist unvorstellbar. Alle, die von hier sind, haben gemeinsam dafür gearbeitet, das Land urbar zu machen. Die anderen sind Abenteurer, die ein Stück vom Kuchen wollen, wenn er einmal aus dem Ofen gezogen ist. Doch die ahnen nicht, daß Timax auf die Insel geflohen ist und was ihn dazu bewogen hat.

## 3

Der Tag verstreicht ohne besondere Vorkommnisse. Am Himmel ziehen die Schäfchenwolken langsam nach Nordosten. Sie kündigen den Herbst an, einige kühle Tropfen sind schon gefallen.

»Nur ein kleines Vogelpipi«, sagt Raoul zu seinem Hund, der den Kopf gehoben hat und prüfend zum Himmel sieht.

Amarok dreht sich zu ihm herum und sieht ihn fra-

gend mit seinen Augen an, die so klar sind wie schimmernde Jade.
Raoul hat den See zweimal umrundet. Mindestens zehnmal ist er an Land gegangen, um auf eine Anhöhe zu steigen und die Umgebung zu beobachten. Jedesmal hat Amarok die Gelegenheit genutzt, um sein Erkennungszeichen im Gestrüpp zu hinterlassen, in dem er Vögel aufgespürt hat. Die Anwesenheit eines Menschen wäre seinem Geruchssinn niemals entgangen.
Der Trapper hat auch die Insel überwacht. Er ist sehr zufrieden mit Timax, denn nichts läßt seine Anwesenheit dort erahnen. Raoul hat sich sogar dabei überrascht, daß er sich fragte, ob er nicht vielleicht Timax' Botschaft falsch gedeutet hat.
Nein, der Junge ist da. Mindestens viermal hat der Trapper gespürt, daß er beobachtet wurde. Das konnte niemand anders als Timax sein. Doch er würde nichts überstürzen. Er hat sich vorgenommen, die Nacht abzuwarten, um an der Insel anzulegen, und er würde warten. Selbst wenn ihm alle Götter des Waldes und des Sees zurufen würden, daß er kein Risiko eingehe, er würde sein Vorhaben nicht um eine Minute vorverlegen. Etwa zwanzig Petersfische liegen in seinem Kanu. Raoul gehört nicht zu den Menschen, die Fische fangen, um sie verderben zu lassen, doch er tut so, als angele er weiter. Als der Tag zur Neige geht, holt er seine Leinen ein und fährt auf den Fluß zu, so als wolle er nach Saint-Georges zurückkehren. Sobald er die Stelle erreicht hat, wo die Strömung das Boot

stromabwärts zieht, hört man einen Uhu rufen, fünfmal. Der Hund wittert in Richtung Insel und wedelt mit dem Schwanz.

»Du hast ihn also auch erkannt, diesen Schlauberger. Er hatte Angst, daß wir zurückfahren!«

Es ist Nacht geworden. Nur hin und wieder huscht noch ein heller Schimmer über die gekräuselte Seeoberfläche. Das Kanu beschreibt an der Mündung des Flusses eine weite Kurve, gleitet dann lautlos auf die schwarzen Umrisse der Insel zu, die schon mit dem gegenüberliegenden dunklen Ufer verschmelzen.

Raouls Blick sucht die Büsche und Bäume ab. Ein Blätterrascheln weist ihm den Weg. Plötzlich hält Timax' kräftige Hand das Kanu an und zieht den Bug herum. Amarok ist schon ans Ufer gesprungen, leckt schnell die Hand des Jungen und läuft, um die Umgebung zu erkunden.

»Du wolltest dich doch wohl nicht aus dem Staub machen?«

Raoul lacht.

Der Junge ist wütend. »Was sollte denn diese Rumfahrerei den ganzen Tag über? Ich hab mich gefragt, was los ist, und nicht gewagt, mich blicken zu lassen.«

»Du hast gut daran getan.«

Während des Wortwechsels haben sie das Gewehr, das Paddel und die Säcke ausgeladen. Sie ziehen das Kanu ans Ufer und tragen es etwa zwanzig Schritt weiter, um es hinter Timax' Kanu im Gebüsch zu verstecken. Sie können einander kaum mehr sehen.

Der Junge packt den Trapper am Arm und fragt: »Er ist doch nicht tot, oder?«
»Ich weiß nicht ...«
Mit leicht zitternder Stimme, bereit, sich zu verteidigen, versichert Timax: »Ich wollte nur ...«
Raoul unterbricht ihn: »Ich weiß, was vorgefallen ist. Davon mußt du nicht mich, sondern die Richter überzeugen. Das ist wahrscheinlich wesentlich schwieriger.«
»Wegen eines Faustschlags, da werden die Richter doch ...«
»Ich bin nicht gekommen, um mir deine Verteidigungen anzuhören. Ich bin gekommen ...« Beinahe hätte Raoul gesagt: deinetwegen, um dir zu helfen. Er korrigierte sich: »Ich bin wegen deiner Mutter hier. Die Ärmste. Du bringst sie noch um den Verstand.«
»Und Gisèle? Weiß sie, wo wir sind?«
»Steph ist bei ihr vorbeigegangen, um ihr zu sagen, daß ich zu dir unterwegs bin.«
»Ohne zu sagen, wo ich bin?«
»Das braucht niemand zu wissen. Außer deiner Mutter und Steph.«
Timax seufzt.
Sie schultern die Säcke und das Gewehr und entfernen sich vom Ufer.
»Wo ist dein Lager?«
»Unter den Rottannen.«
»Du hättest gar nicht so weit zu gehen brauchen, ebensogut hättest du unter deinem Boot schlafen können. Glaubst du etwa, daß die Jungs so blöd

sind und nicht weitersuchen, wenn sie dein Boot finden?«

Timax geht mit schwerem Schritt. Amarok ist vorausgelaufen und verläßt bisweilen den Weg, um rechts und links unter den Büschen herumzuschnüffeln. Mehrmals scheucht er Vögel auf, deren Flügelschlag durch die Stille hallt.

Das Gebüsch wird niedriger, dann haben sie den Tannenwald erreicht. Die Nacht ist schwarz wie Teer. Die windstille Luft riecht nach verrottendem Moos und Tannennadeln. Als Raoul sich bückt, um das Gepäck abzustellen, stößt sein Arm gegen Timax' Hüfte. Die Wärme des kräftigen Körpers und der starke Schweißgeruch, der von ihm ausgeht, lassen in dem Trapper eine unbestimmte Freude aufsteigen.

»Hast du gegessen?«

»Ich habe, was ich brauche«, gibt Timax zurück.

Sie setzen sich nebeneinander. Amarok schmiegt sich an Raouls Bein.

»Essen habe ich mehr als genug dabei. Den Sack, den du eben getragen hast, hat Steph gepackt. Alles Vorräte. Du siehst, wir können eine ganze Weile durchhalten.«

Timax stößt ein leises Lachen aus, das plötzlich erstirbt. »Wie bekommen wir Bescheid?«

»Wenn wir in zwei Tagen nichts gehört haben, werde ich zurückgehen.«

»Du willst nach Saint-Georges zurück?« In seiner Stimme liegt ein angstvoller Unterton.

»Warum nicht? Ich habe schließlich niemanden

niedergeschlagen. Ich habe doch wohl das Recht, Touren zu unternehmen. Ich darf mich nur nicht allzu oft hier in der Gegend zeigen, damit die, die dich suchen, nicht auf dumme Ideen kommen.«
Man hört, wie Timax mit seinem Messer eine Konservenbüchse öffnet. Amaroks Atem geht schneller, und sein Schwanz fegt über den Boden.
»Seit heute morgen hab ich nichts mehr gegessen«, brummt der Junge. »Ich wollte nicht hierher zurückkommen und riskieren, daß du inzwischen verschwindest.«
»Wenn ich das in Saint-Georges erzähle, glaubt mir keiner!«
»Hier! Und mach dich nicht über mich lustig.«
Raoul greift nach der Konservendose und einer dikken Scheibe Brot. Mit Daumen und Messerklinge fischt er ein klebriges Stück Fleisch heraus und legt es auf die Brotkante. Der Tomatengeruch vermischt sich mit dem modrigen Duft des Unterholzes. Der Trapper ißt langsam. Er schneidet das Brot in kleine Stücke, stippt damit das Gelee aus der Dose und gibt sie seinem Hund. Amarok nimmt sie vorsichtig, verschlingt sie und leckt Raoul dann die Finger.
Timax meint kauend: »Aber ein Fausthieb kann doch keinen so kräftigen Typen wie den Sergeant töten.«
»Wenn der Hinterkopf gegen eine Tischkante schlägt, tut das nicht sonderlich gut. Anscheinend ist ziemlich viel Blut aus seinem Ohr gesickert.«
Raoul schluckt hinunter und führt eine Bierflasche

an die Lippen. Der lauwarme Schaum rinnt über seine Hand. Er nimmt einen langen Zug, stellt die Flasche auf den Boden, hält sie mit den Füßen fest, wischt sich die Hand an der Hose ab und brummt: »Wenn ich bedenke, daß ich es war, der dir beigebracht hat, sich zu prügeln! Ich hätte mir lieber den Arm abhacken sollen.«

»Und ich hätte mich von diesen Mistkerlen von der M.P. verprügeln lassen sollen, ohne mich zu wehren! Sie können dir eins auf die Schnauze hauen, und du mußt dir das gefallen lassen und die Arme verschränken ...? Nein, mein Lieber!«

Timax Stimme wird lauter, er beginnt sich aufzuregen.

Raoul unterbricht ihn: »Sie sind nicht alle Schweine. Bloß mit diesem versoffenen Sergeanten hatten wir kein Glück. Sie haben ausgerechnet den Schlimmsten zu uns geschickt.«

»Das hast du schon hundertmal gesagt«, murrt Timax. »Und was nützt mir das?«

Eine Weile essen sie schweigend, hören manchmal auf zu kauen, um in die Nacht zu lauschen. In der Ferne stößt ein Uhu seinen Schrei aus, ein zweiter antwortet vom gegenüberliegenden Ufer des Sees. Amarok rührt sich nicht.

Die Männer lachen, und Raoul sagt: »Die beiden ahmen dich ganz gut nach. Aber mit Amarok funktioniert das nicht. Er hat dich gleich erkannt.«

Der Junge überlegt kurz und meint dann seufzend: »Du hast gut lachen, aber die werden wenigstens

von niemandem gesucht, der sie in den Krieg schikken will.«
»Das stimmt. Aber es gibt Leute, die sie töten, um sie auszustopfen.«
Timax läßt sich Zeit mit seiner Antwort. Er braucht immer eine Ewigkeit, bis er die richtigen Worte gefunden hat. Wenn seine Bewegungen ebenso überlegt wären wie seine Worte, denkt Raoul, dann wären wir jetzt nicht auf dieser Insel, um uns zu verstecken wie Räuber. Doch zugleich spürt er jene wilde Freude in sich aufsteigen, die er schon am Vorabend auf dem Fluß empfunden hat. Sie sind jetzt nicht mehr die Jäger, sondern das Wild, doch das Spiel ist dasselbe, und es geht um einen unglaublich hohen Einsatz.
»In den Krieg«, sagt Timax, »will ich nicht. Da ist nichts zu machen. Und ich kenne hier in der Gegend kaum jemanden, der will.«
»Keine Sorge, ob der Sergeant nun tot oder nur verletzt ist, du ziehst nicht in den Krieg. Wenn du geschnappt wirst, stecken sie dich ins Gefängnis. Vor der Einberufung brauchst du dich also nicht mehr zu fürchten.« Raoul versucht zu lachen. Doch es kommt nicht von Herzen.
Die beiden sitzen da, den Rücken an einen Baumstamm gelehnt. Ihre Bierflaschen und Cornedbeef-Büchsen sind leer. Die Stille über ihren Köpfen belebt sich allmählich. Der Wind wird stärker, und bald prasseln die ersten Regentropfen auf die Nadeln der Tannen.
»Laß uns zurückgehen«, sagt Raoul. »Unter den

Kanus werden wir am besten schlafen. Morgen sehen wir weiter.«
Sie sammeln tastend ihre Sachen ein, nehmen das Gepäck und folgen langsam dem Hund, der in der Dunkelheit kaum zu erkennen ist.

## 4

Amarok hat wenig geschlafen in dieser Nacht.
Sobald sich die Männer hingelegt hatten, brach er auf, um die unbekannte Insel zu erkunden. Er schnüffelte in jeder Bucht und witterte unter jedem Busch. Er lief über die Strände bis hin zu der Steinaufschüttung, folgte einer langen, flachen Mole, die in den See hinausführte wie eine Straße aus Felsen und Erde. Erlen wachsen dort, einige Schneeballbüsche und kümmerliches Dornengestrüpp.
Nachdem er die Insel einmal umrundet hatte, legte sich Amarok für einen Augenblick zu Raouls Füßen unter das umgedrehte Kanu und lauschte in die feuchte Nacht. Dann lief er wieder hinaus, durch den strömenden Regen, der sein dickes Fell nicht durchdringen konnte, zum Innern der Insel. Er gelangte an einen Zaun, eine Art riesiger Käfig, den er einmal umrundete. Unter einem Busch spürte er ein Haselhuhn auf. Der verschlafene Vogel wollte sich tiefer ins Gebüsch flüchten, doch Amarok war schneller, und die Knochen zersplitterten zwischen seinen Fangzähnen. Nachdem er

seine Mahlzeit beendet hatte, lief er zurück zum Lager, wo er im Schutz des Kanus seine Wache wieder aufnahm.
Jedesmal, wenn Raoul aufwachte, beschnüffelte der Hund sein Gesicht, um seine Anwesenheit kundzutun. Und jedesmal hörte Raoul Timax schnarchen. Der Regen, der auf den Kiel des umgedrehten Bootes prasselte, machte weniger Lärm als Timax.
Die ganze Nacht über fiel der Regen gleichmäßig, nur gelegentlich fuhr eine Windböe durch die Tannen. Bei Tagesanbruch hörte es auf zu regnen. Jetzt tropft es von Bäumen und Büschen. Raoul lauscht dem Geräusch, ohne sich zu rühren, er liegt im Trockenen und hat es warm unter seiner Hasenfelldecke. Timax schläft noch immer, er hat aufgehört zu schnarchen und gibt jetzt ein eigenartiges Quieken von sich, unterbrochen von kurzen Seufzern. Es ist komisch: Ein so großer Bursche bringt solche lächerlichen Laute heraus!
Der Trapper wartet, bis es richtig hell ist, ehe er aufsteht, in seine Hose schlüpft und die Stiefel anzieht. Er nimmt sein Handtuch und geht, gefolgt von Amarok, mit nacktem Oberkörper zum See. Unter den tropfenden Zweigen bekommt er die erste Dusche ab, und die eisige Liebkosung ist ihm ein wahres Vergnügen.
Am Wasser angelangt, schaut er über den See. Der aufsteigende Nebel verhüllt das andere Ufer. Er sieht nichts, und niemand kann ihn sehen. Amarok trinkt ausgiebig, während sein Herr sich Gesicht

und Oberkörper wäscht. Wegen des tropfenden Buschwerks geht der Trapper zurück, ohne sich zuvor abzutrocknen.
Vor dem Schlafengehen hat er sein Kochgeschirr aufgestellt, das der Regen über Nacht zu drei Vierteln gefüllt hat. Raoul holt den kleinen Gaskocher hervor und reißt ein Streichholz an, um den Trockenalkohol anzuzünden. Amarok sitzt neben ihm, den Kopf leicht zur Seite geneigt, und beobachtet voller Interesse jeden Handgriff. Während das Wasser heiß wird, trocknet sich Raoul ab, zieht sein Karohemd und die dicke Lederjacke an. Er holt einen Beutel mit getrocknetem Fleisch und gibt seinem Hund zwei große Hände voll.
»Es würde mich allerdings wundern, wenn du die ganze Nacht herumspaziert wärst und nichts zu beißen gefunden hättest.«
Er streut Teeblätter in das kochende Wasser und stopft seine erste Pfeife. Dann kriecht er unter Timax' Kanu und betrachtet den Jungen einen Augenblick, ehe er ihn an der Schulter rüttelt.
»Na, mein Großer, hast du gut geschlafen?«
Timax schreckt hoch. Beinahe wäre er mit dem Kopf gegen die Bootswand gestoßen.
»Mein Gott, hast du mich erschreckt!«
Er setzt sich auf und schlägt die Decke zurück. Sein Oberkörper ist bis zu den Schultern behaart, ein wahres Muskelpaket. Sein Hals ist so kurz, daß man kaum einen Unterschied zwischen der kastanienbraunen Kopf- und Körperbehaarung erkennen kann. Er kratzt sich die Mähne, dann die

Brust. Von seinem Lager steigt ein starker Geruch auf.
Raoul würde alles dafür geben, wenn er ihm sagen könnte, daß sich der Sergeant bester Gesundheit erfreut.
»Geh dich waschen, solange der Nebel noch über dem See liegt. Und trödel nicht. Der Tee ist fertig.«
Raoul sieht dem rötlich behaarten Bären nach, der sich jetzt unter den tropfenden Bäumen schüttelt.
»Einen netteren Kerl findet man im ganzen Land nicht. Er ist dir ähnlich, Amarok. Nur tolpatschiger.«
Er sieht wieder den kleinen Timax vor sich, der ihm kaum bis zum Knie reichte, als er ihn zum erstenmal in seinem Kanu mitnahm. Das war auf dem Deich dieser Insel. Damals lebte sein Vater noch.
Erst in diesem Augenblick, während er dem breiten, behaarten Rücken nachschaut, der mit Wassertropfen übersät ist, die so grau sind wie der Himmel – erst da wird ihm bewußt, wie absurd das alles ist: Eine einzige Handbewegung, ein Augenblick der Unbesonnenheit, und alles ist zerstört. Wegen eines Krieges auf der anderen Seite des Ozeans. Wegen einer Einberufung, von der man nicht einmal weiß, ob sie wirksam wird.
Er betrachtet Amarok und brummt: »Wir sollten nach Norden abhauen. Aber sie werden uns folgen.«
Der Hund scheint mit ihm einer Meinung zu sein, doch Raoul wendet sich ab. Ein bitteres Lachen steigt in ihm auf.

»Armer Idiot! Jetzt bist du sechzig Jahre alt und steckst trotzdem mitten drin. Wegen eines Fausthiebes und weil du dem Jungen beigebracht hast, sich zu schlagen. Himmelherrgott nochmal, verdammter Giftzwerg!«
Er weiß nicht einmal, wen er damit meint, doch er kocht vor Zorn. Und das wird Timax zu spüren bekommen. Da kommt er tropfnaß zurück, in den Haaren auf seinem Bauch klebt der Schlamm des Sees.
»Das hat ja gedauert. Nicht einmal waschen kannst du dich. Du wirst mir alles einsauen, verdammter Dummkopf!«
Der Junge bleibt gleichmütig, er ist solche Ausbrüche gewöhnt. Er sieht auf seinen Bauch herab und lächelt. Mit seiner großen Pranke reißt er eine Handvoll feuchtes Gras aus und wischt sich ab, so gut es geht.
Raoul zuckt die Schultern und brummt: »Du bist und bleibst ein Schmutzfink. Wenn deine Mutter ebenso viele Dollarscheine hätte, wie sie für dich Hemden gewaschen und Unterhosen gestopft hat, dann bräuchte sie in ihrem Alter nicht mehr zu arbeiten.«
Timax trocknet sich ab und zieht sich an, ehe er antwortet: »Ich gebe meiner Mutter jeden Monat Geld.«
»Gott sei Dank, bei dem, was du verschlingst!«
Der stämmige Kerl grinst und zeigt dabei sein breites Gebiß, ganz so, als wolle er signalisieren, daß er hungrig ist.

Sie essen. Sie trinken ihren Tee. Sie nehmen die Fische aus.

»Schade, daß wir kein Feuer machen können«, meint Raoul.

»Was tun wir dann mit den Fischen?«

»Ich habe Essig mitgebracht. Wir werden sie in Essig, Salz und Pfeffer einlegen. Außer denen, die ich für Amarok zurückbehalte.«

Timax' klare Augen sind weniger leuchtend als die von Amarok, doch sie funkeln ebenso, wenn er dem Trapper bei seiner Arbeit zusieht. Seine Zunge fährt über die fleischigen Lippen. Er tätschelt den Kopf des Hundes und murmelt ihm zwischen den Zähnen etwas zu. Diesem Burschen kann man einfach nicht lange böse sein, wenn man sein gutmütiges, argloses Gesicht betrachtet.

Im Laufe des Vormittags reißt der Himmel auf. Ein Windstoß bläst durch die Öffnung und wischt wie mit einem seidigen Pinsel die Wolken weg, die über dem Wald und dem See hängen. Der Nebel löst sich auf, und das Licht bricht durch.

Kaum eine Stunde später erstarren die beiden Männer plötzlich mitten im Gespräch. Amarok hat geknurrt. In der Ferne knattert ein Motor über den Fluß.

»Laß uns nachsehen.« Raoul deutet auf die Säcke und befiehlt dem Hund: »Du bleibst hier! Und gib keinen Laut!«

Die Stirn in Falten gelegt und mit unruhigem Blick setzt sich Amarok und beobachtet, wie die beiden sich entfernen.

Sie laufen so schnell sie können, um das Ufer zu erreichen, ehe das Motorboot in den See einfährt. Atemlos robben sie auf dem Bauch unter die Büsche, deren Zweige ins Wasser hängen. Sie befinden sich genau gegenüber der Stelle, wo der Harricana stromabwärts in den See mündet. Das Geräusch kommt schnell näher.
»Es ist ein Motorboot«, flüstert Timax.
»Sag bloß!? Was soll es denn sonst sein? Etwa eine Kaffeemühle?« Raoul lauscht angestrengt. »Ich kann dir sogar sagen, daß es das von dem großen Vagnon ist. Kein anderer Motor läuft so gleichmäßig.«
Sie warten noch einen Augenblick.
»Stimmt«, entgegnet Timax, der jetzt das blauweiße Boot des Arztes erkennt. »Aber er sitzt nicht drin.«
Das große Boot, das eine blaue Rauchfahne hinter sich herzieht, hat Kurs auf die Insel genommen, steuert direkt auf sie zu. Drei Männer sind an Bord: Militärpolizisten mit weißen Helmen, khakifarbenen Uniformen und der weißen Armbinde, auf der in schwarzen Buchstaben M.P. geschrieben steht. Einer sitzt im hinteren Teil des Bootes am Ruder. Die beiden anderen stehen, auf ihren Mehrlader gestützt, rechts und links im Bug.
Raouls Hände umklammern den Karabiner. Wenn die Männer so Patrouille fahren, dann ist der Sergeant vermutlich gestorben. Sie sind bereit zu töten. Ein Schweißtropfen rinnt über seine Stirn und bleibt in der linken Augenbraue hängen. Er hat sich

schon ausgerechnet, wie viele Sekunden er brauchen wird, um drei Schüsse abzufeuern. Er weiß genau, wie nahe er sie herankommen lassen darf.
Aus den Augenwinkeln heraus kann er erkennen, daß das Gesicht des Jungen, der neben ihm ausgestreckt liegt, schweißüberströmt ist. Vor seinem inneren Auge sieht er klar und deutlich, wie die drei Männer fallen, sieht, wie sein eigenes Leben und das des Kleinen in Sekundenschnelle aus den Fugen gerät. Er hat sich innerlich verhärtet, doch es ist kein Haß. Nein. Nur der Wunsch, mit Timax zu fliehen.
Das Boot hat jetzt den halben Weg zur Insel zurückgelegt. Plötzlich neigt sich der Bug und dreht nach rechts ab. Die Gischt schäumt höher auf, und das Licht fängt sich darin. Das Boot fährt den See stromaufwärts.
Der Trapper und Timax sehen sich an. Ein kleines, verkrampftes Lächeln. Sie lauschen. Das Motorengeräusch wird schwächer. Minuten und Sekunden werden zu Stunden.
Raoul kennt die Ufer der Insel. Nur an dieser Stelle kann man an Land gehen. Hier oder am Ende der großen Mole. Ohne ein Wort zu sagen, steht er auf, wendet sich nach rechts, läuft durch das Gestrüpp und die niedrigen Bäume. Jeder Ast ist ein Hindernis. Der Junge rennt ihm nach. Wegen des Lärms, den sie machen, können sie das Motorengeräusch nicht mehr hören. Sie bleiben einen Augenblick stehen, lauschen. Sie sehen sich ernst an, laufen weiter. Bald kann man das Wasser hinter dem

Gestrüpp am Ufer erahnen. Die Wellen plätschern leise. Wieder halten sie inne. Der Motor tuckert schwach, weit entfernt. Raoul legt sich auf den Bauch und kriecht unter das dichte Buschwerk, das die bemooste Steinaufschüttung überwuchert, an der die Wellen auslaufen. Er sucht sich eine gute Lage, klemmt den Lauf seiner Waffe zwischen zwei Steine. Er liegt beinahe bequem auf diesem Bett aus Blättern, von dem ein angenehmer Erdgeruch aufsteigt. Ein Geruch, der von einem geheimen Leben zeugt. Timax hat sich zu seiner Linken ausgestreckt, ein wenig hinter ihm. Sie sehen sich wieder an, Raoul lächelt. Der Junge versucht es ihm gleichzutun, doch sein schweißüberströmtes Gesicht ist angespannt. Unter seinem Dreitagebart ist er bleich. An seiner flachen Stirn, die von zwei tiefen Falten zerfurcht ist, kleben Haarsträhnen.

Die Minuten fließen zäh dahin. Raoul beobachtet die Mole. Die einzige Stelle, wo man anlegen kann, ohne Gefahr zu laufen, das Boot zu beschädigen, befindet sich an der äußersten Spitze. Die Erdaufschüttung hat einen kleinen Strand gebildet, der zwischen den Felsen ins Wasser hinausreicht und nicht von der Vegetation überwuchert ist. Die Entfernung ist günstig. Aber kann man einfach kaltblütig jemanden töten, bequem auf einem Bett aus Moos und toten Blättern ausgestreckt, ohne vorher einen Warnschuß abzugeben?

Das Brummen kommt näher, wird langsam lauter. Raoul wischt sich über die Augenbrauen und duckt sich ein wenig tiefer hinter die Steine.

»Da sind sie«, flüstert Timax.
»Ich bin nicht blind«, brummt der Trapper.
Das Boot ist jetzt über die Spitze des Deichs hinausgefahren. Es ist noch weit entfernt. Sicherlich näher am gegenüberliegenden Ufer des Sees. Und für das scheint sich die M.P. auch vor allem zu interessieren. Der Bug neigt sich leicht zur Seite. Einige Sekunden hält das Boot auf die beiden Männer zu. Der Posten, der vorne steht, wendet sich zum Steuermann um, und sogleich dreht das Boot nach rechts ab und steuert auf die Flußmündung zu.
Raoul atmet tief durch, während er zusieht, wie sich die winzige blaue Rauchwolke langsam entfernt.
Noch ehe das Boot ganz verschwunden ist, haben sich die beiden Männer erhoben. Sie wischen sich mit dem Handrücken den Schweiß von der Stirn. Diesmal ist es Timax, der lächelt. Er stößt sogar ein kleines, nervöses Lachen aus.
Der Trapper fragt: »Hoffentlich hast du dir nicht vor Angst in die Hose gemacht?«

## 5

Sie gehen zurück zu den Kanus, wo Amarok unbeweglich Wache hält.
»Es ist besser, wenn wir die Kanus unter die Rottannen tragen«, sagt Timax, »sonst kann man sie vom Flugzeug aus sehen.«

»Falls sie dich je mit einem Flugzeug suchen. Aber dann ...«
Das Schweigen, das danach herrscht, ist ebenso undurchdringlich wie das feuchte Dämmerlicht an diesem Ort, den seit Jahren kein menschlicher Fuß mehr betreten hat.
»Selbst wenn sie nur mit dem Boot kommen«, meint Raoul, »falls sie an derselben Stelle an Land gehen wie wir, müßten sie schon blind sein, um unsere Spuren nicht zu bemerken. Hierher verirrt sich keine Menschenseele, und es ist unmöglich, die Spuren zu verwischen.«
Timax überlegt, die niedrige Stirn unter dem dichten Haarschopf in Falten gelegt, das Kinn in die Hände und die Ellenbogen auf die Knie gestützt.
»Wenn die Kanus nicht da wären, könnten wir uns viel besser verstecken. Die Typen würden glauben, daß wir wieder gefahren sind.«
Raoul lacht. »Wenn es um deine Haut geht, bist du gar nicht so dumm, wie du aussiehst.«
Der Junge strafft sich. In seinen Augen strahlt ein Lächeln. Raoul läßt ihm eine Weile seine Freude, ehe er fragt: »Also, was schlägst du vor?«
Timax zögert. Er bewegt einige Male lautlos die Lippen, ehe er einen Ton herausbringt: »Wir müßten ein gutes Versteck für uns finden, und die Kanus, nun ja ...«
Er verhaspelt sich, Raoul wird ärgerlich.
»Genau: Wir finden ein Loch, wo du dich verstekken kannst, und der Alte kann sehen, wie er die beiden Kanus nach Saint-Georges zurückbringt.

Und da man ja den kleinen Jungen nicht einfach mit Amarok als Wache allein lassen kann, darf der alte Idiot hierher zurückschwimmen, das Gewehr zwischen den Zähnen.«
Der Junge kann nicht umhin zu lachen.
»Das findest du wohl komisch, du Tölpel! Etwas Besseres fällt dir auch nicht ein.«
Timax zuckt die breiten Schultern. Sein Gesicht wird plötzlich finster.
»Ich weiß sehr wohl, daß du das nicht tun würdest. Es muß eine andere Möglichkeit geben.«
»Sicher gibt es eine andere Möglichkeit. Ich muß die Boote nach Saint-Georges bringen, und Steph wird mich wieder hierher zurückfahren. Nur darf das Wetter nicht aufklaren.«
Raoul erhebt sich und klopft seine Pfeife aus. Er bläst hinein, um die restliche Asche zu entfernen, dann schiebt er sie in die Tasche, greift nach seinem Gewehr und sagt: »Komm, wir werden uns mal umsehen, wo wir am sichersten aufgehoben sind. Nimm die Axt.«
Sie gehen einige Schritte. Schon hat der Hund sie überholt und verfolgt seine Spur von letzter Nacht.
»Bist du oft hierher zurückgekommen?« fragt der Trapper.
Der Junge schüttelt den Kopf. »Nein, das weißt du doch. Ich bin nie mehr an Land gegangen. Ich bin nur mit meiner Mutter hergefahren, einmal im Jahr, um Blumen auf die Spitze des Deichs zu legen.«
Eine gute Weile folgen sie schweigend ihrem Weg.

Zuerst unter den Tannen, wo es sich recht einfach geht. Dann durch ein Dornengebüsch, durch das sie sich einen Weg bahnen müssen, bis sie zu einer großen, fast kahlen Felsplatte kommen. An der gehen sie entlang, unter hohen Pappeln, wo es heller ist. Sie bleiben stehen.
Sie haben den etwa zehn Fuß hohen Zaun erreicht, der Amarok in der letzten Nacht aufgehalten hat und an dem er jetzt wieder erstaunt schnüffelt. Alle möglichen Schling- und Kletterpflanzen winden sich an dem Drahtzaun empor, und Strauchwerk streckt seine Zweige durch die Maschen.
Die Männer sehen sich fragend an. Raoul murmelt:
»Ja ... das ist es.«
»Erkennst du es wieder?«
»Das Dorf war links, nicht weit von hier.«
Zwischen ihnen breitet sich lähmende Stille aus. Der Trapper zwängt sich durch einen riesigen Holunderstrauch, und plötzlich sagt der Junge:
»Ich sehe meinen Vater vor mir, als wäre es gestern gewesen. Er setzte mich auf seine Hand und hob mich mit ausgestrecktem Arm hoch in die Luft. Meine Mutter schrie: ›Hör auf, du läßt ihn noch runterfallen!‹ Doch er, er lachte nur.«
Raoul dreht sich um und betrachtet den Jungen, in dem er Germain Landry wiedererkennt. Er fragt:
»Macht es dir etwas aus, wenn wir auf die andere Seite gehen?«
»Ich sage dir eins: Ich wollte schon immer mal wieder herkommen. Gut, es ist die Insel der Toten, na

und? Es ist wie ein Friedhof. Ich verstehe nicht, warum niemand mehr hierhergeht.«

Raoul hat sich hinter den Holunderstrauch gekniet. »Gib mir die Axt.«

Er schiebt den Griff des Werkzeugs zwischen den unteren Draht des Zauns und den Boden und setzt ihn als Hebel ein.

»Warte, ich helfe dir!«

Der Junge kriecht durch das Gebüsch, umfaßt den Griff mit beiden Händen und hebt den knarrenden Zaun an. Etwas weiter entfernt ertönt ein trockenes Krachen, und der untere dicke Eisendraht verliert seine Spannung.

»Das reicht aus, um durchzukommen«, sagt Raoul. »Später müssen wir die Stelle wieder zumachen und verdecken.«

Amarok duckt sich und schiebt sich als erster unter dem Zaun durch. Raoul folgt ihm, während Timax den Draht nach oben zieht, dann kriecht der Junge durch die Öffnung.

Auf dem Gelände der ehemaligen Goldmine konnte sich die Vegetation kaum durchsetzen. Die Zementplatte der Mine hat der Witterung standgehalten. Sie ist zwar geborsten, an einigen Stellen aufgewölbt und verschoben, doch nur den kräftigsten Pflanzen ist es gelungen, sich einen Weg zu bahnen.

»Meine Mutter spricht nie darüber«, sagt Timax.

»Das ist normal. Die Erinnerung ist zu schlimm für sie.«

Sie gehen zu den Überresten der Gebäude hinüber.

Die Dächer sind eingestürzt. Ein Kran, dessen gußeisernes Gestell sich in den Boden gebohrt hat, hat sich zu einer Seite geneigt. Etwas weiter liegt eine dicke quadratische Platte aus Stahlbeton von zwanzig bis fünfundzwanzig Metern Seitenlänge. Sie gehen hinüber und bleiben stehen. Raoul nimmt seine Mütze ab und bekreuzigt sich. Der Junge folgt seinem Beispiel.
»Siehst du, das ist das Grab deines Vaters ... Und das der anderen.«
»Ich erinnere mich noch an den Tag, an dem wir alle hierhergekommen sind, um die Messe zu lesen. Es waren viele Leute da, und sogar ein Bischof. Die Häuser standen alle noch, und auch den Zaun gab es nicht.«
In den Zement sind Steine eingelassen; an diesen Stellen ist er gesprungen, und in den Fugen hat sich Moos gebildet, sogar kleine Grasbüschel wachsen dort. Amarok springt auf die Platte, schnüffelt an einem der Risse und beginnt zu scharren. Seine dicke Pfote wühlt etwas Staub auf.
»Amarok, verschwinde!« schreit Raoul.
Überrascht hält der Hund inne. Als ihre Blicke sich begegnen, springt er mit einem Satz ins Gebüsch und buddelt dort weiter.
»Die Namen kann man nicht mehr lesen.«
Die Männer schweigen einen Augenblick. Dann fährt der Junge mit leicht zitternder Stimme fort: »Ich frage mich, wie das gewesen ist, da unten. Und in welcher Tiefe sie waren, als die Mine überflutet wurde. Waren sie sofort tot?«

Raoul antwortet nicht. Sie bleiben noch eine Weile andächtig stehen, während der Hund durch die Ruinen jagt, in denen jetzt Ratten hausen.
Raoul sieht sich um. »Auf alle Fälle gibt es hier genügend Plätze, um sich zu verstecken. Man würde schon ein Regiment brauchen, um dich hier aufzuspüren.«
Sie gehen auf das zu, was früher die riesige Kantine war und jetzt von Rottannen überwuchert ist. Nur des großen steinernen Herdes in der Küche hat sich die Vegetation innerhalb von fünfzehn Jahren noch nicht bemächtigen können. Sogar ein Teil des Daches ist unversehrt. Als sich der Hund nähert, schreckt er eine Schnee-Eule auf, die mit schwerem Flügelschlag davonflattert. Amarok setzt seine Jagd fort. Er knurrt, und man hört das Quieken einer Ratte.
»Hier kannst du dich einrichten, da bist du wenigstens nicht der einzige Mieter.«
Der Junge sieht sich um. Er zögert lange, doch dann fragt er: »Glaubst du, daß du die Stelle wiederfindest, wo unser Haus stand?«
Zielsicher geht Raoul um die Ruinen herum. Dahinter erhebt sich ein Gewirr aus Schneeballsträuchern, Holunderbüschen und Erlen, die mit den Rottannen und großen Weidensträuchern um den Platz kämpfen.
»Hier hatten die Polen ihre Gärten angelegt. Der Boden war sehr fruchtbar. Das ist ganz schön zugewuchert.«
Sie müssen sich – oft mit der Axt – einen Weg unterhalb der früheren Büros freischlagen. Erst

nach einer guten Weile erreichen sie die ehemalige Dorfstraße; von dort aus sieht man den See durch die Pappeln schimmern. Von den Häusern, die aus Rundstämmen und Teerpappe gebaut waren, ist nicht mehr viel übrig. Einige Eckpfeiler haben standgehalten, aber Dächer und Außenwände sind zusammengesunken.

»Wenn ich daran denke, was hier für ein Leben herrschte«, seufzt der Trapper. »Ich hatte zusammen mit Steph das Geschäft gebaut.«

»Ich weiß«, entgegnet der Junge. Sein grobes Gesicht ist bleich und angespannt.

»Komm, laß uns zurückgehen. Hier werden wir nichts finden.«

»Ich möchte das Haus sehen.«

Sie gehen weiter. Für einen Augenblick scheint Raoul die Orientierung verloren zu haben. Dann bleibt er plötzlich vor einem Stein stehen, der umgestürzt ist und sich auf einer Seite in den Boden gebohrt hat. Er murmelt: »Hier ist es. Den hat dein Vater vor die Tür gelegt. Daran sollte man sich die Schuhe abkratzen, ehe man das Haus betrat.«

Der Junge seufzt tief. Er bewegt kaum die Lippen, als er flüstert: »Mein Gott, er muß stark wie ein Ochse gewesen sein!«

# 6

Das Wetter klart nur kurz auf. Als sie zurückkommen, um ihre Sachen zu holen, schließt sich die Wolkendecke bereits wieder. Der Himmel bleibt den ganzen Tag über regenverhangen und finster. Raoul reibt sich die Hände.
»Der Himmel ist im wahrsten Sinne des Wortes mit uns. Ich werde mich noch vor Einbruch der Dunkelheit auf den Weg machen können.«
Timax will offenbar etwas sagen, doch es fällt ihm schwer. Er wiegt sich leicht hin und her, beschreibt mit seinen großen Händen unbestimmte Gesten. Aber er spricht nicht. Sie beobachten beide die dikken schwarzen Wolken, die heranrollen. Noch weht der Wind nur in höheren Lagen, doch die ersten Böen peitschen schon die Baumwipfel.
»Als ich klein war, hatte ich nachts manchmal Angst. Ich sah meinen Vater, sein Mund war voller Schlamm. Auch die Augen und alles. Heute muß ich nicht mehr so oft daran denken.«
Der Trapper legt die Hand auf die Schulter des Jungen, der erst nach einiger Zeit weitersprechen kann.
»Meine Mutter hat mir oft gesagt: ›Er ist zwar tief unten gestorben, doch jetzt ist er trotzdem im Himmel, um dich zu beschützen ...‹. Darum bin ich auch hierher gekommen.« Er stößt einen rauhen Laut aus, eine Mischung aus Lachen und Schluchzen.
Sie tragen ihr Gepäck zum Minengelände und stel-

len es unter den noch intakten Teil des Küchendachs. Es regnet noch nicht, doch Raoul spürt schon den Geruch des Regens. Sie machen auf dem kleinen Kocher Wasser warm, trinken Tee und essen jeder eine Büchse mit Schweinefleisch und ein großes geräuchertes Forellenfilet.
Kaum sind sie fertig, bricht der Regen los. Er prasselt und peitscht auf das Küchendach und über die alten Blechstücke, die überall herumliegen. Das Wasser gluckert in den Rinnen, die es sich mit der Zeit gegraben hat. Der Wind bläst heftig und treibt bisweilen eisige Böen in ihren Unterschlupf.
»Wenn du naß wirst, brauchst du nur die Plane da vorne zu spannen. Aber besser wär's ohne. So, wie es jetzt ist, müßte wirklich jemand zufällig vorbeikommen, um herauszufinden, daß du hier bist.«
»Keine Sorge, ich brauche keine Plane.«
»Ein solcher Regen verwischt alle Spuren. Da müßte schon jemand sehr Schlaues kommen, um uns zu finden.«
So verbringen sie drei lange Stunden, nebeneinander sitzend, der Hund zu ihren Füßen. Raoul raucht seine Pfeife und trinkt Bier. Timax lutscht Bonbons, die sie in Stéphanes Vorratstasche gefunden haben. Er erzählt von seiner Schwester, die vor zwei Jahren an einer Lungenkrankheit gestorben ist, mitten im glühendheißen Sommer.
»Man muß allerdings sagen, daß sie so zart war, wie du kräftig bist«, bemerkt Raoul. »Deine arme Mutter hat schon viel durchgemacht.« Beinahe

hätte er hinzugefügt: ›Und jetzt machst du auch noch Blödsinn.‹ Doch er hält sich zurück.

»Ich hatte Etiennette sehr gern«, sagt Timax. »Sie hat schon immer gehustet. Selbst der Doktor wußte nicht, woher das kam.« Dann, nach einem Zögern, bringt er schüchtern heraus: »Ich weiß, daß das nicht das gleiche ist, aber meine Mutter mag Gisèle gern.«

»Selbst wenn das Mädchen, das du liebst, ein total unmögliches Weibsbild wäre, würde deine Mutter es mögen.«

Lange lauschen sie schweigend dem prasselnden Regen. Einige wütende Windböen fegen herein.

»Du wirst ganz schön naß werden im Kanu.«

Raoul bricht in Gelächter aus. »Es ist nicht das erstemal, daß ich bei Regen losfahre.«

Sie erinnern sich an heftige Regenschauer während ihrer gemeinsamen Touren durch den Wald und vergessen für kurze Zeit den, der auf ihren Unterschlupf fällt, auf die alten Herde der ehemaligen Kantine vor ihnen prasselt und über die rostigen Seitenteile rinnt.

Plötzlich fragt Timax mit angsterfüllter Stimme: »Wenn der Sergeant nun tot ist, glaubst du, daß sie sagen werden, daß ich ihn umbringen wollte?«

»Es gibt genügend Leute, die hinter dir stehen. Ich kenne mich nicht in der Rechtsprechung aus, das ist schwierig. Sicher, du hast ihn niedergeschlagen. Aber es war in gewisser Weise auch ein Unfall.«

Der Junge überlegt eine Weile. Dann führt er langsam eine zitternde Hand an seinen Hals.

»Aber sie können mich doch deswegen nicht aufhängen?«
Raoul legt den Arm um seine Schulter, schüttelt ihn leicht und drückt ihn an sich, wie er es oft getan hatte, als Timax noch ein Kind war.
»Natürlich nicht. So einfach geht das nicht. Setz dir nicht solche Ideen in den Kopf.«
Die Miene des Jungen hellt sich kurz auf, verfinstert sich jedoch sogleich wieder.
»Auch nicht, wenn es ein M.P. war?«
»Ein Unfall bleibt ein Unfall.«
Timax richtet sich auf. Er scheint plötzlich wieder Hoffnung zu schöpfen.
»Er hat etwas gerufen. Alle, die da waren, haben es gehört. Er hat geschrien: ›Ich will dich nicht verhaften, ich bin nicht im Dienst. Ich will dir nur eine Lehre erteilen. Wenn du ein Mann bist, dann verteidige dich.‹ Du mußt Clarmont und den anderen sagen, daß sie das nicht vergessen dürfen. Es ist wichtig!«
Raoul beruhigt den erregten Jungen. »Mach dir keine Sorgen. Niemand wird es vergessen.«
»Wenn du sie nicht siehst, muß Steph es ihnen sagen!«
»Mach dir keine Sorgen. Er wird es ihnen sagen. Außerdem regen wir uns sicherlich wegen nichts und wieder nichts auf. Der Kerl ist vielleicht schon über den Berg und trinkt in aller Ruhe ein Bier. Das wirst du morgen früh erfahren.«
Wieder schweigen sie, umhüllt vom Trommeln des Regens. Timax schüttelt hin und wieder den Kopf

und verzieht das Gesicht, seufzt. Er scheint das Gepräch mit sich selbst fortzusetzen. Schließlich fragt er: »Was können sie meiner Mutter tun?«
»Was sollen sie mit ihr machen? Sie hat sich schließlich nicht geprügelt.«
»Und Gisèle? Werden sie sie verhören?«
»Nicht sie war bei dir, sondern ihr Bruder.«
Ohne daß Raoul es will, ist sein Ton barsch geworden.
Der Wolkenbruch scheint in einen Dauerregen überzugehen. Das gleichmäßige Rauschen bringt tausend verschiedene Töne hervor, doch sie werden von dem hallenden Baß der Tropfen auf den Blechteilen übertönt. Die roten und gelben Blätter, die noch an den Zweigen hängen, fallen ab, so als würde sie das Gewicht des Wassers zu den Toten ziehen, die unter der Erde dieser Insel begraben liegen.
Sie warten wie drei schläfrige Tiere. Von Zeit zu Zeit stößt Amarok einen tiefen Seufzer aus, ohne jedoch den Kopf von den Pfoten zu heben. Wenn ihm in diesem Konzert von fallenden Tropfen und rauschendem Wasser ein Geräusch verdächtig vorkommt, richtet er sich auf, spitzt die Ohren und legt sich dann ein wenig enttäuscht wieder nieder.
Raoul streckt langsam seine Beine aus. Die Knie knacken.
»In einer guten Stunde ist es Nacht. Ich mache mich auf den Weg.«
Der Hund will schon losstürmen, doch Raoul ruft ihn zurück. »Amarok, du bleibst hier. *Stay*! *Stay*,

Amarok!« Er deutet auf die Ecke, in der ihre Sachen aufgetürmt sind, und sagt langsam: »Amarok, du bewachst das!«
Der Hund legt sich mit traurigem Blick wieder hin. Raoul bückt sich und streichelt seinen Kopf.
»Du bleibst bei Timax.«
Amarok seufzt tief und stößt einen leisen Klagelaut aus.
Raoul erklärt Timax den Inhalt der Säcke: »In dem großen ist sein Fleisch und auch ein Kanister mit Dorschleberöl. Davon träufelst du ihm ein wenig auf ein Stückchen Brot. Und mach keinen Unsinn, gib ihm nur einmal am Tag etwas zu fressen!«
Timax wirkt ebenso besorgt wie der Hund. »Du wirst ja nicht eine ganze Woche wegbleiben.« Er zögert. »Versuch Gisèle oder ihren Bruder zu treffen.«
»Mach dir keine Sorgen ... Wenn du das Signal hörst, bring den Hund zum Durchschlupf. Laß ihn nicht einfach drauflosrennen, sonst gerät er am Drahtzaun in Panik. Aber kommt erst raus, wenn ich dreimal das Signal gegeben habe. Verstanden?«
»Ja, dreimal.«
Während sie zum Zaun gehen, drängt Timax noch einmal: »Versuch etwas herauszubekommen. Und geh zu meiner Mutter. Und Gisèle ...«
Verärgert unterbricht ihn der Trapper: »Laß mich damit in Ruhe! Ich weiß, was ich zu tun habe. Bleib lieber hier, ich werd mich schon nicht verlaufen, und ich brauch dich nicht zum Ablegen.«

»Ich will mit dir gehen.« Timax setzt sein trotziges Gesicht auf.
Raoul trägt seinen langen Ölmantel und einen grauen Hut mit breiter Krempe. Aber der Junge in seiner Jacke ist vollkommen durchnäßt, noch ehe sie die Kanus erreicht haben.
»Du mußt dich umziehen. Im braunen Rucksack findest du was zum Anziehen. Nimm die Pullover. Meine Hemden würdest du nur sprengen.«
Sie tragen die Kanus zum Wasser, und während Timax sie festhält, bindet Raoul sie mit einem Lederband aneinander.
Mürrisch stößt er hervor: »Du Schwachkopf. Machst mir nichts als Ärger.«
»Das wirst du mir ewig nachtragen, soviel ist sicher.«
Sie sehen sich an. Der Regen ist so dicht, daß er einen glitzernden Vorhang zwischen ihren Gesichtern spannt. Von Raouls Hut tropfen lange Rinnsale. Dem Jungen klebt das Haar an der Stirn.
»Los, du großer Dummkopf, mach, daß du ins Trockene kommst.« Der Trapper zögert. »Und falls ich morgen nicht zurück bin, mach dir keine Sorgen. Bleib in deinem Unterschlupf. Du hast nichts zu befürchten. Ich liebe Amarok viel zu sehr, um ihn den Winter über hier zu lassen.«
Raoul legt seine Winchester ins Kanu und steigt hinein. Noch ehe er das Paddel ins Wasser getaucht hat, schießen die beiden aneinandergebundenen Kanus auf das graue offene Wasser hinaus. Timax, der im Schlamm watet, hat sie angeschoben.

# 7

Raoul paddelt langsam den Harricana hinab. Er hält sich in der Mitte, wo die Strömung ihn am stärksten vorwärtstreibt. Die Umrisse des Ufers hinter dem dichten Regenvorhang scheinen auf ihn zuzukommen. Die Nacht zieht herauf, steigt aus den Bäumen und Büschen, aus den unsichtbaren Wolken und dem Fluß und breitet sich überall aus. Kaum eine Stunde später ist es vollkommen dunkel. Nun rudert der Trapper in einem anderen Rhythmus. Er wird nicht langsamer, doch nach jeweils etwa dreißig Ruderschlägen hält er inne und horcht nach allen Seiten. Das einzige Geräusch ist das Prasseln des Regens, und er rudert weiter.

Plötzlich spürt er die Anwesenheit eines Menschen. Sofort steuert er aufs Ufer zu, in den Schutz der Böschung. Er lauscht. Kein Zweifel: ein Boot fährt flußaufwärts. Es ist nicht weit von ihm entfernt. Er horcht angespannt.

Es ist nur ein Ruderer: er paddelt nicht langsam, doch er zögert häufig; seine Augen scheinen weniger scharf zu sein als die des Trappers. Raoul hält den Atem an. Gleich wird das Boot seine Höhe erreichen. Es fährt vorbei. Der Mann ist wirklich allein. Leise formen die Lippen des Trappers die fünf Schreie des Uhus. Die Antwort kommt wie ein Echo, und Raoul fragt: »Bist du es, Steph?«

»Scheiße! Ich bin an dir vorbeigefahren, ohne dich zu sehen.«

Sie steuern aufeinander zu.

»Was ist los?« fragt der Trapper.
»Wir haben den Eindruck, daß sie wissen, wo er ist. Ich wollte euch warnen.«
»Woher können sie das wissen?«
»Ich verstehe es auch nicht. Sie haben die ganze Familie Rougeraud verhört, aber von denen kann es nicht kommen. Ich mag zwar den Vater nicht besonders, aber er glaubt ohnhin, daß ihr nach Norden geflohen seid. Bei uns waren sie auch, aber Mutter hat sie vor die Tür gesetzt, das hättest du sehen sollen!«
»Bist du sicher, daß sie dir nicht gefolgt sind?«
»Wenn du bei dem Wetter auch nur einen von den M.P. draußen siehst ...«
Raoul beginnt, sein Vorhaben zu erklären, doch sein Neffe unterbricht ihn.
»Das kannst du vergessen. Auf der Insel hält es keiner aus, außerdem ist es zu gefährlich, dort zu bleiben. Es ist nämlich Bewegung in die Sache gekommen.«
»Der Kerl ist doch nicht tot?«
»Nein. Aber so gut wie.«
»Und?«
»Nun, das hat die anderen M.P. aufgeschreckt. Angeblich sollen noch mehr kommen. Deshalb sind einige von den Jungen abgehauen.«
»Wohin?«
Als könnte mitten im Fluß jemand sie belauschen, senkt Steph die Stimme.
»Zum Priester von Val Cadieu. Und dahin müßt ihr auch.«

Für einen Augenblick herrscht Schweigen, Raoul überlegt rasch, dann befiehlt er: »Wir lassen meine Kanus hier und nehmen sie auf dem Rückweg wieder mit. Mit deinem fahren wir erst mal rauf und holen ihn ab.«
»Ich habe einen Sack dabei.«
»Gib ihn her, wir lassen ihn hier.«
Der Trapper hat die Führung übernommen. Er verstaut den Sack, zieht die Kanus an Land, bindet sie an einer Wurzel fest. Das Manöver verläuft ohne Panne, obwohl man in der Finsternis nicht die Hand vor den Augen sieht.
»Hast du ihm sein Ölzeug mitgebracht?«
»Nicht seins. Seine Mutter sagt, er hätte keins. Ich habe das größte genommen, das ich im Laden finden konnte. Ich hoffe, es paßt.«
Raoul steigt ins Heck des anderen Kanus um und setzt zum ersten Paddelschlag an. Stéphane paßt sich seinen Bewegungen an. Sie finden sofort ihren Rhythmus, und das Kanu gleitet pfeilschnell über den Fluß. Raouls Augen suchen die Nacht ab. Der kleinste Widerschein ist ein Hinweis, der Druck der Strömung auf die eine oder andere Seite des Kanus reicht aus, um ihn zu leiten.
Nach einer Weile fragt Steph etwas außer Atem: »Weiß du, woran ich denke?«
»Woran?«
»An unsere Ankunft hier.«
»Das ist schon einige Zeit her«, erwidert Raoul und fügt nach drei Ruderschlägen hinzu: »Einunddrei-

ßig Jahre sind es, und damals warst du noch nicht so schwer.«
Eine Weile rudern sie weiter, dann sagt Steph: »Damals waren wir ärmer, aber manchmal sehne ich mich nach dieser Zeit zurück.«
Sie haben den See erreicht, Raoul spürt es an den Bewegungen des Kanus, am Klang des Wassers, das an den Bug schlägt. Und er sieht es an dem diffusen Lichtschimmer, der sich vor ihnen ausbreitet und in dessen Mitte wie ein schlafendes Tier ein langer Schatten liegt.
»Siehst du die Insel?« fragt der Trapper.
»Ich ahne sie nur.«
»Meine Augen sind noch besser als deine.«
»Du bist an die Nacht gewöhnt.« Wie zu sich selbst, fügt Steph traurig hinzu: »Du hast Glück.«
Als sie die Hälfte des Sees überquert haben, stößt Raoul seinen Uhuschrei aus. Keine Antwort. Der Regen hat den Ruf wohl verschluckt. Nein, doch nicht. Einige Sekunden später kommt die Antwort. Raoul wiederholt den Schrei, der Junge antwortet. Dann schallt aus dem Wald der zaghafte Schrei eines echten Uhus.
»Er wird sicher nicht daran denken, das Gepäck mitzubringen.«
»Dann bleibt es eben da. Ich fahre später hin und hole es. Wir dürfen keine Zeit verlieren, das Wetter könnte umschlagen.«
Raoul steuert das Kanu auf die Bucht zu, in der er am Vortag angelegt hat.
»Bleib hier, ich gehe ihm entgegen.«

Kaum hat er vier Schritte gemacht, da kommt Amarok wie ein Pfeil aus dem Unterholz geschossen.
»Guten Abend. Du bist schon da?«
Raoul kriecht durch die tropfnassen Büsche, Amarok läuft voraus, kommt jedoch nach kurzer Zeit zurück. Timax muß ganz in der Nähe sein. Der Trapper bleibt stehen. Er hört ihn schon kommen. Ein Rauschen wie ein Wasserfall und ein rauhes Schnauben.
»Du hast dich aber beeilt, meine Güte!«
»Ich bin schon vor dem Signal aufgebrochen. Der Hund war nicht mehr zu halten. Er hat gespürt, daß du kamst.«
Der stämmige Kerl ringt nach Atem. Seine Stimme klingt angsterfüllt. »Was ist passiert?«
»Wir müssen abhauen. Steph ist da.«
»Ist er tot?«
»Nein.«
»Was ist dann?«
»Ich erkläre es dir später.«
»Und Gisèle?«
Raoul kann sich nicht beherrschen. Er schimpft: »Du glaubst doch wohl nicht, daß Steph sie dir hergebracht hat?«
»Gott sei Dank hab ich die Säcke mitgenommen.«
»Du bist gar nicht so blöd, wie ich dachte.«
»Ich hab mir gedacht, man kann nie wissen. Der Hund war so eigenartig.«
Raoul nimmt ihm den Rucksack und einen wasserdurchtränkten Seesack ab, der mindestens eine Tonne zu wiegen scheint.

Amarok ist schon zum Ufer gestürmt. Jetzt läuft er zwischen Steph und den beiden Männern hin und her. Raoul hört, wie der Junge hinter ihm murrt, wie jedesmal, wenn er sich beeilen soll.
Der Hund springt ins Kanu, Raoul und Timax folgen. Von drei Paddeln vorangetrieben, schießt das Boot dahin wie ein Pfeil. Der Wind hat sich gedreht, er kommt jetzt von Nordwesten. Das entgeht dem Trapper nicht.
»Wir müssen uns beeilen, das Wetter könnte aufklaren.«
Der Regen hat schon ein wenig nachgelassen, und bisweilen leuchtet ein heller Schimmer auf der Wasseroberfläche auf. In diesem Licht kann Raoul die Schultern der beiden Ruderer vor ihm erkennen, und die glänzenden Ränder des Bootes werden sichtbar.
Als sie die Flußbiegung erreichen, können sie die beiden anderen Kanus schon sehen, die sacht auf den Wellen schaukeln.
Während sie die Lederschnur aufknoten, erklärt Raoul Timax, wo er sich verstecken soll.
»Bis Saint-Georges fährt jeder in seinem Kanu. Ihr laßt mich vorfahren. Wenn ich euch kein Zeichen gebe, ist alles in Ordnung. Sobald wir den Hafen erreicht haben, wird Steph nach Hause gehen, und wir fahren in einem Kanu weiter.«
Die anderen erheben keine Einwände. Der Alte ist der Anführer. Sie haben das Gefühl, von einem guten, frischen Wind getragen zu werden, der weiß, wohin er sie bringt. Und mit Amarok an der Spitze haben sie nichts zu befürchten.

Raoul fährt los. In seinem Boot befindet sich das gesamte Gepäck, seine Waffe und der Hund. Er rudert so schnell er kann, denn das Licht wird heller. Der Regen hat jetzt fast aufgehört, und der Wind ist kälter geworden. Aber bald werden Nebelschwaden vom Wasser aufsteigen, zuerst transparent, dann immer dichter. Am Ufer verhüllt schon ein zartgrauer Schleier Bäume und Sträucher, verwandelt sie in eine dunstige Masse, die an ihnen vorbeizieht.

Dann öffnet dieses langgestreckte graue Tier ein goldenes Auge, ein zweites und ein drittes und immer mehr an beiden Ufern. Ehe Raoul die Lichter erreicht, hält er im Schatten der großen Espen an. Die anderen schließen zu ihm auf.

»Es wird hell. Wir sollten hier schon die Kanus wechseln. Du, Steph, hast nichts zu befürchten. Außerdem kannst du die Boote auch hierlassen, du hast morgen Zeit genug, sie abzuholen.«

Steph springt hinaus und hockt sich ans Ufer, um Raouls Kanu abzustoßen.

Der Hund sitzt mit gespitzten Ohren im Bug, die beiden Männer paddeln mit weichen Bewegungen, das Kanu taucht ein in den Nebel. Rundum herrscht Stille. Als die Lichter von Saint-Georges verschwunden sind, rudert Raoul mit kräftigen Schlägen.

TEIL 2

# Der Dorfkirchturm

# 8

Es ist bald Mittag. Amarok läuft über die Straße, hinter ihm Raoul, das Gewehr über der Schulter, den Rucksack auf dem Rücken, ein Paddel in der Hand. Der Nebel ist so dicht, daß man den Lichtschein, der durch die Fenster dringt, erst wahrnimmt, wenn man vor den Häusern steht. Als sie das Gartentor erreicht haben, bleibt der Hund plötzlich stehen, wittert aufgeregt, stößt ein rauhes Knurren aus und schießt auf Raouls Hütte zu. Raoul läuft ihm hinterher. Amarok knurrt wütend und schnüffelt an der Tür. Raoul öffnet sie. Noch ehe er das Licht eingeschaltet hat, brüllt er: »Scheißkerle!«

Der Hund, der gewöhnlich an der Schwelle haltmacht, gebärdet sich wie wahnsinnig. Er läuft hinein, wieder hinaus, beschnuppert alles, wühlt mit der Schnauze in diesem Durcheinander von umgestürzten Kisten, verstreuten Fellen und Fallen. Auf der Matratze türmen sich Flaschen, Kanister, Schlitten, Werkzeug, Taschen, Schneebretter, Kleidung, Rinden und zerschlagenes Geschirr. Ein Orkan scheint das Zimmer verwüstet zu haben.

Amarok rennt nach draußen, verfolgt eine Vielzahl von Spuren, die sich kreuzen und überschneiden, doch der Regen hat sie verwischt, keine führt ihn weiter als bis zur Straße.

Raoul ist reglos stehengeblieben, hat nicht einmal sein Gepäck abgestellt. Jetzt ruft er den Hund, und seine Stimme klingt wieder normal. Amarok

kommt sofort, bleibt vor ihm stehen. Er sieht seinen Herrn an, wedelt aber nicht mit dem Schwanz. Seine Ohren sind halb angelegt.
»Amarok, du bleibst hier!« befiehlt Raoul. Er deutet mit dem Finger auf die Schwelle. »Hierher! Du bewachst das hier ... *Stay*!«
Amarok seufzt tief und legt sich gehorsam auf die Schwelle. Der Trapper läßt die Tür weit offen, läuft durch den Garten und den Hof und betritt die Küche der Robillards.
Niemand da. Das Feuer knistert in dem großen Herd. Das Licht der Lampe fällt auf den langen, glänzenden Tisch aus Tannenholz, es wirkt heller als das fahle Tageslicht, das durch das Fenster und die verglaste Tür dringt. Raoul stellt seine Tasche und das Paddel ab, nimmt den Karabiner in die Hand und öffnet die Tür zum Laden.
»Catherine!«
»Ich komme!« Catherine Robillard läßt ihre Kunden stehen und ruft: »Alban, kannst du mal herkommen und weiter bedienen?«
Sie betritt die Küche zur selben Zeit wie Stéphane. Die dicke Justine kommt hinterhergewatschelt.
»Wo ist er? Wo ist mein Kleiner?« fragt sie. Ihre Stimme zittert. Ihre Wangen zittern und auch ihre Hände, die sich in die rauhe Jacke des Trappers krallen. Er schiebt sie sanft zurück.
»Mach dir keine Sorgen, er ist nicht in Gefahr.«
»Wo ist er? Sag mir, wo er ist.«
Raoul beachtet sie nicht weiter. Er dreht sich zu seiner Schwester und seinem Neffen um und

schreit: »Habt ihr das gesehen? Waren das diese Schweine von der M.P.? Mein Gott, das werden sie mir büßen!«
Mit der Waffe in der Hand geht er zur Tür. Catherine läuft ihm nach und stellt sich ihm in den Weg.
»Bleib hier!«
»Laß mich in Ruhe. Mit denen werde ich abrechnen.«
»Das kannst du auch noch in zehn Minuten. Hör zu, was ich dir zu sagen habe!«
»Hör ihr zu!« sagt Steph.
Raoul atmet tief ein, bläst sich auf, als wollte er davonfliegen. »Nun?«
»Wenn du mit dem Ding hingehst (sie deutet auf das Gewehr), bringst du ein oder zwei von denen um, und dann bringen die anderen dich um. Und wenn du ohne Waffe gehst, schlagen sie dich zusammen.«
»Das werden wir ja sehen!«
»Mit Sicherheit! Du bist zwar stark, aber du bist jetzt über sechzig. Und sie sind zu sechst und keine Schwächlinge. Außerdem haben sie das Gesetz auf ihrer Seite.«
»Das Gesetz ...«
»Jetzt hör mir zu, verdammter Dickschädel!«
Catherine ist plötzlich wieder ganz die große Schwester, ein mächtiger Fels in der Brandung, dem alle weichen. Ihre Augen, die einen metallischen Glanz haben, ihre ganze Mimik spiegelt die Entschlossenheit, sich Gehör zu verschaffen. Sie geht auf ihren Bruder zu, faßt ihn am Revers seiner

dicken Jacke und schüttelt ihn. In dieser Geste liegt all die Liebe, die ihr Blick und ihre Stimme nicht auszudrücken vermögen.
»Wenn du zu ihnen gehst, begibst du dich in die Höhle des Löwen. Natürlich wollen sie dich verhören. Sie haben uns alle verhört. Alle. Aber laß sie doch hierherkommen. Wenn es hier stattfindet, sieht die Sache ganz anders aus.« In ihren Augen liegt ein gefährlicher Glanz, als sie hinzufügt: »Dies ist mein Haus. Wenn hier jemand zum Gewehr greift, dann bin ich es!«
Raoul steht regungslos da. Er hat lediglich seinen Karabiner wieder umgehängt und den großen Hut in den Nacken geschoben. Schweiß perlt auf seiner Stirn.
Catherine läßt sich nicht aus der Ruhe bringen. Sie bittet ihren Bruder, den Karabiner wegzulegen und seine Jacke auszuziehen, dann wendet sie sich an ihren Sohn und befiehlt: »Und du rufst Pater Levé an und sagst ihm, daß Raoul zurück ist. Er wird die anderen verständigen. Wenn alle da sind, werden wir denen mitteilen, daß sie kommen können.«
»Willst du damit sagen, daß du diesen Schweinen erzählen willst, daß ich hier bin?«
Ein kleines ironisches Lächeln huscht über ihr Gesicht. »Du wolltest doch sogar zu ihnen gehen. Du glaubst doch wohl nicht, daß das halbe Dorf hier sitzen bleibt und wartet, daß die sich herbequemen. Wir müssen die Sache zu Ende bringen. Hier hat keiner Zeit zu vergeuden. Und ich am allerwenigsten.«

Sie greift nach der Waffe des Trappers und sperrt sie in den Besenschrank. Sie schimpft: »Mein Gott, man könnte wirklich meinen, daß die Welt stillsteht, nur weil die Militärpolizei beschlossen hat, uns Schwierigkeiten zu machen. Das habe ich euch schon im Sommer gesagt, als sie neben dem Postamt ihre scheußliche Baracke gebaut haben. Die ist ein Laden wie jeder andere auch, nur mit dem Unterschied, daß ich Gift verkaufe, um die Ratten zu töten, während sie es mit ihrem auf die Jungen abgesehen haben.«

»Ja, das hast du gesagt«, brummt Raoul, »und zwar so laut, daß es ihnen zu Ohren gekommen ist. Darum haben sie auch ein Auge auf uns.«

Stéphane, dessen Hand schon auf der Türklinke liegt, bleibt stehen.

»Glaubt ihr«, ruft er, »daß das der richtige Augenblick ist, um sich zu streiten?«

Bruder und Schwester zucken gleichzeitig die Schultern. Ehe Catherine ihrem Sohn folgt, muß sie allerdings unbedingt noch das letzt Wort haben.

»Dieser große Dummkopf! Nur weil er sich mit ein paar Bergpolizisten im hohen Norden angefreundet hat, hat er geglaubt, die M.P. verteidigen zu müssen. Als wären das Menschen unseres Schlages! Und jetzt will er alle umbringen!«

Sie trägt Justine auf, den Tisch zu decken, und verläßt mit Stéphane das Zimmer. Sie hört nicht mehr, wie Raoul sagt: »Mit dir kann man sowieso nicht reden.«

Sobald sich die Tür hinter ihnen geschlossen hat,

geht Justine Landry auf den Trapper zu, der gerade seinen Hut und seine Jacke neben der Hoftür aufhängt.
»Sag mir, wo mein Kleiner ist«, bittet sie mit angstverzerrter Stimme.
»Ich werde es dir nicht sagen. Niemand darf es wissen. Aber mach dir keine Sorgen, er ist nicht allein.«
»Bei wem ist er?«
»Du wirst es nicht erfahren, Justine. Niemand wird es erfahren. Ich habe mein Ehrenwort gegeben, nichts zu sagen. Du mußt auch an die Leute denken, die ihn aufgenommen haben.«
Die dicke Frau zuckt die Schultern. Mit schleppendem Schritt geht sie zum Geschirrschrank und nimmt einen Stoß Teller, den sie, gegen ihren mächtigen Busen gedrückt, zum Tisch trägt und dort verteilt.
Als sie an Raoul vorbeikommt, der sich gerade gesetzt hat und seine Pfeife stopft, stößt sie ein rauhes Lachen aus, daß ihr Gesicht und ihr Doppelkinn erzittern läßt, und fragt: »Soll ich dir sagen, wo er ist?«
»Nicht nötig. Ich weiß es ja.«
»Ich werde es dir aber trotzdem sagen.« Sie wirft einen raschen Blick zur Ladentür und zum Hof hinüber. Dann beugt sie sich zu ihm und raunt: »Er ist in Val Cadieu. Dort verstecken sich noch andere. Und ich kann dir sagen, die ganze Gegend weiß Bescheid. Bald werden es auch die M.P.-Männer wissen.«

## 9

Die große Tischrunde der Robillards ist seit mehr als einer Stunde mit dem Essen fertig. Jetzt kommen die Freunde. Catherine, ihre Schwiegertochter und Justine Landry schenken ihnen Kaffee oder Tee und dazu ein kleines Gläschen Schnaps ein. Die große Küche ist von Rauchschwaden erfüllt. Man drängt sich auf den Bänken zusammen, und aus der Schuhmacherwerkstatt werden noch Stühle geholt. Wenn die Glocke der Ladentür erklingt, geht eines der Kinder nachsehen; Justine oder Stéphanes Frau bedienen den Kunden und kommen eilig zurück. Raoul hat gerade nachgezählt. Achtzehn Personen haben sich in dem Raum zusammengedrängt. Man einigt sich, wie man sich der M.P. gegenüber verhalten will. Alle sind einverstanden, Catherine die Initiative zu überlassen. Den Priester ausgenommen, hat jeder von ihnen eine Art Waffe in der Hand oder in Reichweite. Der Schreiner Gendreau, der trotz seiner sechsundsechzig Jahre und seiner kurzen Beine als erster eingetroffen ist, hat die Eisenstange vor sich auf dem Tisch liegen, mit der er normalerweise den Keilriemen seiner Hobelmaschine löst. Das Metall schimmert wie Eis. Die Brüder Gagnon, die einen Pferdehandel betreiben, haben sich die Lederriemen ihrer Peitsche um den Hals gehängt. Alban Robillard hat seinen großen Stock mit der Metallspitze dabei. Justine läßt den Feuerhaken nicht aus den Augen. Zwei Holzfäller haben ihre Äxte mitgebracht, ein Angestellter der

Eisenbahngesellschaft seinen schweren Vorschlaghammer, mit dem er den Spurkranz abklopft. Kurz, jeder hat sein Arbeitsgerät dabei, nichts Auffälliges, das aber dennoch zu einer gefährlichen Waffe werden kann. Nur der alte Bastringue, der frühere Bordellbesitzer, der jetzt in Rente gegangen ist, ist mit leeren Händen gekommen. Er hat auf die Flaschen gedeutet, die auf dem Tisch stehen, und gemeint: »Die habe ich noch am häufigsten benutzt!«

Alban, der weniger nervös wirkt als die anderen, rät Raoul: »Bring deinen Hund entweder hierher oder sperr ihn ein. Wenn ein M.P.-Mann, wie beim letztenmal, über den Hinterhof kommt, könnte es durchaus sein, daß er dem Hund die Kehle durchschneidet.«

»Ich sperr ihn lieber ein. Diese Schweine wären heilfroh, wenn sie einen Vorwand hätten, um ihn abzuknallen.«

Kaum ist Raoul zurück, klingelt es wieder an der Ladentür. Im selben Moment taucht im Hof vor der Fenstertür ein behelmter M.P.-Mann auf. Er hat seinen Karabiner unter dem Arm.

Augenblicklich herrscht Schweigen. Im Laden hört man das Geräusch von Stiefeln. Alban öffnet die Tür. Eine kräftige Stimme ertönt: »Raoul Herman. Wir wissen, daß er zurück ist. Wir wollen ihn sprechen.«

»Das ist nicht weiter schwer«, sagt Alban und fügt dann in einem anderen Ton hinzu: »He, he, immer langsam.«

Schnell geht Catherine in den Laden.
»Was fällt Ihnen ein, so mit meinem Mann zu reden!«
»Wo ist Herman?«
Catherine stemmt die Fäuste in die Hüften und versperrt den Männern den Weg.
»Zuerst einmal sagt man ›Guten Tag, Madame!‹.«
Der M.P.-Sergeant, der offensichtlich bemerkt hat, daß in der Küche viele Leute sitzen, brummt: »Guten Tag. Ich will Ihren Bruder sprechen.«
»Er sitzt hier bei unseren Freunden.«
Sie tritt zur Seite. Der Sergeant, ein großer, hagerer Mann mit einer langen Nase und einem braunen Schnäuzer, murmelt eine Entschuldigung, als er an Catherine vorbeigeht. Die beiden anderen Polizisten folgen ihm. Alle drei haben eine Pistole im Koppel.
»Welcher ist es?« fragt der Sergeant.
Catherine lacht. »Wir haben gerade ein Ratespiel gemacht. Raten Sie doch!«
Die Nase des Sergeanten scheint noch länger zu werden. Zornig verzieht er das Gesicht.
»Wir sind nicht hier, um Witze zu machen«, bellt er. »Der Mann namens Raoul Herman soll gefälligst aufstehen und mit uns kommen!»
Catherine, die hinter dem Sergeanten steht, macht ein Handzeichen. Alle Männer erheben sich gleichzeitig.
»Genug!« brüllt der Sergeant. »Ich vertrete hier das Gesetz, und ich werde euch schon alle kleinkriegen ...«

»Halt den Mund, du Strolch!«
Catherine hat noch lauter geschrien als er. Er federt herum. Beide sind hochrot vor Zorn; doch während der Mann am ganzen Körper zittert, zuckt die Frau, die ihn jetzt mit ihren Blicken durchbohrt, nicht einmal mit der Wimper. Sie hat sich zu ihrer vollen Größe aufgerichtet und ist nun fast ebenso groß wie er, der den weißbehelmten Kopf leicht zwischen den Schultern einzieht. Wenn man die beiden so sieht, hat man das Gefühl, daß sie ihn um sechs Zoll überragt.
Mit lauter und fester Stimme sagt sie: »Ich könnte deine Großmutter sein, und du wagst es, mir die gebührende Achtung zu verweigern? Du hast Glück gehabt, daß ich dich nicht erwischt habe, als du die Hütte meines Bruders verwüstet hast. Mein Kleiner, du befindest dich hier im ältesten Haus von Saint-Georges.« Sie deutet auf die Runde der Anwesenden und fährt fort: »Wir haben dieses Land geschaffen. Die dort und wir und andere, die schon nicht mehr unter uns weilen ... wie mein kleiner Georges.«
Bei diesen Worten bebt ihre Stimme, doch sie faßt sich rasch.
»Hier, wo du jetzt mit deinen Stiefeln herumstampfst, gäbe es sonst nichts. Wir haben nicht auf dich gewartet, um die Gesetze kennenzulernen, auch das Gesetz haben wir gemacht. Und zwar ohne Pistolen!«
Sie tritt einen Schritt vor und steht jetzt so dicht vor dem Sergeanten, daß dieser unwillkürlich

zurückweicht. Catherine deutet auf ihren Bruder. »*Monsieur* Raoul Herman«, fährt sie fort, »das ist er, und wenn ich ihn nicht zurückgehalten hätte, als er entdeckt hat, was du in seiner Hütte angerichtet hast, würdest du bestimmt nicht hier stehen.«
Der Sergeant, der vielleicht zweiundzwanzig oder dreiundzwanzig Jahre alt ist, hat jetzt vollkommen die Fassung verloren. Er wendet sich an seine beiden Männer, die kleiner sind als er und sicherlich noch weniger in der Lage, Catherine die Stirn zu bieten. Es kostet ihn erhebliche Anstrengung zu sagen: »Trotzdem, ich muß ihm einige Fragen stellen.«
»Wenn das alles ist.«
»Er muß mit mir kommen, zum ...«
Raoul geht schon auf ihn zu, als seine Schwester sich einmischt: »Warum soll er dir zum Posten folgen, wo ihr es hier doch schön warm habt und es sogar etwas Anständiges zu trinken gibt? Unsinn! Wir lassen dich mit ihm allein. Und in der Zwischenzeit machen wir es uns mit deinen Freunden nebenan im Laden gemütlich.«
Die anderen haben verstanden. Sie ergreifen ihre Werkzeuge und gehen zur Tür, wobei sie die beiden M.P.-Männer vor sich her drängen. Alles vollzieht sich wie ein wohl einstudiertes Ballett.
Nur der Priester schließt sich ihnen nicht an, sondern setzt sich wieder auf seinen Stuhl und sagt ruhig: »Ihr wollt euch doch wohl nicht im Stehen unterhalten!«
Raoul und der Sergeant nehmen einander gegenüber Platz, jeder an einer Seite des Tisches. Pater

Levé beginnt das Gespräch. Der sonst so agile Mann wirkt sehr ruhig. Auf seinem hageren Gesicht, in seinen Augen, die sich zwischen tiefen Falten verlieren, liegt ein gutmütiges Lächeln.
»Seht, meine Brüder, wir sind nicht auf der Welt, um uns gegenseitig das Leben schwer zu machen. Man könnte wirklich glauben, wir seien nicht vom selben Planeten, wir ...«
»Na, sag mal, Pfarrer, hast du nicht gesehen, was er bei mir angerichtet hat?« wirft Raoul ein.
Der Pater beruhigt ihn mit einer Geste seiner schmalen Hand, die ebenso gegerbt und faltig ist wie sein Gesicht.
»Ich habe es gesehen. Und weißt du, an was ich gedacht habe? Ich habe an unseren Anfang hier gedacht. An den Brand. An deine erste kleine Hütte, die zerstört wurde. An alles, was wir ertragen haben.« Er wendet sich zum Sergeanten, und sein Blick wird hart. »Und ich habe mir gesagt: Wir haben so sehr gegen die Natur kämpfen müssen, wenn wir nun auch noch gegen die Menschen antreten müssen ...«
Er sucht nach Worten. Man sieht, wie aufgewühlt er ist. Der Sergeant, der mit gesenkten Augen zugehört hat, blickt ihn jetzt beschämt an.
»Aber, Pater, das Gesetz ...« beginnt er.
Der Pater unterbricht ihn barsch. »Du benutzt ständig dieses eine Wort. Du versteckst dich hinter diesem Wort und glaubst, daß es dir das Recht gibt, alles zu tun. Nun, ich will dir sagen, wenn ich hier gewesen wäre, als du Raouls Hütte verwüstet hast,

ich hätte dich nicht gewähren lassen. Von mir aus kannst du dafür sorgen, daß die Gesetze deiner Regierung befolgt werden, aber ich kenne nur die, die mir mein Gott auferlegt.«
Seine kleine Hand umschließt das Kruzifix, das ihm um den Hals hängt, und hebt es empor.
»Das Gesetz dessen, der gestorben ist, um uns Brüderlichkeit zu lehren. Liebe. Und Achtung vor dem Nächsten. Ich lasse dich jetzt mit meinem Freund Raoul allein. Stelle ihm in Ruhe die Fragen, die du ihm stellen mußt. Er wird dir antworten. Und vergiß nicht, er ist dein Bruder ... den du schon einmal gekränkt hast.«

## 10

Als der Pater das Zimmer verlassen hat, sagt Raoul lachend: »Dieser Priester, mein Junge, ist ein Phänomen. Weißt du, daß er schon Bischof sein könnte? Aber er hat alle Berufungen ausgeschlagen, damit er in Saint-Georges bleiben kann. Kennst du viele Leute, die so handeln würden?«
Der Sergeant hat ihn reden lassen, doch er hat sich aufgerichtet und den Kopf aus dem Kragen seiner Uniform gereckt.
Sobald der Trapper schweigt, sagt er hastig mit einer Stimme, die autoritär klingen soll: »Was ich wissen will, ist, wo und mit wem du die letzten drei Tage verbracht hast?«

Raouls Gesichtsausdruck verhärtet sich.
»Ich war weit weg. Leider. Denn wenn ich hiergewesen wäre, hättest du keinen Fuß über meine Schwelle gebracht. Was hast du denn zu finden gehofft?«
»Ich ... man hat mir gesagt ...« Er hält plötzlich inne, er hat gemerkt, daß er die Sache falsch angefangen hat. »Du warst auf der Insel der Toten, und zwar mit dem Mann, den wir suchen.«
»Und ich dachte, du suchst mich.«
Der Sergeant wird ungeduldig. Sein Blick wandert von Raoul zum Fenster, dann wieder zu Raoul und von dort zur Ladentür.
»Du würdest alles darum geben, wenn du mich in deinem Posten an die Kette legen könntest«, meint der Trapper spöttisch.
Wütend springt der Sergeant auf. »Du wirst zum Posten kommen, wann ich will, und ich kann dir sagen, daß ...«
Die Tür öffnet sich, und der Pater taucht auf.
»Gehst du schon? Das ist gut. Aber du darfst nicht verärgert gehen.«
Da der Sergeant es nicht wagt, Pater Levé beiseite zu schieben, um vorbeizugehen, nutzt Raoul die Gelegenheit, um zu bemerken: »Sag mal, wenn du dir so sicher bist, daß wir dort waren, warum bist du uns dann nicht holen gekommen? Hattest du Angst vor den Toten?«
Der Blick des anderen ist so feindselig, daß Raoul für einen Augenblick glaubt, er würde zur Pistole greifen. Aber nein. Der Priester tritt zur Seite, um

den Sergeanten durchzulassen, und der zieht den Kopf wieder zwischen die Schultern, streckt den Helm vor und schreitet mit seinen langen Beinen, die in Lederstiefeln stecken, kräftig aus. Seine beiden Männer folgen ihm. Bastringue beeilt sich, ihnen mit spaßigen Gesten die Tür zu öffnen, die sie heftig hinter sich schließen.

»Hört auf mit euren Albernheiten«, schimpft Catherine. »Jetzt sind wir mit denen im Krieg. Sie werden uns schikanieren.«

»Du hast ihnen den Wind aus den Segeln genommen, Catherine«, meint Gendreau. »Ich glaube im Gegenteil, daß sie uns jetzt in Ruhe lassen.«

Plötzlich reden alle durcheinander. Erst nach einer Weile wird es ruhiger, und Alban kann endlich das loswerden, was er, seit die Polizisten gegangen sind, anzubringen versucht.

»Auf alle Fälle ist es sicher, daß sie jemanden haben, der sie informiert. Sie wissen alles über die Insel. Und bestimmt wissen sie auch, wo sich die Jungen aufhalten.«

Sie lassen die Leute, die zuletzt nach Saint-Georges gekommen sind, Revue passieren, ohne sich schlüssig zu werden, wer der Informant sein könnte. Da knattert das Automobil des Arztes vor dem Laden. Die dicke Justine Landry ist als erste an der Tür und öffnet. Doktor Lemonnier betritt den Raum. Er gehört zu denen, die erst vor einiger Zeit nach Saint-Georges gekommen sind. Er ist der Neffe des Priesters, dreißig Jahre alt und kräftig gebaut. Sein Blick ist sanft und flößt den Patienten Vertrauen ein.

»Und?« fragt Justine ungeduldig, kaum daß er den Laden betreten hat.
Die anderen kommen zwischen den mit Konserven und Zuckerpaketen gefüllten Regalen auf ihn zu. In ihren Augen steht dieselbe Frage. Der junge Arzt nimmt seine Brille ab und putzt sie bedächtig, um Zeit zu gewinnen, seine Auskünfte zu überdenken.
»Nun, hast du in Quebec angerufen?« fragt sein Onkel.
Der Doktor nickt und setzt die Brille mit der dikken Fassung wieder auf. »Sie haben ihn gestern nachmittag operiert.«
»Und?« drängt Justine.
»Er ist noch nicht wieder bei Bewußtsein.«
Der Arzt seufzt; seine rundlichen Hände mit den kurzgeschnittenen Nägeln beschreiben eine ausweichende Bewegung. Alle Blicke sind fragend auf ihn gerichtet.
»Das ist kein sehr gutes Zeichen ...« Er zögert. Er würde Timax' Mutter gerne beruhigen, aber er will keine Lügen erzählen. »Es ist immer dasselbe in den Krankenhäusern. Wenn man nicht an den Chirurgen gerät, erfährt man nichts.«
Der Priester greift ein: »Wir können also nur beten, daß er gesund wird.« Er hält einen Augenblick inne, sein Blick wandert von seinem Neffen zu Raoul. Dann fährt er fort: »Wir müssen damit rechnen, daß sich die Haltung des Militärs verhärten wird. Sie werden wahrscheinlich morgen mit dem Zug Verstärkung bekommen.«
Raoul hat sich an eines der Regale gelehnt. Über

seinem Kopf schwebt der große Reklameelefant, und es sieht aus, als balanciere er auf Raouls Schädel. Auf dem Bauch des Tieres ist in schönen, gestochenen Buchstaben zu lesen: ›Baby Talc.‹ Alle starren den Trapper an, doch niemandem ist nach Lachen zumute.

»Du, Raoul«, rät der Priester, »tätest wohl besser daran, einen großen Bogen um den Posten zu machen.«

»Du willst doch nicht, daß ich vor diesen Bengeln die Flucht ergreife.«

»Ich habe nicht davon gesprochen, daß du verschwinden sollst, aber …«

»Dann wären sie auch gekommen, um …«

Catherine unterbricht die beiden: »Seid jetzt still. Das ist nicht der richtige Moment, um zu diskutieren. In dem Zustand, in dem sich die Hütte jetzt befindet, kann Raoul sowieso nicht dort schlafen. Ich kümmere mich darum, ihn so unterzubringen, daß er nicht gestört wird. Morgen sehen wir weiter. Ich bin der Ansicht, daß wir jetzt genug Zeit mit dieser Sache verloren haben.«

Um ihren Ausführungen Nachdruck zu verleihen, wirft sie einen bedeutsamen Blick zur Tür. Alle, die nicht zum Haus Robillard gehören, verlassen einer nach dem anderen den Laden und versichern, daß man jederzeit auf sie zählen könne. Alban dankt ihnen.

»So, an die Arbeit«, sagt Catherine, nachdem sie gegangen sind.

Alban humpelt in seine Schuhmacherwerkstatt.

Steph geht zurück in die Eisenwarenabteilung, wo seine beiden Gehilfen inzwischen begonnen haben, das Werkzeug einzuräumen. Die dicke Landry watschelt zurück in die Küche. Catherine geht zu ihrer Schwiegertochter, die wieder hinter der Theke der Gemischtwarenabteilung steht. So als hätten sie nur auf das Ende der Versammlung gewartet, betreten vier Kunden den Laden durch die eine Tür und zwei durch die andere. Das Warenhaus ist wieder zum Alltag zurückgekehrt.
Der Trapper stopft seine Pfeife und schlendert zu Steph hinüber. Er betrachtet die Regale, als würde er sie zum erstenmal sehen.

## 11

Kaum hat Raoul die Tür zu seiner Hütte geöffnet, da fegt ein Wirbelsturm heraus: Amarok. Er gebärdet sich wie ein Wahnsinniger.
»Amarok! Amarok!«
Der Hund reagiert nicht. Er ist taub vor Wut. Er stürmt drauflos, bis er eine der zahlreichen Spuren findet, die der M.P.-Mann hinterlassen hat, der im Hof vor der Küche auf und ab ging. Die Nase dicht am Boden, spürt Amarok ihr nach. Er dreht sich im Kreis, läuft los, springt, kommt zurück, stößt einen Stapel Kisten um, macht einen Satz über mehrere Tonnen hinweg.
»Amarok, hierher! Hierher!«

Raoul hat nach einer Peitsche gegriffen und läßt sie dreimal in der Luft knallen. Amarok bleibt an der Hausecke stehen. Mit gesträubtem Fell, hängender Zunge, hechelnd, zitternd. Raoul geht zu ihm, kniet sich auf den Boden, nimmt den großen Kopf zwischen seine Hände. Tief unten in der Kehle des Hundes rollt ein Knurren. Der Trapper nähert sein Gesicht. In den klaren Augen des Hundes leuchtet eine gefährlicher Schimmer.

»Amarok. Es sind Schweine. Du hast ganz recht, mein Alter. Aber noch ist deine Stunde nicht gekommen. Mach es wie ich. Eines Tages wirst du dir einen von ihnen einverleiben können, das verspreche ich dir.«

Er redet lange mit ihm. Greift mit beiden Händen in das glatte Fell, schüttelt ihn liebevoll.

»Du bist ein alter Idiot ... aber ein guter Kerl. Du wirst dich jetzt beruhigen.«

Amarok legt den Kopf zur Seite, sein Blick bekommt einen anderen Ausdruck. Er leckt Raouls Bart. Amaroks Intelligenz ist der ganze Stolz des Trappers; der Hund versteht vier Sprachen: die der Hunde und der Eskimos, Französisch und Englisch. Amarok wird ruhiger, doch er ist noch immer nervös. Als Raoul und Steph später die Türen des Geschäfts schließen, folgt er ihnen auf dem Fuß. Er wittert in alle Richtungen. Man spürt, daß er sich beherrschen muß, um nicht geradewegs zum Posten der M.P. zu laufen. Beim geringsten Laut bleibt er stehen, sieht fragend zu Raoul hinüber, der leise und beruhigend auf ihn einredet.

Der Nebel ist nicht mehr so dicht wie am Mittag, doch die Nacht ist milchig und schwer, fast als könne man sie kneten wie einen Kuchenteig. Man spürt, daß der Mond da ist, doch sein Licht dringt nicht durch die dicke Wolkendecke. Bisweilen bildet sich ein Luftwirbel zwischen den Häusern und fegt durch die Straße. Nur wenige Passanten sind unterwegs. Sie rufen im Vorbeigehen schnell ein ›Guten Abend‹. Nebelfetzen ziehen im Lichtschein der Fenster dahin. Auf dieser weichen Matratze schläft der Wind einen unruhigen Schlaf.
Raoul und Steph wollen gerade wieder ins Haus gehen, als Amarok plötzlich knurrt. Von Norden hören sie den Hufschlag eines Pferdes und das Rumpeln eines Wagens. Bald zeichnen sich Umrisse ab, und das orangefarbene Licht einer Wagenlaterne tanzt durch die Nacht.
»Sie könnten aus Val Cadieu kommen«, bemerkt Raoul, während er seinen Hund beruhigt.
Kaum hat er den Satz beendet, da hören sie die donnernde Stimme von Michel Koliare: »Macht nicht zu, wir wollen noch einkaufen!«
»Es ist das Gespann der Witwe Billon«, sagt Steph.
Sie gehen ihnen auf dem hölzernen Gehsteig entgegen, und der Wagen hält auf ihrer Höhe.
»Was ist geschehen?«
Der große Koliare springt vom Wagen, um der Witwe Billon beim Aussteigen zu helfen. Der Ukrainer trägt eine Art Mantel ohne Ärmel und Kragen, den er sich selbst aus der Haut der ersten in Val Cadieu geschlachteten Kuh genäht hat.

Ebenso die Mütze. Der Mantel ist steif wie ein Brett, doch er paßt gut zu der knochigen Bohnenstange, die so lang ist, daß man fast kein Ende sieht. Marceline Billon ist klein und rundlich. Der Lichtstrahl, der aus dem Laden dringt, fällt auf ihr volles Gesicht und läßt den blonden Flaum schimmern.

»Ihr müßt den Doktor holen, sie haben unseren Pfarrer zusammengeschlagen«, sagt sie.

»Was?«

»Wir erklären euch alles, aber ihr müßt ihm gleich Bescheid geben.«

»Ich gehe«, sagt Steph.

»Geh hinten rum«, rät Raoul.

»Was soll ich ihm sagen?«

»Er blutet im Gesicht«, ruft Koliare, »und er kann nicht laufen.«

»Es ist die Hüfte. Wir fürchten, daß sie gebrochen ist, darum haben wir ihn auch nicht hergebracht. Der arme Mann hat starke Schmerzen.«

Steph läuft los, während die anderen um das Haus herumgehen und das Pferdegespann in den Hof führen. Die Küchentür öffnet sich, und Catherine, gefolgt von Justine, tritt heraus.

»Was ist los?« fragen die beiden im Chor.

»Sie haben unseren Pfarrer zusammengeschlagen«, entgegnet der ukrainische Riese mit zornbebender Stimme.

Sie gehen ins Haus.

Raoul schließt die Tür und sagt: »Amarok, hierher! Du bleibst hier!«

Die Witwe Billon und der Ukrainer wiederholen, was sie schon draußen erzählt haben, und Raoul fügt hinzu: »Steph ist durch die Gärten zum Doktor gelaufen, um es ihm zu sagen.«
»Und wozu haben wir Telefon?« ruft Catherine wütend aus. »Ihr mit euren Kriegsspielen!«
Die anderen sehen sich verblüfft an.
»Das stimmt. Daran haben wir gar nicht gedacht.«
Schon ist Catherine im Laden und dreht die Kurbel. Das Klingelzeichen ertönt. Man hört sie laut sprechen, versteht jedoch nicht, was sie sagt.
»Und mein Kleiner?« fragte Justine.
»Dein Kleiner ist gut versteckt. Nicht er hat die Schläge abbekommen.«
»Wir müssen Pater Levé verständigen.«
Alban Robillard, der bis jetzt schweigend auf seinen Stock gestützt zugehört hat, geht eilig zu Catherine.
Stephs Frau ist um ihren Mann besorgt: »Hoffentlich erwischen sie ihn nicht.«
»Nun übertreibe nicht«, gibt Raoul zurück, »sie werden schließlich nicht die ganze Gegend verprügeln.«
Catherine kommt zurück. »Alban versucht, Pater Levé zu erreichen. Der Doktor ist nicht da. Er wurde zu einer Entbindung in Abschnitt fünf gerufen. Das kann dauern.«
»O Gott!« stöhnt die dicke Landry.
»Jetzt ist keine Zeit zum Jammern«, sagt Catherine.
Man hört ein Klingelzeichen. Alban hat den Hörer

aufgelegt. Alle warten schweigend, bis er zurückkommt.
»Pater Levé kommt gleich.«
Koliare beginnt zu erzählen, wie die Dinge sich zugetragen haben. In Val Cadieu halten sich fünf Jungen im einberufungsfähigen Alter versteckt, außerdem Gustave Clarmont, der sich nicht mehr sicher fühlte, weil die M.P.-Männer herausgefunden haben, daß er nach der Schlägerei zwischen Timax und dem Sergeanten die Robillards verständigt hat.
»Es gibt Spitzel in der Gegend. Und noch dazu sind sie bestens informiert! Aber herauszufinden, wer ...! Also hat unser Pfarrer ein Kind als Wache auf den Kirchturm gestellt. Jede Stunde wird gewechselt. Sobald der Späher ein Automobil kommen sieht, läutet er die Glocke. Wenn die Jungen im Dorf sind, verschwinden sie in den Wald. Wenn sie schon im Wald sind, wissen sie, daß sie aufhören müssen, die Axt zu schwingen.«
Alle lachen. Sie haben sich um den Tisch versammelt, um zu hören, was die gestikulierende Bohnenstange in der Kuhhaut zu erzählen hat. Koliare hat die Mütze abgenommen. Aus einem gelblichgrauen, wild abstehenden Haarkranz leuchtet ein spitzer, glänzender Schädel.
»Heute war die kleine Denise Garneau an der Reihe. Sie ist sehr aufmerksam, die Kleine. Aber bei dem Nebel hatte das Automobil schon beinahe das Dorf erreicht, als sie es sah. Die Jungen waren mit uns im Wald. Das Mädchen hat sich gesagt, daß

die M.P. die Axtschläge hören würde. Sie hat natürlich die Glocke geläutet, und zwar so heftig, daß die Spitzbuben sie von ihrem verdammten Automobil aus gehört haben. Sie haben sich sofort den Pfarrer vorgenommen, wollten aus ihm rausprügeln, wo die Jungen sind. Aber ihr kennt ihn ja. Sie hätten ihn nie zum Reden gebracht.«
»Wenn alle Priester von Abitibi so wären wie er ...« wirft Raoul ein.
»Eigentlich können wir uns nicht beklagen«, bemerkt Alban. »Es gibt ziemlich viele, die bereit sind, die Jungen zu verstecken.«
Alle geben ihm recht. Die Witwe Billon sagt: »Selbst unter denen, die für die Kolonialherren waren, gibt es einige, die zu uns halten. Die, die ein Telefon haben, greifen gleich zum Hörer, wenn sie die Wagen der M.P. kommen sehen. So warnt einer den anderen.«
Als der Ukrainer gerade ansetzen will, eine Geschichte zu erzählen, öffnet sich die Tür. Stéphane tritt außer Atem, mit zornig funkelnden Augen ein.
»Was ist denn nun schon wieder?« fragt Catherine.
»Der Doktor ist in Abschnitt fünf.«
»Das wissen wir. Ich habe angerufen.«
Stephs Augen flackern triumphierend. »Vielleicht. Aber verdammt, man kann nicht sagen, daß ich den Weg umsonst gemacht hätte ... Ich weiß, wer die Spitzel sind.«
Er zögert einen Augenblick und sieht in die Runde. Raoul und der große Koliare reagieren sofort: Sie

erheben sich langsam, mit geballten Fäusten und angespannten Gesichern.
»Wer?« fragt Catherine.
Stéphane atmet tief durch. Er verzieht das Gesicht, so als könne er es noch immer nicht glauben, und sagt: »Die Gebrüder André und Paul Perret.«
Jetzt herrscht Schweigen. Kopfschütteln. Man sieht sich fragend an. Schließlich erklärt Catherine zur allgemeinen Verwunderung: »Das ist nicht weiter erstaunlich.«
»Du bist gut«, ruft Raoul, »du hast als erste mit ihnen gearbeitet.«
»Sie leben ausschließlich vom Schwarzhandel«, gibt Alban zu bedenken.
»Eben darum, jetzt haben sie von der Polizei nichts mehr zu befürchten. Sie können soviel Alkohol verkaufen, wie sie wollen ...« stellt Stéphane fest.
»Woher weißt du das?« fragt Raoul.
»Der kleine Sohn der Lehrerin«, sagt Steph. »Er hat hinter dem M.P.-Posten Polizist gespielt und dabei gehört, wie der große Perret sagte: ›Sie verstecken Jungs, die nicht Soldat werden wollen.‹ Und der Kleine, der von nichts anderem träumt, als Soldat zu werden, ist sofort zu seiner Mutter gelaufen ...«
Koliares große Faust, hart wie Holz, saust immer wieder auf den Tisch nieder.
»Und ich habe ihren Gin getrunken! Verflucht noch mal, da verzichte ich doch lieber den Rest meines Lebens auf Alkohol und verpasse diesen Halunken eine Abreibung!«

»Das sagst du nur, weil du weißt, daß du auch woanders welchen findest«, ruft Catherine.
Alle lachen. In diesem Augenblick betritt Pater Levé den Raum.
»Nun«, sagt er, »so schlecht scheint die Stimmung ja nicht zu sein!«
Alle wollen zugleich erzählen, und Catherine muß ein Machtwort sprechen. Sie faßt die Lage zusammen. Als sie fertig ist, wiederholt Koliare, daß man die Spitzel bestrafen muß.
»Macht keinen Unsinn«, beginnt Pater Levé, »wir haben schon genug Schwierigkeiten.«
Diesmal greift Raoul ein: »Kümmer du dich um deine Angelegenheiten, Jules!«
Seine Stimme klingt hart. Er nennt den Priester nur bei besonderen Anlässen beim Vornamen. Er fügt hinzu, daß die Schwarzhändler zu dritt seien und er mit Koliare und Steph unbewaffnet zu ihnen gehen werde. Und daß niemand sie daran hindern könne.
Der Priester setzt zu einer Antwort an, doch Catherine kommt ihm zuvor. Sie sagt ruhig: »Wenn ich ein Mann wäre, würde ich gehen. Ich mag keine Schlägereien. Aber wenn es darum geht, das Land von einer Plage zu befreien ...«

## 12

Die Witwe Billon ist mit Pater Levé, der medizinische Grundkenntnisse hat, nach Val Cadieu aufgebrochen. Bevor sie ihr Gespann rückwärts aus dem Hof lenkte, zog sie unter dem Sitz des Wagens das Gewehr ihres Mannes hervor und sagte: »Keine Sorge, wenn es sein muß, kann ich damit umgehen.«
Der Priester bekreuzigte sich und rief: »Herr! Auf welches Schiff hast du mich geführt!«
Das sollte kein Scherz sein, doch alle brachen in Gelächter aus.
Sie gehen ins Haus zurück. Nur Raoul, Koliare und Steph machen sich durch den Garten auf den Weg. Raoul bindet Amarok an, der vor Wut zittert und miaut wie eine Katze.
»*Stay*!« sagt Raoul. »Ich kann dich nicht mitnehmen. Dann ginge es nicht mehr um gerechte Strafe. Ich kenne dich. Es würde ein Gemetzel geben.«
Die Nacht ist noch eine Spur dunkler geworden, so als hätte man schwarzen Kaffee unter die milchige Creme gerührt.
Die drei Männer schreiten zügig aus. Sie brauchen keinen großen Umweg zu machen. Nur den M.P.-Posten müssen sie meiden. Sie nehmen den Weg oberhalb der neuen Baracke, in der zwei Fenster erleuchtet sind.
»Der Kleine hockte unter dem Fenster«, erklärt Steph leise. »Er ist oft dort. Er hört zu, was die Typen sagen, und benutzt es, wenn er Polizist spielt.«

Koliare lacht. »Wenn meiner so was spielen würde, gäbe es Ohrfeigen. Aber vielleicht ist das ein Fehler.«

»Hoffen wir, daß er richtig gehört hat«, meint Steph.

»Keine Sorge«, entgegnet Raoul, »das werden wir gleich erfahren. Wenn wir hineingehen, dann laßt mich reden. Ich hoffe nur, daß sie alle drei da sind.«

»Gott der Gerechtigkeit, bring uns nicht um diesen Spaß«, brummt Koliare.

Sie erreichen die Première Avenue. An der Stelle, an der sie die Straße überqueren, gibt es auf der einen Seite nur Gärten, auf der anderen die Werkstatt eines Stellmachers. Sie gehen hinunter zum Fluß, von dem Nebel aufsteigt, der alles einhüllt. Ein undeutlicher Weg schlängelt sich durch die Büsche und Pappeln, von deren Zweigen Tropfen auf das tote Laub am Boden fallen. Nach etwa zehn Minuten gelangen sie zu einem kleinen Haus, durch dessen Fenster ein goldener Schein hinaus in den Nebel dringt.

»Wir müssen versuchen festzustellen, ob alle drei da sind«, flüstert Raoul.

Er pirscht sich vor, geräuschlos wie ein Schatten, bis zur Fenstertür. Die vom Ruß des Ofens geschwärzten Scheiben sind so beschlagen, daß man kaum hindurchsehen kann. Raoul erkennt zwei Gestalten, die einander gegenüber am Tisch sitzen. Er sucht die dritte und erkennt die Stimme des großen Perret.

»Wenn wir bei Williams nicht kaufen können, müssen wir es bei Georges versuchen.«
»Er war schon immer teurer.«
»Das ist egal, dann erhöhen wir eben.«
Jetzt hat sich eine dritte Gestalt, mit dem Rücken zur Tür, an den Tisch gesetzt. Raoul hebt die Hand und bedeutet den anderen, näherzukommen. Er hört Perret sagen: »Morgen gehe ich telefonieren. Ich werde es ihm erklären.«
Raoul stößt Steph an und gibt dem Ukrainer ein Zeichen. Die beiden nicken. Der Trapper atmet tief durch, drückt die Klinke herunter und stößt die Tür mit der Schulter auf. Die drei Männer schrekken auf.
»Die M.P. hat euch verraten«, schreit Raoul. »Zwanzig Mann haben das Haus umstellt. Wenn ihr versucht, eine Waffe zu holen, seid ihr verloren.«
Paul Perret ist aufgesprungen. Er ist ein großer Mann mit leicht gebeugten Schultern, dessen Gesicht in eigenartiger Weise an das eines Säuglings erinnert. Die Nase hat einen Schwung nach oben, die Wangenknochen stehen vor.
»Das stimmt nicht. Wir kennen niemanden von der M.P.«, jammert er.
»Lügner! Ihr verkauft ihnen Alkohol.«
»Das ist nicht wahr!« ruft der ältere der André-Brüder.
»So?« bellt Raoul. »Und was hatte der da dann gestern nachmittag bei euch zu suchen?«
Perret antwortet zu schnell: »Sie haben mich mitgenommen, um zu erfahren, an wen ich verkaufe...«

»Und du hast vom Priester in Val Cadieu erzählt.«
»Das ist nicht wahr!«
Der Mann beginnt zu zittern. Er ist bleich geworden, und seine Nase wirkt spitz.
Der große Koliare brüllt: »Mein Messer wird dich sicher zum Reden bringen.« Sein Gesicht ist furchterregend.
Der andere stottert: »Sie haben mich bedroht. Sie haben gesagt, daß sie uns alle drei aufhängen lassen.«
Der Ukrainer triumphiert: »Schwein, du warst es also!«
Die Gebrüder André sehen sich sehr ähnlich, beide haben eine Hakennase und schwarze Augen. Sie sind anscheinend weniger dumm als der andere.
Raymond ruft: »Ich weiß gar nicht, wovon ihr sprecht ...«
»Schnauze«, sagt Raoul. »Draußen ist niemand. Ihr seid zu dritt und wir auch, also verteidigt euch.«
Perret will nach dem Messer greifen, das auf dem Tisch liegt. Doch mitten in der Bewegung trifft ihn der Stiefel des Ukrainers und zieht ihm die Füße weg. Er fällt zur Seite, Koliare holt mit dem anderen Bein aus, und sein Stiefel knallt gegen das Kinn. Man hört ein lautes Krachen, und Perret landet mit ausgestreckten Armen bäuchlings am Boden. Die André-Brüder haben die Hintertür anvisiert, doch Steph ist schneller. Er ist vor ihnen da, und seine rechte Faust landet auf der Nase des ersten, der sich nähert. Der andere macht kehrt,

nimmt eine Flasche vom Tisch und zerschlägt sie am Küchenherd.
»Dem ersten, der mir zu nahe kommt, poliere ich damit die Fresse!«
Raoul sagt fast flehend: »Überlaßt ihn mir ...«
Er greift sich den nächstbesten Stuhl, hält ihn wie einen Schild vor sich und rast auf den Mann zu, der keine Zeit mehr hat, auszuweichen. Er wird an die Wand gedrückt, gefangen durch die vier Stuhlbeine. Den Flaschenhals schwenkt er wild durch die Luft. Doch sein Arm ist zu kurz, als daß er damit hätte Schaden anrichten können. Raoul versetzt ihm einen heftigen Fußtritt in den Unterleib, der Mann reißt den Mund weit auf.
»Oh ... Oh ...Oh ...«
Er läßt den Flaschenhals los, seine Augen quellen vor und sein Kopf sinkt nach vorne. Raoul zieht den Stuhl weg, und der Kerl fällt, die Hände gegen den Unterleib gepreßt, zu Boden.
Am wenigsten hat der abbekommen, den Steph mit einem Fausthieb auf die Nase außer Gefecht gesetzt hat. Raoul packt ihn am Kragen, zieht ihn in die Höhe und versetzt ihm zwei kräftige Ohrfeigen. Der andere öffnet die Augen. Blut quillt aus seiner Nase.
»Hör zu«, sagt der Trapper, »morgen geht ein Zug nach Quebec. Den werdet ihr alle drei nehmen. Hast du mich verstanden?«
Der Typ nickt, und Raoul fügt hinzu: »Wir werden am Bahnhof sein. Wenn ihr nicht fahrt, geht es euch ans Leder. Du kannst ruhig zu deinen M.P.-

Freunden gehen und ihnen erzählen, was geschehen ist. Das ist uns scheißegal. Ihr habt die ganze Stadt gegen euch. Die ganze Stadt. Und vergeßt das eine nicht: Abitibi ist ein Land, das wir geschaffen haben. Hier ist kein Platz für Verräter!«
Er läßt den anderen los, der taumelt zu Boden. Raoul wischt sich das Blut, das auf seine Hand getropft ist, am Hemd des Mannes ab.

## 13

Auf dem Rückweg haben die drei Männer keine Lust mehr, sich zu verstecken.
»Ich frage mich, warum wir einen Umweg gemacht haben«, sagt Raoul. »Schließlich kann uns niemand einen kleinen Abendspaziergang verbieten.«
An einigen Stellen hat sich der Nebel gelichtet. Lange, schmale Bänder aus goldfarbenem Licht schlängeln sich um die Häuser.
»Ich bin dafür, daß wir ein Bier trinken gehen«, schlägt Koliare vor.
»Willst du nicht lieber Gin vom Schwarzmarkt?«
Sie lachen. Bei diesem kurzen, aber heftigen Tanz haben sie sich abreagiert.
»Wir sollten uns besser nicht aufhalten. Wenn der Doktor kommt ...«
»Du hast recht. Wenn ich mit ihm fahren kann, brauche ich nicht zu Fuß zurückzugehen.«
»Ich packe meine Sachen und komme mit dir«, ver-

kündet Raoul. »Ich will die Jungen nicht alleinlassen. Wenn sie sich im Wald verstecken müssen, will ich bei ihnen sein.«

Beim Anblick der Bar mit den sechs erleuchteten Fenstern stürmt der Ukrainer los. »Ich komme gleich nach.«

Als würde ihn der dunstige Lichtschein davontragen, spurtet er auf seinen langen Beinen los, springt über den hölzernen Gehsteig und landet direkt vor der Tür der Bar.

»Der hätte wirklich Clown werden sollen!«

Koliare reißt die Tür auf und brüllt: »He! Clarmont, schöne Grüße von deinem Jungen! Das war's schon, was ich dir sagen wollte, ach, und daß du dir neue Schnapslieferanten suchen mußt. Stell dir nur vor, ich wollte ein wenig tanzen, und da ist mir der arme Perret doch genau vor den Stiefel gelaufen.«

Die Gäste lachen, und zahlreiche Rufe laden den Ukrainer zum Trinken ein.

Doch er schreit: »Ein andermal ... Ich habe keine Zeit!« und schließt die Tür.

Er läuft seinen Freunden nach und reibt sich die schwieligen Hände.

»Ich bin wirklich froh, daß ich das nicht verpaßt habe. Bloß schade, daß es so schnell vorbei war.«

Eine Weile gehen sie schweigend weiter, jeder in seine Gedanken versunken.

Dann sagt Raoul: »Vergiß nicht, Steph, du mußt morgen zum Bahnhof und nachsehen, ob die Schufte wirklich verschwinden.«

»Das lasse ich mir nicht entgehen!«
»Aber du darfst nicht allein hin. Bei solchen Ganoven kann man nie wissen.«
»An Leuten wird es nicht mangeln. Ich habe eher das Gefühl, daß die ganze Gegend zusammenkommen wird.«
Als sie bei den Robillards eintreffen, wollen sie von ihrem kleinen Ausflug berichten, doch Catherine unterbricht sie sofort.
»Es ist ja sehr lobenswert, daß ihr uns von dieser Plage befreit habt, aber man darf keine Staatsaffäre daraus machen. Ihr habt keineswegs eine Heldentat vollbracht und solltet auch nicht so tun als ob!«
Dann wendet sie sich an ihre Schwiegertochter und die vier Jungen, die mit offenem Mund lauschen, und ruft: »Was macht ihr denn noch hier? Das ist nichts für eure Ohren. Los, marsch, marsch, hinauf ins Bett!«
Der Ältere läuft gehorsam zur Tür, die ins Treppenhaus führt, doch der zweite schimpft: »Ich will wissen, was sie mit ihnen gemacht haben!«
Seine Mutter versucht, ihn wegzuziehen. Er wehrt sich.
»Ich will aber hören, was sie erzählen!«
Erst als Catherine eine Bewegung auf ihn zu macht, läuft er seinem Bruder nach, wendet sich aber an der Tür noch einmal um und ruft: »Dann höre ich es eben in der Schule!›
»Willst du wohl verschwinden!« brüllt Steph.
Doch der Junge will das letzte Wort haben und sagt trotzig: »Wenn ich alt genug bin, gehe ich in

den Krieg. Daran wird mich keiner hindern können.«
Stéphane kommt seiner Frau zu Hilfe und schließt die Tür hinter ihnen. Man hört Schreie auf der Treppe, dann ein Getrampel, das die Decke erzittern läßt. Catherine wirft ihrem Bruder einen bösen Blick zu.
»Bist du zufrieden? Der da ist dir der liebste. Er ist dir ähnlich. Wenn du versuchen solltest, ihm beizubringen, wie man sich prügelt, dann bekommst du es aber mit mir zu tun!«
»Das brauche ich ihm nicht beizubringen, das weiß er schon ...«
Das Läuten des Telefons unterbricht Raoul. Stéphane läuft in den Laden, und Koliare ruft ihm nach: »Wenn es der Doktor ist, sag ihm, er soll vorbeikommen und mich mitnehmen.«
Noch während das Telefon klingelt, erhebt sich Raoul, um seinen Rucksack zu holen, den er in einer Ecke des Zimmers abgestellt hat. Er wirft ihn auf den Tisch.
»Du mußt mir Wäsche zum Wechseln geben, Catherine. Ich kann sie in dem Durcheinander, das sie in meiner Hütte angerichtet haben, nicht finden.«
Seine Schwester baut sich vor ihm auf, die Hände in die Hüften gestemmt.
»Darf man vielleicht erfahren, wo du hingehst?«
»In den Norden.«
»Etwa zum Fallenstellen?«
»Natürlich!«

»Soweit ich weiß, ist das noch nicht die richtige Jahreszeit.«
»Bald.«
Man spürt, daß sie sich beherrschen muß, um nicht zu explodieren. Sie preßt die Lippen zusammen. Die beiden sehen sich in die Augen.
»Halte mich nicht auf«, sagt Raoul sanft und macht sich daran, seine Sachen auf den Tisch zu packen.
Mit erhobener Stimme fragt Catherine: »Darf ich nun erfahren, was du um diese Jahreszeit mitten in der Nacht im Wald zu suchen hast?«
Raoul wendet sich zu ihr um. »Es ist vielleicht nicht die richtige Jahreszeit, aber wenn du noch nicht begriffen hast, daß die Jagdsaison bereits eröffnet ist, dann wirst du wirklich alt, meine arme Catherine. Glaubst du etwa, ich sehe ruhig zu, wie sie die Jungen einfangen wie die Bisamratten?«
Die dicke Justine, die bis jetzt geschwiegen hat, wirft eilig ein: »O ja, Raoul, du mußt gehen. Laß sie nicht allein.« Sie legt ihre breiten roten Wäscherinnenhände vor der Brust zusammen und wendet sich an Catherine: »Lassen Sie ihn gehen, Madame Robillard. Denken Sie an meinen Kleinen. Und an all die anderen.«
Catherine, die sich anschickt, in den Laden zu gehen, stößt ein Lachen hervor, das ein wenig gezwungen klingt. Sie dreht sich um und sagt: »Meine arme Justine. Jetzt bist du schon seit über fünfzehn Jahren bei uns und hast noch immer nicht begriffen, daß er hier das Sagen hat. Du bist wie die anderen, du glaubst, daß ich es bin. O nein! Er ist

es! Wenn wir als erste in dieser verdammten Wildnis angekommen sind, dann nur, weil dieser fanatische Anhänger des Nordens uns hierhergeschleppt hat. Noch dazu bei Wintereinbruch!«
Sie unterbricht sich. Stéphane betritt das Zimmer und verkündet, daß der Arzt in einer Viertelstunde da sein werde. Catherine verschwindet. Raoul packt seinen Rucksack weiter aus. Auf die linke Seite kommt das, was er hierlassen, auf die rechte das, was er mitnehmen will. Die anderen sehen ihm dabei zu, und es scheint, daß es ihnen unangenehm ist, untätig zu sein. Als Catherine zurückkommt, trägt sie neue Wäsche aus dem Laden unter dem Arm.
»Steph, nun steht doch hier nicht rum wie ein Besenstiel. Hol Proviant für ihn.«
Raoul lächelt Catherine zu. »Und vergiß das Futter für Amarok nicht.«
»Justine, hilf ihm!« Sie verschwinden, und Catherine brummt: »Mein Gott, alles Tölpel!«
Sie legt Unterhemden, Unterhosen und zwei wollene Trikots auf den Tisch. Sie versucht, ihrem Gesicht einen harten Ausdruck zu geben, doch der Zorn ist nur oberflächlich. Tief in ihren Augen liegt ein warmer Glanz. Als wäre ihr Bruder, dessen Blick sie meidet, schon weit weg, wendet sie sich an Koliare und ihren Mann, die sich vorsichtshalber im Hintergrund halten und schweigen.
»Er benimmt sich, als wäre er fünfzehn. Er will nicht, daß die Jungen in den Krieg ziehen, aber zum Indianerspielen nimmt er sie mit. Räuber und

Gendarm. Sein ganzes Leben lang hat er nichts anderes gemacht.« Es sieht so aus, als wollte sie sich zu Raoul umwenden, doch dann besinnt sie sich und fügt hinzu: »Ihr werdet sehen, unsere arme Mutter wird recht behalten: Eines Tages wird er erfrieren oder ertrinken.«

Raoul hat begonnen, die Wäsche in seinen Rucksack zu packen. Seine Schwester geht auf ihn zu, packt ihn an seinem karierten Hemd und zwingt ihn, sie anzusehen. Man weiß nicht, ob ihre Stimme vor Rührung, vor Angst oder vor Zorn bebt. Vielleicht ist es alles zusammen.

»Denkst du noch manchmal an unsere Mutter? He, sag, du Taugenichts. Wenn du in deinem verdammten Wald im hohen Norden herumläufst, denkst du dann an sie?«

Liebevoll murmelt Raoul: »Aber Catherine ...«

Alban beobachtet sie, dann lächelt er dem Ukrainer zu. Seine braunen Augen glänzen mehr als gewöhnlich.

Justine und Stéphane kommen zurück. Jeder von beiden trägt einen großen Kartondeckel, der mit Konservenbüchsen, Marmelade, getrocknetem Fisch, Reis, Trockenbohnen, Mehltüten, getrockneten Früchten, Zucker, Salz und Schokolade beladen ist.

»Versuch, auf dich aufzupassen«, murmelt Catherine. Ihre Stimme klingt sehr zärtlich, wird aber gleich wieder hart, als sie hinzufügt: »Wenn ihr wirklich in den Norden fliehen müßt, dann ja wohl nicht gerade heute nacht. Wir werden euch alles

Nötige zukommen lassen. Dafür sind wir schließlich da … Wie immer.«
»Ich kann die Sachen ja mit dem Auto abholen«, schlägt Koliare vor.
Sie zögern einen Augenblick, brechen dann in Gelächter aus, und Catherine sagt: »Da haben wir's! Mein armer Alban, langsam versteh ich, warum dieser Verrückte so sehr darauf gedrungen hat, daß wir einen Gemischtwarenladen eröffnen!«

## 14

Der Arzt fährt mit dem Wagen rückwärts so nahe wie möglich an die Küchentür. Es ist ein riesiger Chevrolet, in dem leicht sieben bis acht Personen Platz haben. Der Doktor hilft beim Einladen des Gepäcks.
»Nur zu, der hält was aus.«
»Ja, ich weiß, der ist solide«, bemerkt Raoul, »sie haben alle Mühe gehabt, ihn vom Eisenbahnwaggon abzuladen.«
»Er ist zwar nicht neu, aber ich sage euch, der wird noch Jahre halten.«
Sie laden drei riesige Jutesäcke und den Rucksack des Trappers ein. Stéphane ist es gelungen, in der verwüsteten Hütte seines Onkels Amaroks Packtaschen zu finden. Auch die sind vollgestopft, und sobald der Hund sieht, daß sie in den Wagen gelegt werden, springt er hinterher und setzt sich daneben.

»Jetzt kriegt ihn niemand mehr da raus!« sagt Raoul.
Catherine und Justine bringen zusammengerollte Hanfdecken, Stéphane zwei Pakete Fallen und sechs Paar Schneebretter.
»Wie ich sehe, hast du nicht vor, morgen zurückzukommen«, bemerkt der Ukrainer.
»Es kann eine weite Reise werden.«
Justine geht zu Raoul und reicht ihm ein kleines Päckchen. »Für meinen Timax. Und sag ihm ... Sag ihm ...«
Ihre Stimme erstirbt. Ein gewaltiges Schluchzen, das sie krampfhaft zu unterdrücken versucht hat, bricht aus ihr heraus.
Catherine nimmt sie beim Arm. »Komm, Justine, es ist ja gut ...«
»Ich habe zu viel Unglück ertragen müssen ...«
Raoul hört sie kaum noch. Er steigt mit seinem Jagdgewehr und seinem Karabiner in den Fond des Wagens. Der Ukrainer setzt sich neben den Arzt, der die Kurbel betätigt hat und nun schnell ins Auto springt, um Gas zu geben. Der Motor heult auf.
»Seht ihr, er springt auf Anhieb an. Jemand, der nicht daran gewöhnt ist, könnte sich durch den Rückstoß leicht den Arm brechen.«
Das Automobil fährt langsam an, um das Lager herum und auf die Straße. Keine Menschenseele ist zu sehen. Viele Häuser liegen schon in tiefem Schlaf. Eines nach dem anderen taucht aus dem Nebel auf und kommt in dem dunstverschleierten

Licht der Scheinwerfer näher. Am Stadtrand springt ein kläffender Hund aus einem Garten und läuft dem Wagen hinterher. Amarok begnügt sich damit, zu knurren und ihn verächtlich zu beobachten.

Je tiefer sie in den Wald kommen, desto dichter wird der Nebel. Sie fahren langsam, keiner spricht ein Wort. Sie starren auf den Weg, der nach jeder Umdrehung der Räder vor einer weißen Wand zu enden scheint. Die Temperatur muß knapp unter dem Gefrierpunkt liegen, denn das Gras am Straßenrand und die tiefhängenden Zweige sind reifüberzogen.

»Die Straße ist schnurgerade«, bemerkt Koliare.

»Ich weiß, aber die Schlaglöcher sieht man erst, wenn man drinhängt.«

Sie werden durchgerüttelt, und der Ukrainer brummt unwillig.

Um nach Val Cadieu zu gelangen, brauchen sie länger als eine halbe Stunde. Das Pfarrhaus ist der erste Bau des Dorfes. Es liegt auf der rechten Seite, einige Meter von der Straße entfernt, und grenzt unmittelbar an die Kirche. Das Automobil biegt in die Zufahrt ein. Der Nebel hat die Hälfte des Kirchturms verschluckt, der aussieht, als wäre er abgesägt worden.

Martin Garneau und Ferdinand Rossel tauchen im Lichtkegel der Scheinwerfer auf. Der Arzt stellt den Motor ab.

Koliare steigt als erster aus. »Wie geht es ihm?«

Die Hunde des Dorfes fangen an zu bellen und

zerren an ihren Ketten. Amarok schnüffelt in alle Richtungen, doch er verhält sich ruhig.
»Nicht besonders. Pater Levé hat ihm den Kopf verbunden, aber für sein Bein hat er nichts tun können.«
»Das Sprechen tut ihm weh«, fügt Rossel hinzu.
»Die Tatsache, daß er es überhaupt versucht«, sagt der Arzt, »ist schon ein gutes Zeichen.«
Nachdem die Scheinwerfer erloschen sind, stehen sie in dem gedämpften Lichtschein, der aus dem Fenster dringt. Der Arzt holt ein bauchiges Köfferchen aus dem Wagen, dessen blanke Verschlüsse aufblitzen. Rossel öffnet ihnen die Tür und tritt zur Seite.
»Ich bleib draußen, geh du nur mit ihnen, Martin. Sag mal, Raoul, wird dein Wolf mich auch nicht verschlingen?«
»Er wird dich eher verteidigen. Amarok ist weniger blutrünstig als bestimmte Menschen!«
Sie betreten ein großes Zimmer, in dem sich zwei lange Tische, Bänke und Stühle aneinanderreihen. Eine große Deckenlampe erhellt die Mitte des Raumes, doch die Ecken liegen im Halbdunkel. Vier Männer und zwei Frauen, die an einem großen Ofen mit zwei Feuerstellen gesessen haben, erheben sich und treten in den Lichtkreis.
Koliare geht gleich auf eine Tür im hinteren Teil des Zimmers zu und öffnet sie, während Cyrille Labrèche mit seiner heiseren Stimme krächzt: »Bis ihr endlich da seid, könnte man zwanzigmal abkratzen!«

Keiner beachtet ihn.
Raoul, der Ukrainer und Garneau treten hinter dem Arzt durch die Tür. Ein starker Jodgeruch vermischt sich mit dem der Petroleumlampe, die auf dem Nachtschränkchen mit der weißen, spitzenbesetzten Decke steht. Ihr Schein fällt auf eine große Kugel Stoffbinden, aus denen eine bläulich verfärbte, blutverkrustete Nase ragt. Das rechte, klare Auge wandert hin und her, das Augenlid zittert. Das linke ist geschlossen. Es ist zugeschwollen und rot angelaufen und von einem violetten Ring umgeben.
Pater Levé beugt sich zu dem Verletzten hinunter und sagt: »Das ist mein Neffe. Er ist ein besserer Arzt als ich, er wird dich wieder gesund machen.«
Die Witwe Billon und Charlotte Garneau sind ebenfalls da, doch Raoul hat nur Augen für den Verletzten.
»Diese Schweine!« knurrt er. »Die hätten wir uns lieber vorknöpfen sollen.«
»Das kommt noch«, wirft der Ukrainer ein.
»Ruhe«, befiehlt Pater Levé, »wartet nebenan!«
Der verletzte Priester hebt die rechte Hand zu einer Dankesgeste. Sein Auge wandert von Koliare zum Trapper, und seine Stimme versucht durch die dikken Verbände zu dringen.
»Er dankt euch«, sagt Charlotte, die eine Schüssel dampfendes Wasser in der Hand hält. »Laßt uns jetzt allein.«
Die drei Männer gehen zurück in den Katechismusraum, wo sich die anderen wieder an den Ofen gesetzt haben.

Eine Weile herrscht Schweigen, nur fragende Blicke wandern hin und her. Cyrille Labrèche rutscht unruhig auf seinem Stuhl herum. Seine Hände und sein Gesicht sind unablässig in Bewegung, so als würde er große Vorträge halten, doch aus seinem Mund dringt nur ein Schwall erstickter Laute.
Koliare meint noch einmal: »Diese Schweine müßten wirklich bestraft werden.«
Labrèche explodiert. Die Wort sprudeln aus ihm heraus, seine Bewegungen werden heftiger, er springt auf und geht auf den Ukrainer zu, als wollte er ihn schlagen.
»Ja, mit dem Gewehr! Darum wollte ich auch Marceline begleiten. Ihr habt mich daran gehindert. Du wolltest ja an meiner Stelle gehen, und ihr habt nichts gemacht! Wenn jemand mit mir kommt – ich bin sofort bereit, aufzubrechen. Muß nur noch mein Gewehr holen.«
Koliare läßt die Flut von Worten und Speicheltropfen ungerührt über sich ergehen. Als Labrèche sich nun an die anderen wendet, hebt Martin Garneau seine große Hand. Sein schweres rundes Gesicht steht in ebenso krassem Gegensatz zu dem Nervenbündel Labrèche wie seine tiefe, rauhe Stimme zu dessen aufgeregtem Gekreische.
»Schrei nicht so rum und setz dich hin!«
Labrèche verschluckt den Rest seiner Worte und setzt sich – wenngleich noch immer aufgeregt – wieder auf seinen Platz.
»Du brauchst sie gar nicht herauszufordern, sie

werden von selbst kommen«, fügt Martin hinzu, »und dann wirst du dich in acht nehmen müssen.«
Cyrille will gerade antworten, doch der Ukrainer kommt ihm zuvor und erzählt, wie sie den Spitzeln eine Lektion erteilt haben. Als er berichtet, wie Catherine Robillard reagiert hat, nicken die Frauen bewundernd mit dem Kopf.
»Ich habe es immer gesagt: diese Frau ist eine Persönlichkeit«, bemerkt Jeanne Koliare. Dann wendet sie sich an ihren Mann, mustert ihn von Kopf bis Fuß und fragt: »Du bist doch nicht etwa verletzt?«
Der Ukrainer bricht in schallendes Gelächter aus, springt auf und wirft sein Bein so hoch in die Luft, daß der Stiefel fast die Decke berührt.
»Es war viel zu schnell vorbei!«
Jetzt reden alle durcheinander. Über den Krieg in Europa, über das schlechte Verhalten einer Regierung, die versprochen hatte, daß es nie Einberufungen geben würde, und die jetzt ihr Versprechen gebrochen hat.
Ein gewisser Talon, der Pinguets Parzelle übernommen hat, nachdem dieser in das Bergwerk zurückgekehrt ist, spricht von seinem einundzwanzigjährigen Sohn: »Ich würde nie zulassen, daß er geht.«
»Ich würde es auch nicht!« sagt Garneau.
Das haben sie schon hundertmal gesagt. Und sie wiederholen es, als müßten sie sich selbst davon überzeugen.
Dann erzählt Pinguet, ein ruhiger, besonnener

Mann, was er 1939 erlebt hatte, als er sich in Quebec aufhielt: »Die Arbeitslosen wollten nicht mehr vor Hunger krepieren, und so standen sie Schlange, um sich bei der Armee zu verpflichten. Schlange stehen, um zu sterben, das ist doch der Gipfel!«
»Das schlimmste ist«, bemerkt Garneau, »daß sicherlich Familienväter dabei waren, die das getan haben, damit ihre Kinder nicht verhungern. Dafür müssen sie dann sterben.«
»Und außerdem«, sagt Labrèche, »streicht man denjenigen, die im richtigen Alter für die Einberufung sind und die sich weigern, jegliche Unterstützung.«
»Das stimmt«, pflichtet Garneau ihm bei, »sie haben sich nicht verpflichtet, um zu sterben, sondern einfach um zu essen.«
So geht die Diskussion weiter, man spricht noch einmal über die große Krise, die nur durch den Krieg in Europa eingedämmt werden konnte. Die Gemüter sind erregt, doch dann wird es stiller, und einer nach dem anderen treten sie an die Tür zum Schlafzimmer, um zu hören, was dort vor sich geht. Endlich öffnet sie sich. Der Arzt kommt mit seinem Koffer heraus, hinter ihm Pater Levé, der sich mit seiner knochigen Hand das spitze Kinn reibt. Dann folgt Charlotte mit ihrer Schüssel und schließlich Marceline Billon, die behutsam die Tür hinter sich schließt. Sie legt ein Bündel blutiger Verbände neben den Ofen auf den Boden.
Alle Blicke sind auf den jungen Arzt gerichtet, der erklärt: »Er hat sich nichts gebrochen, nur einen

Zahn verloren. Aber es wird eine Weile dauern, bis er sich erholt hat.«
»Und sein Bein?«
»Ich glaube nicht, daß der Knochen einen Riß hat. Ein großer Bluterguß. In zwei, drei Tagen müßte er abklingen.«
»Schläft er?«
»Macht euch keine Sorgen. Ich habe ihm etwas gegeben, damit er lange schläft.« Über das jungenhafte Gesicht des Arztes huscht ein breites Lächeln. »Zwischen der endlosen Entbindung und dieser Sache hier habe ich seit heute morgen nichts mehr zu mir genommen. Nicht einmal ein Glas Wasser.«
»Wasser!« ruft Koliare aus und verzieht das Gesicht. »Wenn wir Ihnen Wasser geben würden, müßten wir ja gleich einen richtigen Arzt holen.«
Alle geraten in Aufruhr.
»Langsam, langsam«, befiehlt der Priester.
»Wir können zu mir gehen«, schlägt Marceline Billon vor, »ich habe alles da.«
Sie treten ins Freie. Eisiger Nebel umhüllt sie. Aus jedem Mund dringt eine kleine weiße Wolke, die sich rasch verflüchtigt. Das gefrorene Gras knirscht unter ihren Füßen. Die Zweige der Sträucher biegen sich unter dem Reif.
Garneau tritt zu Rossel, der immer noch Wache hält und sich in die klammen Hände bläst.
»Komm mit uns und wärm dich auf. Bei diesem Wetter strecken die Faultiere von der M.P. die Nase nicht vor die Tür.«

## 15

Sie haben alle bei Marceline Billon, die drei Jungen in ihrer Scheune beherbergt, gegessen und getrunken. Dann sind der Priester und sein Neffe in dem Automobil abgefahren, dessen Geknatter noch lange durch die Stille der Nacht hallte. Die Hunde von Val Cadieu haben angefangen zu bellen, während sich Amarok, der vor der Türschwelle gewartet hat, lautlos zu Füßen seines Herrn gesetzt und sein Fell geschüttelt hat.

Es ist fast drei Uhr morgens. Der Nebel scheint sich ein wenig zu lichten.

»Der Wind wird nach Norden drehen«, sagt Raoul zu Cyrille Labrèche. »Er wird die trübe Brühe vertreiben und Kälte bringen.«

»Du hast den Winter immer geliebt«, erwiderte Cyrille. »Nicht, daß ich ihn nicht mag – aber schon im Oktober, das finde ich zu früh.«

Sobald Amarok merkt, welche Richtung sie einschlagen, läuft er voraus. Er umrundet das Haus, das mit seinen gut verfugten Brettern wie neu wirkt.

»Dein Hund läuft direkt auf den Stall zu.«

»Er hat Timax gewittert.«

Der Stall liegt hinter dem Haus. Amarok schnüffelt an der Tür und jault leise. Als Cyrille die Tür öffnet, läuft der Hund zu Timax und leckt sein Gesicht. Der Junge brummt.

Cyrille sucht in den Taschen seiner Jacke nach der Taschenlampe. Der Schein der Lampe flammt auf.

»Die hat Steph mir verkauft. Ein tolles Ding. Und man braucht auch keine Angst mehr zu haben, das Heu in Brand zu setzen.«
Jetzt ist Timax wach. Er wirft die Decke zurück und steht auf. Sein behaarter Oberkörper glänzt, als wäre er von einer Reifschicht überzogen. Der Hund springt an ihm hoch.
»Platz!« befiehlt Raoul.
Amarok gehorcht sofort und streckt sich im Stroh aus. Er schnüffelt in eine andere Richtung, wo sich jetzt eine zweite Gestalt seufzend umdreht.
»Gustave hat einen festen Schlaf«, stellt Cyrille fest.
»Hast du gesehen, was sie mit dem Pater gemacht haben?« fragt Timax.
»Natürlich habe ich es gesehen!«
Cyrille richtet den Strahl der Taschenlampe auf den hinteren Teil des Stalls, von wo man Geräusche hört. Von dort kommen auch die Wärme und der Geruch. Eine angekettete Kuh bewegt den Kopf. Weiter hinten glänzt die Kruppe eines Pferdes. Sein großes Auge leuchtet im Schein der Lampe auf. Dann wandert der Lichtkegel weiter nach unten, zu einem Bretterverschlag, in dem drei Ziegen stehen.
Cyrille ist beunruhigt. »Und der Hund? Wird er meine Geißen nicht totbeißen?«
»Er schläft draußen.«
»Wird er nicht loslaufen und die anderen Hunde aufschrecken?«
»Der rückt sich keinen Zentimeter vom Fleck.«
Raoul öffnet die Tür und läßt Amarok hinaus.

Timax, der noch immer in Unterhosen dasteht, bestürmt den Trapper mit Fragen, ohne sich weiter um Labrèche zu kümmern.
»Ist der Doktor gekommen?«
Raoul beruhigt ihn.
»Und hast du meine Gisèle gesehen?«
Gereizt entgegnet der Trapper: »Nein. Und ihren Vater auch nicht. Diese Leute wollen keinen Ärger. Soviel ist sicher! Mach dir keine Sorgen um sie. Sie werden so tun, als würden sie dich nicht kennen.«
Der stämmige Bursche seufzt.
»Was hat denn der Herr Pfarrer genau?« fragt er dann.
Raoul erklärt es ihm, und Timax erkundigt sich besorgt: »Ist ein Hämatom schlimmer als ein gebrochenes Bein?«
»Aber nein. Es ist ein dicker Bluterguß, der in ein paar Tagen verschwinden wird.«
»Das ist alles meine Schuld, und ich war auch noch mit den anderen im Wald, als diese Schweine gekommen sind. Ich konnte den Pater nicht mal verteidigen.«
»Mein armer Junge, was hättest du schon gegen die Revolver ausrichten können? Alles, was sie wollten, war, dich in die Finger zu bekommen, dich zu verprügeln und einzubuchten.«
»Mich verprügeln? Das ist noch nicht raus!«
»Hör auf! Seit man das Pulver erfunden hat, gibt es keine starken Männer mehr.«
Labrèche beginnt wieder wild zu gestikulieren und zu spucken.

»Er hat recht. Wir wollten ja nach Saint-Georges gehen. Aber Charlotte und die anderen haben uns daran gehindert. Wenn man diese Schweine nicht in ihre Schranken weist, ist man kein Mann!«
Er richtet die Lampe auf ein Gewehr, das an der Bretterwand oberhalb seiner Schlafkoje hängt.
»Pulver haben wir hier auch!«
»Jetzt haltet beide den Mund!« Raouls Stimme wird lauter. »Wenn ihr euch so verrückt benehmt, schlafe ich bei Garneau!«
Er hat seinen Rucksack und seine Gewehre abgestellt. Der Rest des Gepäcks ist bei der Witwe Billon geblieben. Er legt seine große Hand auf Timax' nackte, warme Schulter und drückt sie.
»Es nutzt gar nichts, sich aufzuregen. Da macht man nur Fehler. Und genau darauf warten sie. Wir reden morgen weiter.«
»Bist du sicher, daß sie meiner Mutter nichts tun?«
»Deine Mutter wird bei meiner Schwester schlafen. Wenn sie sich dort sehen lassen, werden sie gut empfangen werden.«
Während er spricht, kramt er in seinem Rucksack, reicht Timax dann eine spitze Papiertüte.
»Hier, das hat sie mir für dich gegeben.«
Der Junge nimmt die Tüte, öffnet sie und schiebt seine dicke Pranke hinein. Er holt eine Handvoll Bonbons heraus, die er den anderen anbietet. Sie lehnen ab.
»Du bist verrückt«, sagt Labrèche, »davon fallen einem die Zähne aus. Ich hab sowieso schon fast keine mehr.«

Ungerührt beginnt der Junge die großen rosafarbenen Bonbons zu kauen.
»Auf alle Fälle haben wir die Gegend von einem widerwärtigen Rattennest befreit«, sagt Raoul. Und er erzählt noch einmal von ihrem kleinen Besuch bei den Schwarzhändlern.
»Die konnte ich nie leiden«, sagt Timax.
»Jetzt leg dich wieder hin und laß mir etwas Stroh übrig.«
Der stämmige Kerl zieht sich mit seinen Bonbons in seine Ecke zurück. »An Stroh fehlt es in diesem Palast nicht!«
Cyrille geht zu seiner Bretterkoje, die an den Rundstämmen der Wand und an den Deckenbalken befestigt ist. Es ist eine Art langer Kasten voller Felle und Decken, der an einigen Stellen durch die ständige Berührung blankgescheuert ist. Cyrille knipst die Taschenlampe aus. Man hört, wie er sich auszieht. Dann knarren die Bretter, und bald ertönt ein Schnarchen, das dem Gebrüll ähnelt, das Cyrille ausstößt, wenn er wütend ist. Raoul zieht sich aus und rollt auf der dicken Strohschicht eine Decke aus, legt eine zweite zu einem Kopfkissen zusammen.
Sie lauschen eine Weile Cyrilles fast unmenschlichem Schnarchen, das Gustave Clarmonts gleichmäßige Atemzüge übertönt. Da flüstert Timax: »Wenn er in die Schuhmacherwerkstatt kam, mußte ich immer über ihn lachen. Seit fast zehn Jahren erzählt er uns nun schon von seiner Frau, die zurückkommen wird ...« Er schweigt, kaut eine

Weile seine Bonbons und fährt dann seufzend fort: »Ich habe über ihn gelacht, aber ich glaube, er ist nicht glücklich.« Dann, als schäme er sich für sein Mitgefühl, fährt er mit fester Stimme fort: »Er ist zwar ein Spinner, aber er würde alles für andere tun. Jedenfalls liebt er – außer seiner Stute – niemanden so sehr wie die Robillards. Das kann ich dir sagen! Er redet ständig davon, was sie alles für ihn getan haben.«
Man hört Papier rascheln. Timax wickelt noch ein Bonbon aus. »Trotzdem, seine Kinder, die er nie wiedergesehen hat ... Es muß schwer für ihn sein.«
»Sei jetzt still. Wir müssen schlafen.«
Die Bretter der Schlafkoje knarren, und Cyrilles Schnarchen ebbt ein wenig ab. Der Wind rauscht leise. Das bedeutet, daß der Nebel langsam das Tal hinaufwandert und die Bäume mit einer Reifschicht überzieht. Man spürt, wie er in leichten Wellen über das Dach wogt, die an den Rundhölzern der Hausecken mit einem klagenden Ton zerreißen.
Amarok schläft nicht. Er lauscht dem Atem des Waldes, dem leisen, fast metallischen Säuseln. Von Zeit zu Zeit erhebt er sich, schüttelt den Reif aus seinem Fell, macht mit kleinen, leisen Schritten seine Runde ums Haus und legt sich wieder vor die Tür. Genußvoll atmet er den Wind ein, der aus dem hohen Norden kommt und den Winter verheißt.

# 16

Der Nordwind fegte rasch die Wolken vom Himmel. Eine strahlende Sonne stieg hinter dem kahlen, glänzenden Wald auf. Der Reif taute nach wenigen Stunden. Seither sind die Nächte kalt und die Tage klar. Der Wind treibt rote und goldene Blätter vor sich her. Sie wirbeln über den kahlen Boden von Val Cadieu wie eine Erinnerung an den Herbst, der vor dem Winter flieht. Die Bäume glitzern, und das Eis in den Wagenspuren und Pfützen trägt schon.

Im Morgengrauen ziehen die Jungen mit den Männern von Val Cadieu und Raoul – wenn er nicht gerade für die Wache eingeteilt ist – hinaus in den Wald. Amarok folgt seinem Herrn auf Schritt und Tritt. Die anderen Hunde der Siedlung haben sich durch die Macht der Peitsche daran gewöhnt, ihn nicht mehr anzubellen. Er selbst interessiert sich nur für Garneaus Hündin, die er jedesmal, wenn er vorbeikommt, begrüßt. Da sie nicht läufig ist, sind ihre Treffen jedoch von kurzer Dauer.

Labrèche, der keinen Hund hat, sagt oft zu den anderen: »Wenn eure Kläffer so gut abgerichtet wären wie Amarok, würden wir keine Wachen brauchen.«

Raoul hat sich ganz dem Leben in der Siedlung angepaßt. Amarok ist ein wenig erstaunt, daß sie, nachdem sie Saint-Georges verlassen haben, nicht weiter nach Norden ziehen. Er beobachtet den Wald, wittert den Wind und wirft dem Trapper fragende Blicke zu.

»Keine Sorge, alter Junge, wir gehen bald.«
Val Cadieu ist auf drei Seiten von Wald umgeben, an der vierten fließt der Harricana. Ab Mittag spielen die Sonnenstrahlen auf der glitzernden Wasserfläche und lassen sie ebenso unermeßlich weit erscheinen wie den Wald. Ein Land ohne Grenzen, wo man untertauchen und schnell verschwinden kann. Es beginnt jetzt sein langsames, geheimes Winterleben. Es beruhigt. Und es macht denjenigen Angst, die sich nicht weiter als einen halben Tagesmarsch vorgewagt haben.
Die Männer der Siedlung, die zu alt sind, um einberufen zu werden, halten abwechselnd Wache. Jeweils zwei von ihnen arbeiten, das Gewehr in Reichweite, auf den Feldern. Die anderen gehen mit den Jungen in den Wald. Auch Raoul hat seinen Platz in diesem System. Es war nicht allzu schwierig gewesen, Labrèche auszuschließen, der wegen seines hitzigen Charakters nicht zuverlässig ist. Zwar wäre Labrèche nur zu gern der M.P. begegnet, um sein Mütchen zu kühlen, aber die Vorstellung, seine Stute zum Holztransport jemand anderem anzuvertrauen, schreckte ihn.
Garneau hat ihm gesagt: »Du weißt genau, daß niemand außer dir die Pferde führen kann. Es könnte leicht ein Unfall passieren.«
Cyrille hat geknurrt: »Sag doch gleich, daß ihr Angst habt, es könnte zu einem Unfall mit der M.P. kommen.«
Aber er hat sich für den Wald entschieden.
Von morgens bis abends hält ein Kind, das jede

Stunde abgelöst wird, auf dem Kirchturm Wache. Wenn ein Auto kommt, ist es auf der schnurgeraden Straße, die in Val Cadieu endet, schon von weitem zu sehen. Das Kind läutet die Glocke; die Männer, die zur Wache eingeteilt sind, nehmen ihre Gewehre und postieren sich vor dem Pfarrhof. Die Frauen kommen dazu, die Lehrerin mit ihrer Klasse, und alle treffen sich an der Zufahrt zur Siedlung. Diejenigen, die im Wald arbeiten, hören auf, mit der Axt zu schlagen. Das Fuhrwerk bleibt stehen. Alles erstarrt in Erwartung dessen, was kommt. Man hört keinen Laut mehr, nur das Pfeifen des Windes in den Bäumen. Niemand kann erraten, an welcher Stelle des riesigen Waldes sich die Holzfäller gerade befinden.

Das Kind, das Wache hält, hat den Auftrag, die Glocke selbst dann zu läuten, wenn es das Automobil kennt. Egal, ob es sich um den Chevrolet des Arztes, den Lieferwagen des Mechanikers oder den Lastwagen des Sägewerks handelt, man muß mißtrauisch sein. Die M.P. wäre durchaus in der Lage, ein Fahrzeug zu beschlagnahmen, um die Leute zu täuschen. Nachts wechseln sich die Jungen bei der Wache ab.

Die Tage vergehen ohne besondere Vorkommnisse. Pater Chavigny erholt sich allmählich. Sein Auge ist dank der Kamillenkompressen abgeschwollen. Sein abgebrochener Zahn bereitet ihm Schmerzen, aber der Arzt will ihn nicht ziehen, solange die Lippen noch geschwollen sind. Man hat festgestellt, daß für die Behandlung der Verletzungen an

Hüfte und Oberschenkel und der anderen Hämatome an Armen und Rippen Kohlumschläge wirksamer sind als die Salben. Also steht die Witwe Billon Tag für Tag da und zerquetscht mit einer Flasche Kohlblätter auf einem Blech. Da der Priester den jungen Arzt nicht verärgern will, nimmt er den Breiumschlag ab, sobald die Glocke erklingt, und der Arzt ist sehr zufrieden mit der Wirkung seiner Salben.

So vergehen sechs Tage. Am Morgen des siebten schläft das kleine Mädchen, das im Kirchturm Wache hält, ein. Erst das Geknatter des Chevrolet weckt sie auf, und sie läutet heftig die Glocke. Alarmiert läuft man zusammen. Raoul, der mit dem Ukrainer Wache hält, kommt mit Amarok angerannt. Die Kleine steigt weinend die Kirchturmtreppe hinunter; Charlotte tröstet sie, und der Trapper sagt: »Das soll uns eine Lehre sein. Dort oben muß ein Erwachsener sitzen und nicht ein Kind!«

Da der Doktor es eilig hat, läuft er sofort zum Kranken. Die anderen betreten das Zimmer in dem Augenblick, als er ausruft: »Was ist denn das für ein ekelhaftes Zeug?!«

Sein rundliches Gesicht ist rot angelaufen. Charlotte erklärt alles. Der Arzt schwankt einen Augenblick zwischen Zorn und Lachen. Dann ruft er aus: »Da habt ihr mich ja schön reingelegt! Aber, verdammt noch mal, ich bin doch nicht von der M.P.! Habt ihr denn solche Angst vor mir?«

»Wir wollten dich nicht verärgern«, sagt Raoul.

Der Priester lächelt mit schmerzverzogenem Gesicht und meint: »Ich konnte ja nicht sprechen!«
»Sie sind wirklich unverfroren! Und noch dazu lügen Sie. Wenn mein Onkel ...«
»Der weiß Bescheid!«
»Ich weiß ehrlich nicht, was ich in diesem unzivilisierten Land verloren habe! Und ich habe mich immer gefragt, warum es in der Nähe Ihres Bettes immer so nach Suppe riecht!«
Für eine Weile herrscht ausgelassenes Durcheinander, alle reden und lachen zugleich.
Schließlich sagt der Arzt: »Ich bin ja nicht verbohrt. Ihr habt mir etwas beigebracht, und künftig werde ich Nutzen daraus ziehen.«
Er bricht bald wieder auf, um – wie er sagt – seinem Onkel die Ohren langzuziehen, weil er sich über die Medizin lustig gemacht habe. Die anderen blicken seinem Wagen nach, der über die holprige, schon hartgefrorene Straße hoppelt.
Als das Motorengeräusch fast verklungen ist, schüttelt Marceline Billon bedächtig den Kopf und sagt mit einem melancholischen Lächeln: »In diesem Land gibt es so viele gute Menschen!«
Koliare steigt in den Kirchturm hinauf, um als erster Wache zu halten.
»Fall bloß nicht runter, wenn du einschläfst!« ruft ihm Charlotte nach.
Sie müssen scherzen, um ihrer Nervosität Herr zu werden.
Der Ukrainer schreit zurück: »Es war ein wundervolles Fest, als wir diese Kirche gebaut und die

Glocke aufgehängt haben. Keiner von uns hätte sich träumen lassen, daß sie eines Tages für so eine verdammte Sache herhalten müßte.«

Es vergeht eine weitere, fast zu ruhige Woche. Das Leben geht seinen Gang wie immer, und eine Art Langeweile macht sich breit. Der Priester ist fast gesund. Sein Gesicht zeigt zwar noch Spuren des Zwischenfalls, und er hinkt, doch er kann wieder sprechen. Er gibt wieder Religionsunterricht, nimmt die Beichte ab und liest die Messe. Pater Chavigny ist ein kräftiger Mann, ein Bauernsohn aus dem Nicolet. Er ist auf dem Land großgeworden und kennt dieses Leben. Gern greift er zur Axt, zur Hacke oder zu den Pferdezügeln. Seit Billons Tod hat er oft Marcelines Acker bestellt. Er will nichts davon hören, Val Cadieu zu verlassen.
»Ich bin sicher, selbst wenn man ihn zum Bischof ernennen würde, würde er ablehnen«, sagt Labrèche, der ihn sehr bewundert.
Raoul ist der einzige, der es nicht fertigbringt, ihn »Vater« zu nennen; er sagt »Priester« zu ihm.
Seine Vorgesetzten hatten ihn im Sommer 1934 hierhergeschickt, als Nachfolger eines Priesters, den alle mit Freuden hatten gehen sehen. Für Pater Chavigny war es eine Strafversetzung. Er hatte den Auftrag gehabt, den Arbeitslosen von Montreal das Paradies von Abitibi und das Glück der Kolonialisation zu verkünden. Doch statt dessen hatte er sie gewarnt: Vor dem Land, das zu schwer zu roden sei, vor der Einsamkeit des hohen Nordens, vor

den Myriaden von Stechmücken und den endlosen Wintern. Der erzürnte Bischof hatte ihn in die nördlichste aller Gemeinden versetzt, damit er die Hölle aus nächster Nähe erleben könnte. Und Pater Chavigny hatte begonnen, diese Hölle zu lieben.
Eines Nachmittags, als Raoul mit den anderen im Wald ist, kommt der Doktor. Er setzt seine Besuche fort, vor allem, um die neuesten Nachrichten zu überbringen. Diesmal begleiten ihn Catherine Robillard und Pater Levé. Ein Kind wird in den Wald geschickt, um Raoul zu holen.
Jetzt sitzen sie bei Marceline Billon um den Tisch. Die beiden Pfarrer, Catherine, Raoul und der Doktor.
Noch ehe Marceline Holz nachgelegt und Teewasser aufgesetzt hat, sagt Raoul: »Ihr braucht nichts zu sagen, ich habe verstanden: Der Sergeant ist tot.«
Die anderen bestätigen seine Vermutung mit leiser Stimme, und der Doktor fügt hinzu: »Heute nachmittag hat mich einer der Ärzte aus dem Krankenhaus angerufen, noch ehe er die Behörden informiert hat. Wir sind gleich aufgebrochen. Alban bringt es Justine bei.«
Marceline seufzt. »Die arme Frau!«
Sie stellt den Wasserkessel auf den großen Herd. Ein Tropfen tanzt auf der gußeisernen Platte, dann beginnt der Kessel zu singen.
»Und nun?« fragt Raoul.
»Er muß sich stellen«, sagt Pater Levé.
»Sich stellen? In die Höhle des Löwen werfen?« tobt Raoul. »Du bist ja verrückt!«

Catherine wirft mit harter Stimme ein: »Wenn du in diesem Ton anfängst, endet es mit Hauen und Stechen!«
Raoul beherrscht sich. Er atmet mehrmals tief durch, um sich zu beruhigen, dann sagt er in fast flehendem Ton: »Aber ihr wißt doch ebenso gut wie ich, was das bedeutet. Zuerst werden sie ihn verprügeln, dann verurteilen ... und schließlich hängen!«
Bei diesem Satz zögert er, und vor allem das letzte Wort will ihm kaum über die Lippen kommen.
Die anderen sehen sich fragend an, ratlos. Schließlich gibt sich der Priester von Saint-Georges einen Ruck.
»Weißt du, Raoul, ich habe von Anfang an befürchtet, daß es so kommt. Das heißt, ich habe darüber nachgedacht. Kein Gericht kann das Verhalten des Jungen als vorsätzliches Verbrechen deuten. Es war ein Unfall. Sie haben sich geprügelt. Der Sergeant ist gefallen, und sein Kopf ist aufgeschlagen ... Außerdem benimmt sich die M.P. hier derartig schlecht ... Es wird nicht an Zeugen mangeln, die das bestätigen.«
Pater Chavigny unterbricht ihn: »Verlaßt euch auf mich. Ich werde mich nicht zurückhalten, ihnen zu erzählen, was sie mit mir gemacht haben.«
»Ich werde auch hinfahren«, sagt der Arzt.
Die beiden Frauen schließen sich an, und Catherine fügt hinzu: »Wenn es sein muß, wird sich ganz Saint-Georges in den Zug setzen. Wir sind ja nicht

in Hitlerdeutschland! So leicht wird hier niemand aufgehängt.«
Es herrscht Schweigen. Dem Arzt ist es zwar unangenehm, doch er sagt: »So etwas sollte man nicht zu laut sagen. Sie werden Ihnen antworten, daß man die Männer eben darum nach Europa in den Krieg schickt, damit der Nationalsozialismus sich bei uns niemals ausbreiten kann.«
Die Witwe Billon holt Tassen aus einem kleinen, rohen Holzschrank. Ihr Mann, der als erster auf dem Friedhof von Val Cadieu beigesetzt worden war, hatte keine Zeit mehr gehabt, ihn glattzuhobeln. Sie bringt sie mit einem Schälchen Zucker zum Tisch. Dann gibt sie zwei Löffel Tee und das kochende Wasser in einen großen weißen Topf. Sie setzt sich wieder und sagt ernst: »Ich weiß nicht genau, was das ist, der Nationalsozialismus. Aber ich erinnere mich an den letzten Krieg. Das ist noch nicht so lange her. An die Aufstände derer, die eingezogen waren und nicht fahren wollten. Und all die jungen Männer, die man in den Tod geschickt hat, die Verstümmelten und das ganze Elend. Wozu war das alles gut, wenn jetzt die ganze Geschichte wieder von vorn anfängt!«
Catherine, die für einen Augenblick beunruhigt schien, richtet sich auf ihrem Stuhl auf.
»Sie haben recht, Marceline. Die Franzosen haben uns im Stich gelassen! Und wenn sie jetzt, wo sie mit den Engländern verbündet sind, nicht in der Lage sind, ihre Sache mit Hitler zu regeln, dann geht uns das nichts an.«

»Eins ist sicher, wenn die armen Jungen, die man im August nach Europa eingeschifft hat, in die Wälder gegangen wären, dann gäbe es jetzt nicht tausend Tote!«
Raoul unterbricht Marceline und wendet sich an den Prieser von Saint-Georges: »Sag mal, Jules, du warst doch der erste, der davon gesprochen hat. Nicht nur von den Toten, sondern auch von von denen, die zurückgekommen sind und ein Bein oder einen Arm verloren haben. Hunderte und Aberhunderte.«
Der Prieser läßt sie eine Weile ihren Unmut äußern. Dann, als sie sich zu beruhigen scheinen, hebt er die Hand, um sich Gehör zu verschaffen.
»Ihr weicht vom Thema ab. Für Maxime Landry geht es nicht mehr darum, sich der Einberufung zu entziehen ...«
Wieder wird Raoul ärgerlich. »Eben! Verdammt noch mal! Es ist viel schlimmer. Es geht nicht um die Gefahr, getötet zu werden, sondern um die Gewißheit, gehängt zu werden. Glaubst du, wir kennen die Gesetze nicht?«
Für einen Moment herrscht tiefe Stille. Dann sagt der Pfarrer ruhig und mit leiser Stimme: »Ich möchte, daß du mir eine Minute zuhörst. Du redest, als würde ich Timax Schlechtes wollen. Du bis kein Kind mehr!«
Er richtet sich auf seinem Stuhl auf, zieht die Augenbrauen hoch und mustert einen nach dem anderen, ehe er fortfährt.
»Ich bitte euch, nehmt Vernunft an. Sein Fall steht

sehr gut. Aber indem er der Justiz zu entkommen sucht, macht er sich schuldig«

Das Wort hallt eigenartig nach. Der Priester sieht dem Trapper fest in die Augen. Sein Gesicht ist nicht hart. Güte und große Bestimmtheit liegt in seinem Blick.

»Raoul, du mußt ihn nach Saint-Georges bringen. Er kann sich nicht sein ganzes Leben lang verstecken.«

»Ich bin kein Polizist«, brummt der Trapper.

»Du bist der einzige, auf den er hört.«

Raouls Gesicht fällt zusammen, ist plötzlich von tausend Falten zerfurcht. Er sieht die anderen hilflos an, als erwarte er eine Erklärung von ihnen. Eine Weile vergeht. Das Schweigen ist so tief, daß man hört, wie Amarok sich kratzt.

Bedauernd stimmt Catherine schließlich zu: »Er hat vielleicht recht.«

»Ich schwöre euch, daß einzig und allein die Vernunft mich leitet«, sagt der Priester mit fester Stimme.

»Trotzdem«, gibt die Witwe Billon zu bedenken, »man weiß nicht, was sie mit ihm machen.«

Als hätte er sie nicht gehört, wendet sich der Priester an Raoul: »Du mußt mit ihm sprechen. Man kann nicht sein Leben lang auf der Flucht sein ... Wir werden alle da sein, um ihn zu verteidigen.«

Das Gesicht des Trappers ist verschlossen. Mit dem Daumen zerdrückt er die Asche in seiner Pfeife, schweigt.

Nach einigen Sekunden fährt Pater Levé fort:

»Raoul, nur du kannst es tun ...«
»Moralpredigten sind Sache der Priester...« begehrt Raoul auf.
Dann sackt er auf seinem Stuhl zusammen. Sein Blick kreuzt den des Priesters. »Das ist ein schmutziger Auftrag!« murmelt er.
Um den Tisch herum hört man tiefe Seufzer. Raoul scheint sich wieder gefangen zu haben. Seine Augen haben den alten Glanz wiedergefunden, und seine Stimme klingt gefaßt, als er sagt: »Gut, ich werde mit ihm sprechen. Aber eines sage ich euch gleich: Er macht, was er will. Ihr wißt genau, daß er ein unglaublicher Dickschädel ist.«
Jetzt schimmern seine Augen feucht. Seine Stirn ist von Falten zerfurcht, und sein Bart scheint leicht zu zittern.

## 17

Nachdem seine Schwester, der Doktor und der Pfarrer von Saint-Georges abgereist sind, geht Raoul zu den Holzfällern zurück. Aber es ist spät geworden, und unterwegs trifft er die anderen, die schon auf dem Rückweg sind. Er gibt vor, daß seine Schwester ihn wegen einer Familienangelegenheit sprechen wollte. Niemand scheint ihm zu glauben. Vor allem Timax nicht, der ihn ängstlich anstarrt. Schweigend kehren sie heim.
Zu Hause versucht Raoul, Cyrille und Gustave

wegzuschicken. »Ihr zwei seid bei Marceline zum Essen eingeladen.«
Cyrille schüttelt heftig den Kopf. »Ich bleibe hier. Ich bin hier zu Hause.«
Doch Gustave läßt sich das nicht zweimal sagen und stürmt davon, als wollte er sich vor einem Gewitter in Sicherheit bringen. Die drei anderen bleiben in dem Zimmer, in dem sie die Mahlzeiten einnehmen und ihre Abende verbringen. Raoul macht im Herd Feuer, während Cyrille sich um die Lampe kümmert. Das ist eine Arbeit, die beruhigend auf ihn wirkt, wie das Drehen einer Zigarette oder das Wechseln des Zündsteins in einem Feuerzeug. Er zwirbelt den Docht, schiebt ihn leicht nach oben, indem er am Rädchen dreht, und zündet ihn an. Nachdem er das bauchige Glas geputzt hat, stülpt er es über die Flamme. Vorsichtig hängt er die Lampe aus weißem Porzellan in die Messinghalterung und sagt, wie jeden Abend: »Ich will hoffen, daß wir hier Elektrizität haben, bevor meine Frau zurückkommt. Sie haßt diese Öllampen. Sie sagt, daß ihr von dem Geruch übel wird, außerdem hat sie Angst, daß es brennt.«
Manchmal fügt er noch hinzu, daß auch Elektrizität gefährlich sein kann, aber an diesem Abend sagt er nichts weiter. Er stellt die Ölkanne in den Wandschrank, den er, ebenso wie die Außenwände des Hauses, rot gestrichen hat. Raoul schließt die Ofenklappe, hinter der das Feuer prasselt. Er zieht seine Pfeife und seinen Tabaksbeutel hervor und setzt sich Timax gegenüber. Schweigend sehen sie

einander an, und es ist Cyrille, der schließlich fragt: »Nun? Ist der Sergeant abgekratzt? Deshalb sind sie doch gekommen, oder? Wenn du glaubst, das hätten wir uns nicht schon gedacht, dann mußt du uns wirklich für blöd halten.«

Nebenan, hinter einer Bretterwand, hört man die Stute, die Timax gerade gestriegelt und in den Stall gebracht hat. Wenn sie Heu aus der Futterkrippe rupft, rasselt ihre Kette.

»Üble Geschichte«, sagt Raoul.

»Jetzt wissen wir wenigstens, woran wir sind. Die anderen werden kommen und ihn festnehmen wollen. Aber wir werden da sein. Und zwar mit unseren Gewehren. Gut verschanzt. Wir werden ihnen zurufen: ›Laßt ihn in Frieden, oder wir knallen euch ab wie Geschmeiß, denn nichts anderes seid ihr!‹«

Er regt sich auf. Die Worte beginnen sich zu überschlagen, verknäueln sich in seinem Mund, ehe sie als Speicheltröpfchen auf das Wachstuch regnen. Seine knochigen Hände mit den verwachsenen, dicken Gelenken wirbeln wild durch die Luft, um dann auf den Tisch niederzusausen, der unter dieser Wucht erzittert. Gelegentlich sind die Schläge so heftig, daß das ganze Haus vibriert und der Schein der Lampe flackert.

Raoul läßt ihn. Irgendwann wird er von selbst aufhören. Und tatsächlich, nach einer Weile steht Cyrille auf und trinkt ein großes Glas Wasser, das er aus dem Topf in dem gußeisernen Spülstein schöpft. Dann, als ob die anderen gar nicht da

wären, fängt er an, das Essen zuzubereiten, rückt die Kochtöpfe hin und her, geht hinaus, um Holz zu holen.
Raoul sieht Timax fest in die Augen und wartet eine Weile, ehe er ruhig sagt: »Ganz Saint-Georges ist auf deiner Seite. Du wirst zwar vor Gericht kommen, aber es werden viele Leute da sein, die bezeugen, daß es ein Unfall war, du ...«
Der Junge hat die Ellenbogen auf den Tisch gestützt und den Kopf tief zwischen die Schultern gezogen. Ohne sich vom Fleck zu rühren, unterbricht er den Trapper.
»Vor Gericht! Aber Herrgott nochmal, um mich vor Gericht stellen zu können, müssen sie mich erst mal erwischen!«
Raoul schüttelt bedächtig den Kopf.
»Wenn du wartest, bis sie dich festnehmen«, sagt er, »werden sie daraus schließen, daß du dich schuldig fühlst. Wenn du dich statt dessen stellst ...«
»Mich stellen!«
Timax hat sich aufgerichtet. Wütend tippt er sich mit dem Zeigefinger an die Stirn und fängt an zu brüllen, hört weder auf Raoul, der versucht, ihn zu beruhigen, noch auf Labrèche, der ihm beipflichtet.
»Mich diesen Schweinen stellen, damit sie mich niederknüppeln? Du bist wohl übergeschnappt! Willst du, daß ich noch einen umbringe? Du willst mich wohl am Strick baumeln sehen. Ich kann es nicht fassen, daß ausgerechnet du mir so etwas vorschlägst!«
Ein heftiges Schluchzen erstickt seine Worte.

Mit kindlicher Stimme stammelt er: »Es ist, als ob mein Vater mich an den Galgen bringen wollte.« Sein Kopf sinkt auf den Tisch. Sein Rücken wird von einem verzweifelten Schluchzen geschüttelt.
Raoul geht langsam auf ihn zu. Cyrille tritt neben ihn und brüllt den Trapper heftig an: »Da siehst du, was du angerichtet hast. Du bist verrückt. Ein verdammter Idiot!«
Raoul beachtet ihn nicht. Er legt die Hand auf Timax' Nacken und schüttelt ihn liebevoll.
»Komm, komm. Du glaubst doch nicht ernsthaft, ich hätte so viele Jahre damit zugebracht, aus dir einen Mann zu machen, um dich dann dazu zu drängen, eine ... eine Dummheit zu machen ...«
Seine Hand streicht über die Schulter des Jungen wie bei einem großen Tier. Bisweilen klopft er ihm beruhigend auf den Rücken, knetet seine Muskeln.
Cyrille steht auf der anderen Seite des Stuhls, auch er streichelt Timax' Schultern. Er sagt: »Hör auf zu weinen, Herrgott nochmal. Noch bist du nicht tot.«
»Dummkopf, wenn er tot wäre, würde er nicht mehr weinen.«
Timax' Schluchzen schlägt in ein nervöses Lachen um. Er richtet sich auf. Sein Gesicht ist tränenüberströmt. Halb wütend, halb verzweifelt steht er auf, sieht sie an und sagt: »Ihr habt gut reden. Es geht ja nicht um eure Haut. Aber ich sag euch eins: Ich brauche niemanden, um abzuhauen. Und ihr werdet mich nicht davon abhalten. Den Wald kenne ich besser als die. Sollen sie mich doch verfolgen. Wenn

dieser Blödmann sich nicht mit mir angelegt hätte, hätte ich auch nicht zugeschlagen.«
Plötzlich verstummt er. Sein Gesicht ist bleich. Seine klaren Augen haben sich verfinstert. Es scheint, als schaute er durch die Bretterwand, weit hinaus über die Grenzen des riesigen Waldes, in eine grauenvolle Welt. Es liegt eine so panische Angst in diesem Blick, daß Raoul zusammenzuckt; Labrèche steht mit verzerrtem Gesicht und vorgestrecktem Hals da und schaut den Jungen gebannt an.
Der Trapper packt sanft Timax' Arm und sagt: »Beruhige dich, mein Kleiner. Wir werden in Ruhe darüber reden. Wir werden sehen, was wir machen können.«
Timax schüttelt sich, erschauert, als würde er aus einem Alptraum erwachen. Er starrt Raoul an und fragt: »Und wenn sie jetzt kommen? Wenn sie zu Fuß durch den Wald kommen und das Haus umstellen? Was mache ich dann? Was dann?« Seine Stimme zittert.
Raoul drückt ihn auf den Stuhl und sagt zu Cyrille: »Gib ihm frisches Wasser. Sobald deine Suppe heiß ist, werden wir essen, das wird ihm guttun.«
Timax hat sich hingesetzt, aber er rutscht nervös auf dem knarrenden Stuhl hin und her. Sein Blick wandert von der Tür zum Fenster, unablässig bedeutet er ihnen, still zu sein, so als würde er ein verdächtiges Geräusch wahrnehmen.
Raoul seufzt. »Guter Gott, jetzt dreh nicht durch. Amarok ist da. Wenn sich im Umkreis von drei

Meilen ein verdächtiges menschliches Wesen aufhielte, würden wir es wissen.« Nach einer Weile fährt er fort: »Vielleicht erfährt es der Posten in Saint-Georges auch erst morgen früh. Außerdem kommen sie bestimmt nicht mitten in der Nacht hierher, um uns zu umzingeln; sie sind doch nur zu sechst.«

Raoul versucht ihn nach besten Kräften zu beruhigen, doch Timax ist von seiner Angst derart besessen, daß ihn nicht einmal Amaroks Gegenwart beruhigen kann.

»Ich gehe nachsehen, wer heute auf dem Kirchturm Wache hat«, verkündet Labrèche. »Dann werde ich mit Garneau überlegen, ob wir nicht weitere Wachen für Kontrollgänge aufstellen.«

Sobald er den Raum verlassen hat, sagt Raoul eilig: »Du siehst, alle sind auf deiner Seite.«

Der Junge starrt stumpf vor sich hin; seine Brust wird noch immer von Schluchzern geschüttelt.

»Ich darf nicht warten. Ich weiß, was ich riskiere«, stammelt er und legt sich eine Hand an die Kehle.

»Das weißt du eben nicht. Der Priester kennt sich besser aus als wir. Wenn du dich stellst, wird er mit dir gehen. Er hat es mir versprochen. Er wird bleiben, damit sie dich nicht verprügeln. Die ganze Stadt wird da sein, um zu bezeugen ...«

Während er spricht, verändert sich Timax' Blick. Seine Stirn legt sich in Falten, sein Gesicht verzerrt sich, Zorn und Entsetzen entstellen es. Er läßt Raoul noch eine Weile weiterreden, dann platzt er mit unnatürlich klingender Stimme heraus: »Ihr wollt mich ausliefern, damit ihr mich los seid. Stimmt's? Ich bin nichts mehr. Weniger als ein Hund ...«

Seine Stimme erstirbt, und er fängt wieder an zu weinen. Als Raoul sich ihm nähert, springt er auf. Wie ein Kind, das vor Schlägen flieht, läuft er um den Tisch herum und ruft beschwörend: »Rühr mich nicht an ... Komm mir nicht zu nahe ... Ich bin ein Mörder!«

Plötzlich bleibt er stehen, stößt einen durchdringenden Schrei aus, packt mit beiden Händen sein Hemd an der Brust und zerreißt es. Raoul macht drei schnelle Schritte auf ihn zu und versetzt ihm zwei kräftige Ohrfeigen.

Das Geschrei verstummt augenblicklich. Der Junge schnappt nach Luft, blickt Raoul mit verstörten Augen an, die noch immer voller Tränen sind. Seine Arme fallen herab, die großen Hände öffnen sich und lassen die Stoffetzen los.

Raoul nimmt ihn in die Arme und drückt ihn ungeschickt an sich. Mit zitternder Stimme flüstert er: »Wir gehen weg. Wir gehen in den Norden. In den äußersten Norden. Dort werden sie uns niemals finden ... Niemals.«

## 18

Cyrille Labrèche ist zurückgekommen. Er hat verkündet, daß alles für eine strenge Bewachung organisiert sei, und dann, während des Essens, hat er sie mit seinem verworrenen Redeschwall betäubt. Erinnerungen an seine Frau und seine Kinder vermischen sich mit Flüchen gegen die M.P., Geschichten von seiner Stute, dem Holztransport, seinem früheren Elend und dem Tod eines Pferdes namens Cadieu, nach dem das Dorf benannt worden ist. Er erzählt ihnen von vielen Unbekannten, von denen er gar nicht weiß, ob sie noch leben.
Dieser Redestrom versiegt nicht einmal dann, als Cyrille sich schlafen legt. Er verwandelt sich einfach in ein Schnarchen, das hin und wieder von unzusammenhängenden Worten unterbrochen wird. Ein Geräusch, das sich in das Leben der Nacht einfügt. Es gehört zum Stall wie das Getrampel der Tiere, das Klirren der Ketten, die Tritte gegen eine Trennwand, das Pissen der Stute oder das Gedränge der Ziegen.
Nichts von alledem stört die Stille des Waldes, die sich über das Land ausbreitet. Sie wird getragen von der mächtigen Stimme des Windes, die das Haus mit Knarren, Rascheln und Ächzen erfüllt.
Die Männer haben sich vor kaum zehn Minuten schlafen gelegt, als Raoul sich auf einen Ellenbogen stützt und leise sagt: »Ich muß wenigstens Garneau Bescheid sagen.«
»Das mußt du nicht.«

»Wir können schließlich nicht einfach so abhauen!«
»Du darfst ihm aber nicht sagen, wohin wir gehen.«
»Jeder weiß, daß wir Richtung Norden gehen werden. Der Norden ist groß.«
»Wir müssen uns beeilen, bevor Gustave zurückkommt.«
»Er kommt bestimmt nicht, ehe er seine Wachrunde gemacht hat.«
»Das kann man nicht wissen.«
Sie haben sich nicht ausgezogen. Sie stehen leise auf. Die Nacht ist klar. Ihr fahler Schein dringt durch die Zwischenräume in der Tür und den Wänden, die mit Erde und Moos verfugt sind.
»Du wartest besser hier, während ich zu Garneau gehe.«
»Nein, ich will nicht.«
»Mein Gott, man könnte meinen, du bist sechs Jahre alt.«
»Ich will nicht.«
»Ich werde Amarok vor der Tür lassen.«
»Er rennt dir vielleicht nach.«
»Du weißt genau, daß er das nicht tut.«
»Ich werde im Wald auf dich warten.«
Raoul drängt nicht weiter. Tastend packen sie ihre Rucksäcke.
»Gut, daß ich schon einiges aussortiert habe. Wir können nicht alles mitnehmen.«
Sie schleichen sich hinaus. Als Amarok die Rucksäcke und seine zum Bersten gefüllten Packtaschen

sieht, wird er unruhig, springt und hüpft wie wild umher. Raoul schließt die Tür hinter Cyrilles Schnarchen.

»Es fällt mir schwer, einfach so zu gehen, ohne Cyrille etwas zu sagen, aber er ist zu aufgeregt. Er könnte auf die Idee kommen, uns begleiten zu wollen.«

Als der Trapper die schweren Packtaschen hochhebt, stellt sich Amarok ruhig vor ihn hin, um sie sich umlegen zu lassen. Obendrauf befestigt Raoul die Schneebretter und den Beutel mit den Fallen. Timax belädt sich mit zwei riesigen Säcken und zwei Bündeln. Als er nach dem doppelläufigen Jagdgewehr greift, warnt Raoul ihn: »Vorsichtig, ja! Schieß bloß nicht auf irgend jemanden. Wenn du etwas Verdächtiges bemerkst, hau besser ab. Mit Amarok finden wir uns immer wieder.«

Der Trapper nimmt seinen Rucksack, einen Beutel mit Vorräten und seinen Karabiner. Sie gehen los. An der Straße bleiben sie stehen. Raoul beugt sich zu Amarok hinunter, deutet auf den Jungen und sagt langsam: »Du gehst mit Timax, Amarok. Mit Timax.«

Er bedeutet dem Jungen, sich auf den Weg zu machen. Als der Hund zögert, streckt Raoul die Hand aus und befiehlt: »Geh!«

Amarok setzt sich in Bewegung, läuft vor Timax her auf den Wald zu, der die beiden letzten Parzellen der Siedlung umschließt. Die Schneebretter auf seinem Rücken wirken wie zusammengefaltete Flügel. Unter seinem Marschgepäck sieht

Timax aus wie ein rundes Insekt mit zu kurzen Beinen.
Als er ihn so sieht, muß Raoul beinahe lachen. Liebevoll sieht er den beiden nach, wartet, bis sie die letzten Häuser passiert haben. Dann dreht er sich um und geht zur Parzelle fünf, die von den Garneaus bewohnt wird. Ihr Anwesen mit dem Wohnhaus, der massiven Scheune und den Stallungen ist bei weitem das imposanteste in der Siedlung. Zur Straße hin ist ein Fenster erleuchtet, ein weiteres an der Giebelseite. Raoul dreht sich um. Amarok und Timax sind verschwunden. Der Trapper trommelt mit der Faust an die Tür.
»Ja!« ruft Martin.
Raoul tritt ein. »Guten Abend allerseits!«
»Ist noch Suppe übrig?« fragt Martin.
»Für ihn reicht es noch«, erwidert Charlotte.
Raoul hält mit einer Handbewegung Paula, die älteste Tochter, zurück, die sich bereits erhoben hat.
»Nein, nein, ich habe schon gegessen. Ich will nur kurz mit dir reden, Martin.«
Sechs Personen sitzen um den langen Tisch. Die Eltern, der Sohn und die drei Töchter. Das Zimmer ist geräumig, und der Küchenherd, dessen Ofenrohr bis fast unter die Decke reicht, blitzt und funkelt. Alles hier zeugt von Sauberkeit und Harmonie.
»Wir sind fertig«, sagt Martin und fährt sich mit der Hand über den dicken Schnurrbart. »Die Kinder werden auf ihre Zimmer gehen.«
François, der genauso groß ist wie sein Vater und

fast ebenso breitschultrig, steht als erster auf und erklärt: »Ich muß nach den Tieren sehen. Und dann will ich noch zum Pfarrhaus.«
»Die Mädchen wollen auch ins Pfarrhaus«, sagt Charlotte. »Und ich könnte mich ihnen eigentlich anschließen.«
»Nein, nein«, sagt Raoul, »du nicht.«
Charlotte lacht herzhaft und meint: »Holla! Du mußt nicht glauben, daß wir dorthin gehen, damit du uns aus dem Weg hast, du großer Nichtsnutz. Wir gehen, weil wir Lust dazu haben.«
Im Nu haben die vier Frauen den langen Tisch aus hellem Holz abgeräumt und die glänzende Platte mit den dicken braunen Astknoten abgewischt. Sie hüllen sich in große Wolltücher, schlüpfen in ihre Holzschuhe und gehen hinaus.
Raoul setzt sich neben Martin, der gerade den dikken blauen Steintopf mit seinem Tabak aus dem Regal geholt hat. Charlotte hat ihnen zwei Gläser und eine Flasche Kornblumenschnaps gebracht. Martin dreht sich eine Zigarette, während Raoul in den Topf greift, um seine Pfeife zu stopfen. Dicke Rauchwolken steigen auf und umhüllen die kupferne Deckenlampe mit dem Opalglas. Martin schenkt ein. Sie trinken, schnalzen mit der Zunge und nicken anerkennend: der Schnaps ist gut.
Martins braune Augen sind fragend auf den Trapper gerichtet. Der nimmt noch zwei Züge von seiner Pfeife und sagt dann, während er Martin fest ansieht: »Ich gehe mit dem Kleinen weg.«
»Ich wußte es. Ich habe gerade vorhin zu Marceline

gesagt: ›Wenn Sie glauben, daß er ihn drängt, sich zu stellen, dann kennen Sie ihn aber schlecht.‹«
»Ich habe es versucht, Martin. Wirklich, ich habe es versucht.«
»Nun ja ... Ich weiß, daß er ein Dickschädel ist.«
»Jedenfalls kann ich ihn nicht ganz allein gehen lassen.«
»Ich gehöre bestimmt nicht zu denen, die dir einen Vorwurf machen.«
Martin zögert. Mit seiner breiten, schwieligen Hand reibt er sich die schlecht rasierten Wangen. Er zieht an seiner Zigarette, und Rauch steigt aus seinem Schnurrbart auf.
»Nur, wie lange soll das gehen?« fragt er schließlich. »Man kann nicht sein ganzes Leben in den Wäldern verbringen.«
Raoul lächelt. »Mir würde das nichts ausmachen. Nur, ich weiß, daß das weder für den Kleinen noch für seine Mutter oder gar für die kleine Blonde in Betracht kommt. Auch darüber habe ich mir Gedanken gemacht.«
Er unterbricht sich und trinkt einen Schluck. Als er das Glas abgestellt hat, fährt er fort: »Aber einem Jungen, den man nicht findet, kann man erst mal nichts tun. Und ihr könnt die Zeit nutzen, um seine Verteidigung vorzubereiten.«
»Du hast recht. Ich war ja nicht dabei, also kann ich leider nicht für ihn aussagen. Ich werde aber mit allen sprechen, die bezeugen können, daß er ein guter Junge ist und daß der andere ihn provoziert hat.«

Raoul nickt und sagt, wobei er jedes Wort betont: »Provoziert, sicher. Aber dieser Sergeant, das darf man nicht vergessen, war betrunken, und er hat Timax bedroht ... Das ist das Wesentliche. Timax wurde bedroht.«

»Nur wird man ihm vorwerfen, daß er sich nicht sofort gestellt hat.«

Raoul überlegt einige Augenblicke, bevor er entschieden erklärt: »Darum kümmere ich mich. Ich bringe ihn in Sicherheit, und dann komme ich zurück. Wenn es nötig ist, werde ich für ihn sprechen! Und ich werde sagen, daß ich ihn dazu gedrängt habe, sich zu verstecken.«

Martin zündet seinen Zigarettenstummel wieder an, wobei er den Kopf zur Seite legt, um sich nicht den Schnurrbart anzusengen. Er stützt die Arme auf den Tisch und zündet sein kupfernes Feuerzeug an. Der Wind, der an den Fenstern pfeift, und das Prasseln des Feuers erfüllen die nächtliche Stille. Raoul zieht an seiner Pfeife und pafft kleine, schnelle Wölkchen.

»Nun ja«, sagt Martin abschließend, »ich weiß wirklich nicht, was ich dir raten soll.« Nach einer Weile fügt er hinzu: »Der Krieg wird nicht ewig dauern. 1918 waren alle so froh über das Ende, daß die Gerichte damals Milde walten ließen. Vielleicht sollte man ihn erst dann wieder zurückholen.« Nachdenklich starrt er in den Rauch, der von seiner Zigarette aufsteigt. »Mein Sohn wird machen, was er für richtig hält. Mit vierundzwanzig können sie ihn bestimmt einziehen. Er hat sich in die Liste eintragen lassen. Ich rate ihm zu heiraten. Seit fast zwei Jahren trifft er sich mit einem Mädchen aus Landrienne. Sie haben sich bei einem Maskenball kennengelernt ...«

Er hält inne. Seine Hündin, die draußen angebunden ist, jault.

»Es ist jemand, den sie kennt.«

Sie stehen auf. Garneau öffnet die Tür. Pater Chavigny tritt ein. Er hinkt noch immer, und Raoul stellt fest: »Es geht Ihnen anscheinend besser, Priester. Sie haben Ihren Spazierstock zu Hause gelassen.«

Pater Chavigny wartet, bis sich die Tür hinter ihm geschlossen hat, und meint dann: »Ja, mir geht es besser. Aber was Ihren Kopf betrifft, scheint nicht alles in Ordnung zu sein.«

»Was fällt Ihnen ein ...«

»Reden Sie sich nicht heraus, Trapper. Als ich Charlotte und die Kinder kommen sah, habe ich sofort begriffen.«

Der junge Priester setzt sich. Seine Nase ist immer noch leicht geschwollen, und sein linkes Auge ziert ein gelblicher Ring. Er macht es sich bequem, läßt sich von Martin ein Glas eingießen und trinkt einen Schluck.

»Warum bleiben Sie stehen?« fragt er.

»Ich wollte gerade gehen«, erwidert Raoul.

»Ich bitte Sie nur um ein paar Minuten.«

Die beiden Männer setzen sich wieder, und Martin schenkt Raoul nach, der sich eine neue Pfeife stopft. Der Priester mustert ihn mit gerunzelter Stirn.

»Sie sind doch kein kleiner Junge mehr. Sie wissen ganz genau, daß Sie gerade dabei sind, sich in eine fixe Idee zu verrennen. Es war ein Unfall. Aber nun ist der Mann gestorben, und Maxime muß sich dafür verantworten. Wir werden alle ...«
Raoul fällt ihm ins Wort: »All das, Priester, habe ich ihm wieder und wieder gesagt, obwohl ich nicht so sicher bin, daß die Richter es für einen Unfall halten werden. Jedenfalls – auch wenn Sie alle Priester von Abitibi mobilisieren würden, nichts könnte ihn dazu bewegen, sich zu stellen. Er ist wirklich ein guter Junge, aber er ist ein Dickschädel.«
»Sie müßten ...«
»Was müßte ich? Ihm eins drübergeben, während er schläft? Ihn fesseln und dann ausliefern? Glauben Sie, das würde ich tun?«
Leise und ungewohnt streng erwidert der Priester: »Das wäre der beste Dienst, den Sie ihm erweisen können.«
Raoul steht auf und beugt sich über den Tisch, um dem Priester direkt in die Augen zu sehen. Mit wutbebender Stimme fragt er: »Würden Sie das tun? Mal ehrlich, wären Sie zu einer derartigen Gemeinheit fähig?«
Der Priester antwortet nicht. Er starrt Raoul einen Augenblick lang an, der dem Trapper wie eine Ewigkeit vorkommt. Raoul leert sein Glas und steht auf, auch der Priester erhebt sich, mühsam, stützt sich auf den Tisch und versucht sich seine Schmerzen nicht anmerken zu lassen.

»Vergessen Sie nicht, Priester«, sagt Raoul barsch, »es war kein Indianer, kein Trapper und auch kein Kaufmann, den er getötet hat, sondern jemand von der Armee. In dieser verfluchten Welt haben die Menschen nicht alle den gleichen Wert. Verstehen Sie, was ich meine?«

Er umfaßt mit der Hand seinen Hals und tut, als wolle er ihn umdrehen. Dann geht er auf Pater Chavigny zu, sieht ihm fest in die Augen und fährt mit leiserer Stimme fort: »Daran muß ich die ganze Zeit denken. Deshalb kann ich nicht schlafen. Wie sehr muß es ihn erst quälen! Dieser Trunkenbold von Sergeant wird ihn nicht mehr loslassen. Sie wissen ebensogut wie ich, daß ein Toter, der Sie auf Schritt und Tritt verfolgt, schlimmer ist als eine Meute lebender Menschen.« Er geht auf die Tür zu, dreht sich plötzlich um und sagt: »Auch wenn man ihn in unserer Welt verurteilt, wird ihn das nicht davon erlösen.« Und bevor der Priester etwas entgegnen kann, fügt der Trapper hinzu: »Ich bin sicher, daß Pater Levé niemals von mir verlangen würde, ihn auszuliefern.« Seine Stimme versagt. Er reibt sich den Bart, und es gelingt ihm noch zu sagen: »Ehe ich ihn an den Galgen liefere, würde ich ihn lieber selbst erschießen. Dann wäre es schneller vorbei!«

Er nimmt seine Waffe, betrachtet sie einen Augenblick lang entsetzt, bevor er sie über die Schulter hängt. Er öffnet die Tür und geht hinaus. Der Schein des Mondes ist fast heller als das Licht der Lampe.

Die anderen folgen ihm. Die Hündin zerrt an ihrer Kette und miaut wie eine junge Katze.
Raoul faßt sich wieder. Er strafft die Schultern, wendet sich zu Garneau um und sagt mit fester Stimme: »Ich möchte dich nur noch um einen Gefallen bitten. Schick morgen früh Koliare zu Steph, um ihm zu sagen, daß er mein Kanu verschwinden lassen soll. Er weiß dann schon Bescheid.«
»Das wird als erstes erledigt.« Garneaus Stimme zittert. Er nimmt Raouls Hand, drückt sie fest und sagt: »Du weißt, wir sind immer für dich da ...«
Der Priester bekreuzigt sich, dann drückt auch er dem Trapper die Hand und sagt: »Sie machen eine Dummheit, aber ... aber Sie sind ein Teufelskerl ... Ich segne Sie. Ich werde für euch beide beten.«
Raoul entfernt sich, bleibt stehen und dreht sich um. Mit einer weitausholenden Geste deutet er auf den Fluß und den dunklen Waldgürtel, der Val Cadieu umschließt. In seiner Stimme schwingt eine dumpfe Freude mit, und in seinem Blick funkelt ein kleines bißchen Verrücktheit: »Der Norden ist unendlich.«
Er geht auf die Tannen zu, wo Schatten, Licht und Wind auf ihn warten. Zu sich fügt er noch hinzu: »Wir werden gehen bis ans Ende der Welt.«

TEIL 3

# Die Massards

# 19

Raoul hat die kahlen Felder hinter sich gelassen, die die Siedler von Val Cadieu gerodet und bestellt haben. Auf der letzten Parzelle stehen noch ein paar dicke Baumstümpfe. Jetzt folgt er dem Weg, der durch den Abtransport des Holzes entstanden ist. Das Mondlicht fällt auf die Schlagstellen, an denen Zweige und Tannenstämme liegengeblieben sind, die sich die Menschen und Tiere holen werden, sobald der erste Schnee gefallen ist.
Der Trapper sieht sich suchend um. Wo könnte Timax sich versteckt haben, um auf ihn zu warten? Ohne die Stimme zu erheben, ruft er: »He, komm raus! Ich bin's!«
Keine Antwort.
Raoul verzieht das Gesicht und murmelt: »Na, mein Lieber, du hast vielleicht Schiß! Deine Angst treibt dich ja ganz schön weit!«
Nach der letzten Schlagstelle gibt es nur noch einen Trampelpfad, einen jahrhundertealten Weg, der von Indianern, Trappern, Waldläufern und schließlich von Schürfern benutzt wurde.
Wenn Timax und Amarok in der Nähe wären, hätte der Hund längst Laut geben müssen. Dreimal ahmt der Trapper den Ruf des Uhus nach, bleibt stehen und lauscht. Nichts. Der Mond und der Wind erwecken den Wald zum Leben. Zwischen den bleiernen Schatten des Nadelwaldes fällt das Mondlicht durch die kahlen Bäume und zeichnet ein bewegtes Spitzenmuster auf den Boden.

Lange Zeit verläuft die Piste am Fluß entlang. Der Harricana glitzert. Flackernde Lichtstrahlen gleiten im Zickzack über den Fluß und scheinen gegen die Strömung anzukämpfen. Dann macht der Fluß eine Biegung nach Osten, während der Weg weiter geradeaus führt.

Raoul schreitet kräftig und gleichmäßig aus, ohne ein Anzeichen von Eile oder Unruhe. So geht er beinahe eine halbe Stunde, bevor Amarok aus dem dichten Gestrüpp auftaucht, wo einige reglose Thujen in die Nacht ragen.

»Und wo hast du den Jungen gelassen?«

Amarok verschwindet wieder im Dickicht, kriecht unter die Dornen.

»He!« ruft Raoul. »Nun komm schon raus!«

Die Äste heben sich, als würden sie von einer Windböe bewegt. Der Junge kommt auf allen vieren zum Vorschein. Einen der großen Säcke schleift er hinter sich her. Raoul geht zu ihm.

»Mein Gott, was hattest du denn da drunter verloren?«

Mit verstörtem, schweißglänzendem Gesicht schaut ihn der Junge an und brummt halblaut: »Brüll nicht so! Du scheinst es ja verdammt eilig zu haben, mich am Strick baumeln zu sehen!«

In Timax' Blick liegt soviel Entsetzen, daß Raoul hinunterschluckt, was ihm auf der Zunge liegt. Er packt den Jungen am Arm und schüttelt ihn sanft.

»Hör zu ... Wir werden abhauen. Doch erst wirst du dich beruhigen. Hör auf zu zittern. Du mußt mir vertrauen. Wenn nicht, sind wir erledigt.«

Das plumpe Gesicht des Jungen verkrampft sich. Mit aller Kraft beherrscht er sich, um nicht zu weinen.
»Wo warst du denn? Ich bin ganz gemächlich gegangen. Ich hab sogar eine Zeitlang bei den letzten Schnittstellen auf dich gewartet. Da, wo wir vorgestern gefällt haben.«
»Ich habe auch angenommen, daß du dort auf mich warten würdest.«
Timax' Blick irrt umher wie eine wildgewordene Biene, wandert von Raouls Gesicht zum Pfad und vom Pfad weiter zum Fluß, den man zwischen den Bäumen hindurch erahnen kann.
»Ich wäre da geblieben, aber ich war mir sicher, daß die Typen mich dort entdeckt hätten.«
»Hat Amarok geknurrt?«
»Nun ... ich kann dir sagen ...« Er sieht den Hund an, der drei Schritte entfernt ist und in die Nacht schnuppert.
»Hat er geknurrt oder nicht?«
»Ich kann dir nur sagen, daß er sich nicht wie sonst verhalten hat.«
Raoul atmet tief ein und versucht, ruhig zu bleiben.
»Da war niemand. Das hast du dir eingebildet.«
»Ich schwöre dir, da waren Typen. Mindestens drei.«
»Hast du sie gesehen?«
»Ich habe Schatten gesehen. Die haben sich gut versteckt. Ich habe sie gehört.«
»Und dann hast du deinen ganzen Kram genommen und bist wie ein Irrer losgerannt.«
Raoul möchte lachen, doch die Angst im Gesicht

des Jungen rührt ihn. Weil er ihn beruhigen will, schlägt er vor: »Gut. Wir werden heute nacht hierbleiben. Wenn du geschlafen hast, wirst du dich besser fühlen. Ich kann …«
Timax fällt ihm ins Wort. Seine Stimme klingt flehend und entschlossen zugleich. Er stellt den Sack ab und klammert sich an Raouls Jacke.
»Hier bleibe ich auf keinen Fall … Wir müssen so schnell wie möglich abhauen. Ich will nicht wie eine Ratte in die Falle gehen.«
Amarok hat mit kleinen, langsamen Schritten den Pfad überquert. Er steht reglos da und atmet die Gerüche des Wasser ein, die vom Fluß aufsteigen.
Timax' Gesicht verkrampft sich noch mehr. Seine Stimme klingt heiser. Leise sagt er: »Sieh nur, er wittert etwas. Er verhält sich nicht normal. Wir müssen machen, daß wir weiterkommen.«
»Nein, Timax. Wir werden nicht losstürmen. Aber wenn es dich beruhigt, werden wir weiterziehen. Weiß du, ich kann die ganze Nacht marschieren, wenn es sein muß. Aber ich will nicht blindlings drauflosrennen!«
Timax entspannt sich ein wenig, aber die Blicke, die er nach Süden wirft, gleichen denen eines gehetzten Tieres. Er belädt sich mit seinem Gepäck. Als Raoul seinen Rucksack geschultert hat und nach einem Bündel Decken greift, herrscht ihn der Junge an:
»Ich werde das tragen. Du hast deinen Rucksack, deinen Proviantbeutel und deinen Karabiner, mehr will ich bei dir nicht sehen. Es ist meine Schuld, daß wir hier sind, und ich trage die Sachen.«

Seine Stimme klingt noch immer dumpf und zittert. Er hat eine Wut in sich, die sich jetzt gegen Raoul zu richten scheint. Der verzichtet lieber darauf, ihm zu widersprechen. Der bevorstehende Marsch wird ihn bestimmt beruhigen.

## 20

Amarok läuft vornweg. Er wendet sich nicht um, nur ungefähr alle zwanzig Schritte dreht sich seine Schnauze von rechts nach links. Raoul folgt ihm. Er schreitet mit federndem Gang über diesen Boden, der durch den Frost unter seinen Füßen mal hell, mal dumpf klingt. Hinter ihm geht Timax, mit einem riesengroßen Rucksack beladen. Einen weiteren hat er quer darüber gelegt, so daß er auf seinem gebeugten Nacken aufliegt, außerdem trägt er in jeder Hand ein Bündel und hat das Jagdgewehr umgehängt. Raoul spürt ihn dicht hinter sich und hört, wie er leise vor sich hin schimpft, wie ein übellauniger Bär brummt und schwer atmet.
Eine lange Weile führt sie der Weg bald durch tiefes Dunkel, bald durch helles Mondlicht.
»Herrgott nochmal, du kommst ja überhaupt nicht vom Fleck. Das machst du doch mit Absicht!«
Ohne sich umzudrehen, meint Raoul: »Wenn du losrennen willst ... ich halte dich nicht davon ab.«
Gleichmütig tritt er zur Seite. Der stämmige Kerl,

dem bereits der Schweiß über das Gesicht rinnt, beugt den Oberkörper vor und beschleunigt seinen Schritt. Amarok bleibt stehen und dreht sich halb nach Raoul um.

»Nein, nein, du bleibst bei mir.«

Timax sagt nichts. Er stürmt den Weg entlang, der sich jetzt zwischen Nadelbäumen hindurchschlängelt.

»Renn aber nicht bis zum Nordpol!«

Die Rucksäcke und der Junge sind schon bald zu einer unförmigen dunklen Masse verschmolzen, die rasch im Schatten der Bäume verschwindet.

»Armer Junge, du hast es noch nicht hinter dir ...«

Raoul geht durch den Nadelwald, bis er zu einer Gruppe kahler Laubbäume kommt. Vor einem gefällten Baumstamm, dessen Stumpf einen bequemen Sitzplatz abgibt, bleibt er stehen.

»Hierher, Amarok!«

Der Hund macht kehrt. Raoul legt sein Gewehr, seinen Rucksack und Proviantbeutel ab, dann schnallt er den Bauchgurt des Hundes auf und nimmt ihm die beiden schweren Packtaschen und die Schneebretter ab. Amarok schüttelt sich kräftig und dehnt den Rücken. Dann setzt er sich auf die Seite und kratzt sich mit der Hinterpfote umständlich die Flanke. Raoul, der Pfeife, Tabakbeutel und Feuerzeug herausgeholt hat, beobachtet ihn.

»Lauf!«

Er deutet auf den Harricana. Der Mond ist weitergewandert. Er steht jetzt über den Bäumen am gegenüberliegenden Ufer, deren Stämme lange

Schatten in die leuchtenden Reflexe des Flusses werfen. Amarok läuft zum Wasser, um zu trinken. Raoul stopft seine Pfeife und zündet sie an.
Es ist eine schöne Nacht, um sich zu setzen und zu lauschen. Um allein und gemächlich seinen Weg ohne Eile oder Furcht fortzusetzen. In diesem Augenblick befindet sich der Trapper genau an der Geräuschgrenze, an jener Stelle, wo sich die Geräusche begegnen, aufeinanderprallen, sich abstoßen und schließlich miteinander verschmelzen, die Geräusche des Waldes und die des Windes. Immer ist es der Wind, der dominiert, doch die Stimmlage verändert sich, der Ton reicht von Freude bis Zorn. Raoul sind diese Gespräche vertraut, und jedesmal lösen sie das gleiche Glücksgefühl in ihm aus.
»Was kann er bloß gesehen haben?«
Der Trapper murmelt diese Frage vor sich hin, obwohl er die Antwort bereits kennt. Er ahnt, was in Timax' Kopf vorgegangen ist.
Amarok kommt zurück und setzt sich zwischen seinen Herrn und seine Packtaschen, die er ausgiebig beschnuppert.
»Laß uns aufbrechen. Er glaubt sonst noch, wir hätten ihn im Stich gelassen.«
Raoul belädt zuerst Amarok, dann sich selbst und setzt seinen Weg fort, die Pfeife zwischen den Zähnen. Mit kleinen Atemstößen vertreibt er den aufsteigenden Rauch, der sich in seinem Bart verfängt.
Es dauert über eine Stunde, bis ihnen Timax – das Gewehr in der Hand und ohne Gepäck – entgegen-

kommt. Dabei ist er auf der Hut wie ein Jäger, der sich an ein Rudel heranpirscht.

»Wo warst du denn? Du hast doch absichtlich getrödelt, um mir einen Schrecken einzujagen!«

»Ich hab nicht getrödelt. Ich habe einfach eine Pause für Amarok eingelegt, und natürlich auch für mich. Aber wo hast du dein ganzes Zeug gelassen?«

»Ich wollte die Sachen nicht mit zurückschleppen.«

»Wo sind sie?«

»An der Stelle, wo ich beschlossen habe, umzukehren.«

»Weit von hier?«

»Nicht besonders.«

»Du bist wirklich übergeschnappt. Für einen Bären oder Fuchs sind unsere Rucksäcke doch ein gefundenes Fressen. Ehrlich, man könnte meinen, du gehst das erste Mal in den Wald!« Raoul ist laut geworden.

»Brüll mich nicht so an.«

Timax' Stimme klingt derart verzweifelt, daß der Trapper sich zusammenreißt.

»Worauf wartest du, renn schon los!« ordnet er an. »Ich hab keine Lust, hinterher ohne etwas zu essen dazustehen!«

Der stämmige Kerl fängt an zu laufen. Sein schwerer Schritt läßt den Boden erzittern. Amarok blickt verwundert von dem Jungen zu seinem Herrn.

Sie brauchen eine gute halbe Stunde, bis sie Timax wieder eingeholt haben. Er ist an der dunkelsten Stelle des Rottannen-Unterholzes stehengeblieben,

dort, wo der Pfad in einer Art Waldtunnel verschwindet. Sobald er sie kommen sieht, nimmt er seine Sachen und macht sich wortlos wieder auf den Weg. Amarok, der etwas verwirrt zu sein scheint, folgt ihm auf dem Fuß, vergewissert sich aber gelegentlich, daß Raoul noch hinter ihm ist.
Nach einer guten Viertelstunde erreichen sie eine Feuerstelle, eine Lichtung von ungefähr zwanzig Schritt Durchmesser, in deren Mitte sich einige große Steine und ein Aschehaufen befinden.
Als Timax weiterläuft, ruft Raoul: »He! Wo willst du hin?«
Der Junge dreht sich um. »Du willst doch nicht etwa schon wieder eine Pause machen?«
»Schon wieder? Sag mal, hast du denn nicht Lust, ein wenig zu schlafen?«
Timax setzt seine Bündel ab und läßt die Last, die er quer über dem Rucksack trägt, heruntergleiten. Der Schweiß läuft ihm in Strömen übers Gesicht.
»Du willst doch nicht etwa, daß wir uns hier zum Schlafen hinlegen?«
»Aber natürlich.«
»Aber du wirst …«
Dieses Mal wird Raoul wütend.
»Soll das jetzt etwa so weitergehen? Entweder du machst, was ich dir sage, oder du kannst sehen, wie du allein zurechtkommst.«
»Aber Herrgott nochmal, Raoul …« Die Stimme klingt flehend.
»Du kannst soviel jammern, wie du willst, ich werde meine Meinung nicht ändern! Du setzt jetzt

deinen Rucksack ab, und dann gehst du Holz sammeln ...«
Timax sieht aus, als hätte ihn der Schlag getroffen.
»Ho ... Ho ... Holz«, stottert er. »Du willst Feuer machen. Bist du denn komplett übergeschnappt!«
»Übergeschnappt würde ich nur jemanden nennen, der sich ohne Feuer schlafen legt, wenn er friert.«
»Aber so können sie uns ganz leicht aufspüren.«
»Du gehst mir langsam auf die Nerven. Hör auf, dich für den Nabel der Welt zu halten! Du bist nicht der einzige, der sich in diesem Wald aufhält. Die Indianer machen Feuer. Die Waldläufer und die Schürfer auch. Los, beeil dich. Wenn dein armer Vater jetzt sehen könnte, was für einen Schiß du hast, wäre er sicher nicht stolz auf dich.«
Das Gesicht des Jungen verändert sich, ist voller Kummer. Doch dann wird sein Blick klar, und seine Züge entspannen sich. Er nickt, scheint etwas sagen zu wollen, tut es dann aber doch nicht und macht sich an die Arbeit.
Sobald Raoul ihm die Packtaschen abgenommen hat, stürmt Amarok zu einem Bach, der weiter oben in den Fluß mündet. Die beiden Männer sammeln trockenes Holz, und Raoul zündet ein Feuer an. Die Tannennadeln und das harzige Reisig fangen an zu knistern. Timax sagt nichts, aber das Prasseln scheint ihm Angst zu machen. Er befürchtet wohl, daß der Lärm weithin zu hören ist, vor allem im Militärposten von Saint-Georges-d'Harricana.
Sobald die Flammen aufflackern, entfernt sich die

Nacht, zieht sich einige Schritte zurück und legt einen Kreis um das Feuer, in dem die Baumstämme und ihre Schatten zu tanzen scheinen. Der Wald hat sich verändert. Er ist von unzähligen unbekannten Gestalten bevölkert, und Timax lauscht unablässig, dreht sich nach rechts und nach links. Raoul hält es für besser, die Sache von der komischen Seite zu nehmen.

»Hast du etwas verloren?« erkundigt er sich.

Der stämmige Kerl zuckt die Schultern.

»Mach dich nur lustig. Ich bin mir sicher, daß wir noch nicht weit genug weg sind, um Feuer machen zu können.«

Raoul, der in die Hocke gegangen ist und nach einem glimmenden Zweig gegriffen hat, um damit seine Pfeife anzuzünden, richtet sich langsam wieder auf. Während er auf Timax zugeht, sagt er: »Hör mal, mein Kleiner, wenn du findest, daß du noch nicht weit genug weg bist, dann geh weiter. Du kennst die Piste genauso gut wie ich. Du kannst dich nicht verlaufen. Du hältst an, wann du willst. Wir treffen uns morgen wieder.«

Er spricht ruhig, aber seine Stimme und sein Blick verraten die Wut, die in ihm brodelt. Als der Junge Anstalten macht, sich von ihm abzuwenden, packt er ihn am Arm und zwingt ihn, vor ihm stehen zu bleiben.

»Wenn wir zusammen weiterziehen wollen«, fährt er fort, »müssen wir uns einig sein. Ich bestimme die Richtung. Und auch, wann wir aufbrechen und wo wir halten. Wenn du mir vertraust, wird dir

nichts geschehen. Wenn du es auf deine Art machen willst, kehre ich nach Saint-Georges zurück. Dann schlägst du dich allein durch. Aber Amarok nehme ich mit zurück.«
Der Junge steht mit gesenktem Kopf da. Als der Trapper fertig ist, sieht er zu ihm hoch und sagt: »Du darfst nicht böse sein, Raoul. Aber was willst du ...«
Raoul läßt eine Weile verstreichen, bevor er fragt: »Also, was will ich?«
Der Junge wird verlegen, sein Blick, der im Schein des Feuers funkelt, wandert von Raoul zu den tanzenden Schatten hinüber, die sie umkreisen und von der Nacht trennen.
»Wenn dieser Typ es doch bloß nicht auf mich abgesehen hätte ... Ein einziges Mal zugeschlagen, und schon ist es aus!«
Er betrachtet seine Pranke, öffnet und schließt sie zwei- oder dreimal, bevor er sie herabsinken läßt.
Raoul klopft ihm auf die Schulter. So sanft er kann, sagt er: »Komm, geh schlafen, los! Morgen sieht alles ganz anders aus.«
Er beobachtet, wie Timax seinen Schlafsack aus Hasenfell ausbreitet und hineinschlüpft, nachdem er Stiefel und Hosen ausgezogen hat.
»Und du? Legst du dich nicht schlafen?«
»Ich habe Zeit.«
Normalerweise schläft Timax sofort ein. Doch in dieser Nacht wälzt er sich von einer Seite auf die andere, sucht die Schatten ab, schreckt hoch, legt

sich wieder hin und seufzt tief. Raoul würde ihm gern etwas Freundliches sagen, das ihn beruhigt. Er sucht nach Worten, aber sie wollen ihm nicht einfallen. Er steht auf und entfernt sich ein paar Schritte vom Feuer.
»Was kann man da sagen? Nichts. Rein gar nichts!« brummt er vor sich hin.
Langsam geht er weiter, bis er das Glitzern des Wassers erkennen kann. Amarok, der ihm gefolgt ist, durchstöbert das Dickicht, in dem schwerfällig ein Haselhuhn aufflattert und zum Fluß hinüberfliegt. Der Mond steht jetzt noch tiefer, sein Licht scheint den Harricana bis auf den Grund erforschen zu wollen. Raoul lehnt sich an einen Baumstamm, zündet seine Pfeife wieder an und raucht gemächlich, bezaubert von diesem Bild, das er schon zigmal gesehen hat und das ihn dennoch stets aufs neue berührt. Bevor er sich auf den Weg zurück zum Lager macht, seufzt er: »Wenn man bedenkt, daß wir alles haben. Das Schönste im Leben. Und wegen ein paar Dummheiten geht alles den Bach runter.«

## 21

Sie erwachen, lange bevor das erste milchiggrüne Licht des Morgens auf den Fluß fällt. Sie frühstükken und geben dem Hund soviel zu fressen, wie er braucht, um einen anstrengenden Tag durchzustehen. Amarok versteht. Er wedelt mit dem Schwanz, während er beobachtet, wie die beiden Männer die Riemen zuschnallen und die Schnüre festzurren. Er scheint äußerst zufrieden und entblößt seine spitzen Eckzähne.

Raoul hat umgepackt, das Gepäck anders verteilt, damit es leichter zu tragen ist. Ein Bündel bekommt Amarok auf den Rücken quer über seine Packtaschen gelegt. Timax hat nur noch einen Rucksack, der allerdings fast so groß ist wie er selbst.

»Wenn er dir nicht schwer genug ist«, meint Raoul scherzhaft, »können wir noch ein paar Kieselsteine dazupacken.«

Dieser Morgen mit seinem klaren Licht, das sich im Wald fängt, trägt zur guten Laune bei. Timax scheint sein Gleichgewicht wiedergefunden zu haben. Was ihn beruhigt hat, ist die Geschichte mit dem Boot. Er hat schon dreimal davon gesprochen, und beim Frühstück kommt er wieder darauf zurück.

»Wie, glaubst du, wird Steph es anstellen? Er wird es doch wohl nicht versenken. Es ist noch gut in Schuß.«

»Ich weiß nicht, wie er sich entscheiden wird, aber ich an seiner Stelle wüßte, was ich täte.«

»Ach? Und was?«

»Gegen drei oder vier Uhr morgens würde ich das Kanu nehmen, damit übersetzen und es anschließend zu Gendreau tragen.«

»Zu Gendreau?«

»Natürlich nicht in seine Küche. In seine Sägemühle. Ich würde es dort hinter einem Bretterstapel verschwinden lassen. Diese Faulpelze machen sich bestimmt nicht die Mühe, alles auseinanderzunehmen.«
Raoul hebt prüfend Timax' Rucksack hoch.
»Wenn er doppelt so schwer wäre, würde mir das auch nichts ausmachen«, sagt der Junge.
»Nun, er muß deshalb ja nicht gleich doppelt so groß sein wie du.«
Sie lachen, doch Timax wird sofort wieder ernst.
»Und du glaubst tatsächlich, daß diese Idioten nicht merken werden, daß ein Boot fehlt?« fragt er mit sorgenvoll gerunzelter Stirn.
»Mit Sicherheit nicht.« Raoul muß innerlich über die Besorgnis des Jungen lachen. »Also, wenn ich an Stephs Stelle wäre, würde ich meinen Kindern gegenüber erwähnen, daß Raouls Boot verschwunden ist. Und die erzählen es dann in der Schule. Das ist mir schon öfter aufgefallen: Wenn man möchte, daß sich eine Neuigkeit herumspricht, ist diese Methode besser als eine Notiz im *L'Echo de Saint-Georges*.«
Halbwegs beruhigt fragt Timax noch: »Und glaubst du, daß er daran denkt?«
»Wenn du mir damit sagen willst, daß mein Neffe ein Dummkopf ist, werden wir uns wohl nicht lange vertragen.«
Jetzt ist der Junge vollends beruhigt. Er freut sich darauf, aufzubrechen, und wendet sich zu Amarok um.

»Hast du das gehört, mein Alter? Dieser Raoul ist doch wirklich ein kluger Bursche. Die Blödmänner werden uns überall da suchen, wo man mit einem Kanu hinfahren kann. Und wir, wir werden dort sein, wo man nicht mal einen Korken schwimmen lassen kann.«
»Bei den Massards gibt es doch einen See.«
»Ich weiß, aber wenn sie mit dem Boot dorthin fahren wollten ...«
»Wären sie nicht vor der nächsten Eiszeit da.«
Alles ist bereit. Noch ehe die Sonne aufgeht, machen sie sich auf den Weg. Amarok hat genau begriffen, daß sie nicht zu einem kleinen Spaziergang aufgebrochen sind und daß alles wesentlich besser organisiert ist als am Vortag. Er fällt in einen gleichmäßigen Schritt, der sich dem des Trappers anpaßt, obwohl dieser hinter ihm geht. Der Hund kennt das Tempo seines Herrn. Er hört ihn. Er spürt ihn.
Raoul hat seinen Rucksack geschultert, auf den er zwei Paar Schneebretter, seinen Proviantbeutel und die beiden Gewehre geschnallt hat. Timax trägt sein Gepäck, wie es die Indianer tun, mit Hilfe eines breiten Riemens um die Stirn. Sein Gang ist leicht gebeugt. Er ist daran gewöhnt, Lasten auf diese Weise zu tragen.
Der Fluß fließt nun in nordöstliche Richtung, und der Weg folgt seinem Lauf. Sie gehen zwei Stunden, rasten dann eine Viertelstunde lang. Der Wald ist zum Leben erwacht. Die Erde und die Bäume atmen, und die Tiere, durch ihr Kommen aufge-

schreckt, ergreifen die Flucht. Vögel flattern auf, und im Gebüsch raschelt es.
Nach einer Weile führt der Weg nach rechts und entfernt sich vom Fluß. Amarok ist an der Abzweigung stehengeblieben und dreht sich um. Raoul hebt die Hand und macht ein Zeichen.
»Lauf!«
Timax nutzt die Gelegenheit und fragt: »Glaubst du, sie werden nicht an Massard denken?«
»Ich habe dir schon mal gesagt, wenn sie an alle Typen denken wollten, die in den Wäldern leben und die ich kenne, dann steht ihnen noch einiges bevor. Sie müssen nur ins Warenkontor gehen und eine Liste derjenigen machen, die dort ein Konto haben. Sie können auch alle Indianer und Eskimos suchen, von denen ich Felle gekauft oder denen ich Schießpulver verkauft habe.«
Sie setzen ihren Marsch fort. Die Sonne brennt heiß. Schweiß läuft ihnen über Gesicht und Rükken. Mehrmals hat Amarok angehalten, um an einem Bach zu trinken. Jetzt bleibt er erneut stehen, knurrt aber leise. Mit gespitzten Ohren steht er da und mustert aufmerksam den verschlungenen Pfad, der vor ihm liegt. Raoul bleibt ebenfalls stehen, und der Junge stößt mit dem Kopf gegen dessen Rucksack. Der ganze Wald scheint in der Bewegung innezuhalten, um mit ihnen zu lauschen.
»Wir müssen uns verstecken«, raunt Timax.
»Nein, in dieser Gegend kann es sich nur um einen Freund handeln.«
Raoul hat nicht einmal die Hand nach seinem

Gewehr ausgestreckt. Ein paar Minuten verstreichen, dann taucht ein Mann auf, der genauso schwer beladen ist wie Timax. Sobald er sie erblickt, hebt er die Hand zum freundschaftlichen Gruß. Er kommt auf sie zu und stellt sein Gepäck ab. Raoul tut es ihm gleich, schließlich auch Timax. Der Mann, dessen Alter man nicht schätzen kann, ist Indianer. Er sagt, daß das Wetter zum Marschieren genau richtig und die Piste gut sei. Raoul hat dem Hund die Packtaschen abgenommen. Amarok beschnuppert den Mann und seinen Rucksack.

Der Indianer deutet auf den Packsattel und den Sack, der quer darüber liegt, und meint: »Ganz schönes Gewicht.«

Halb auf Französisch, halb auf Algonkin erklärt ihm Raoul, daß sie keinen weiten Weg haben und daß Amarok ein solches Gewicht tragen könne. Der Indianer staunt. Er interessiert sich sehr für den Hund. Raoul erzählt ihm, daß sie zum Castagnier-See gehen.

»Noch zwei Stunden Fußweg«, sagt der Indianer.

»Ja.«

Sie unterhalten sich noch eine Weile. Der Indianer erzählt ihnen, daß er zum See im Land-ohne-Bäume unterwegs ist. Raoul gibt ihm Kautabak und Tabak, der für drei Pfeifen reicht.

Sobald der Indianer hinter der nächsten Wegbiegung verschwunden ist, jammert Timax: »Jetzt sind wir erledigt! Dieser Kerl braucht doch nur einem M.P.-Mann zu begegnen ...«

»Sei still. Du kennst doch die Indianer gut genug, um zu wissen, daß er nichts sagen wird.«
»Sie brauchen ihm nur etwas zu trinken zu geben! Das weißt du ganz genau.«
Raoul schüttelt bedächtig den Kopf. »Hör mal, fängst du schon wieder an?«
»Wir sitzen in der Falle.«
Der Trapper wirkt entmutigt. »Wann wirst du mir endlich glauben?« Er zögert einen Moment, dann, als er das verstörte Gesicht des Jungen anschaut, fährt er fort: »Ich bin überzeugt, daß der Typ sowieso Bescheid weiß.«
»Was?«
»Reg dich nicht auf. Er hat gerade irgendwo Sachen eingekauft. Dort hat man ihm sicher von dem Vorfall erzählt. Ich habe es an der Art bemerkt, wie er uns ansah. Und ich habe auch gesehen, daß er nichts sagen wird. Da gehe ich jede Wette ein. Wenn ich mich geirrt haben sollte, verspreche ich dir, daß ich dich im Gefängnis von Quebec besuchen werde, und zwar werde ich die ganze Strecke zu Fuß und mit spitzen Steinen in meinen Stiefeln zurücklegen.«
Timax' Lachen kommt nicht von Herzen. Doch er schweigt, und sie setzen ihren Weg fort.
Bevor sie sich eine längere Pause gönnen, um etwas zu essen, verlassen sie die Piste, die zum Castagnier-See und dann nach Rochebaucourt führt, und biegen nach links ab.
»Von jetzt an«, sagt Raoul, »ist es sehr unwahrscheinlich, daß wir jemandem begegnen.«

Der Wald ist hier dichter, und die Bäume sind niedriger. Der Boden ist nicht mehr so eben und mit großen Felsplatten übersät. Da an diesen Stellen keine Bäume wachsen, ist das Blätterdach lichter. Der Pfad schlängelt sich an Mooren vorbei, doch da der Boden stark gefroren ist, können sie den Weg abkürzen. Die Zitterpappeln werden immer seltener und kümmerlicher, und die Birken sind kaum mannshoch; hier beherrschen vor allem Weiß- und Douglastannen das Bild. Je weiter die beiden Männer den felsigen Hügel hinaufklettern, desto häufiger werden die Zypressengewächse, deren rötliche Rinde abblättert.
Ungefähr eine Stunde, bevor die Abenddämmerung hereinbricht, halten sie an. Sie haben eine Feuerstelle mit geschwärzten Steinen, einem Aschenhaufen und einigen Tannenzweigen, die wohl als Lagerstatt gedient haben, entdeckt. Dahinter hat man ein Holzgitter aufgestellt, um den Wind abzuhalten. Die beiden Männer laden ihr Gepäck ab. Sobald Amarok von seinen Packtaschen befreit ist, läuft er zu einem nahegelegenen Bach, um zu trinken, dann ruht er sich aus. Er weiß, daß er erst in einer Stunde etwas zu fressen bekommen wird. Aus halbgeschlossenen Augen beobachtet er, wie die Männer hin- und hergehen und ihr Biwak aufschlagen.

# 22

Der Wind hat sich vorübergehend gelegt, dann frischt er wieder auf. Er bläst über den kahlen Wald hinweg, fährt in ihn hinein, fegt über den Boden. Das Wetter bleibt klar. Gegen Mittag läßt die Kälte ein wenig nach, aber nicht genug, damit der Boden taut.

Amarok und die beiden Männer kommen gut voran. Weil Timax zu angespannt war und überall Schatten oder bedrohliche Geräusche wahrzunehmen glaubte, haben sie die Piste verlassen und gehen nun in nordwestlicher Richtung quer durch den Wald. Der Marsch ist mühseliger geworden. Oft bleiben der Hund und die Männer mit ihrem Gepäck in den Zweigen hängen, und sie müssen weite Umwege gehen, um dichtem Gestrüpp, Schlammlöchern oder kleinen Seen, die noch nicht zugefroren sind, auszuweichen. Manchmal müssen sie sogar Bäume fällen, um sie als Brücke quer über einen Bach zu legen.

»Wenn man bedenkt, daß es eine ordentliche Piste gibt«, brummt der Trapper.

»Ich weiß auch, daß es blöd ist, aber hier fühle ich mich sicherer.«

Timax rackert sich ab wie ein Verrückter. Er ist es, der die Axt schwingt, der sich als erster durchs Buschwerk kämpft und den Weg freimacht. Gerade so, als versuchte er auf diese Weise, seine Angst loszuwerden.

Am frühen Nachmittag des zweiten Tages bleibt

Amarok plötzlich stehen. Unruhig schnuppert er mit erhobener Schnauze Richtung Süden und knurrt. Die Männer lauschen. Zwischen zwei sanften Windstößen nehmen sie ein Surren wahr.
»Ein Flugzeug.«
»Du lieber Gott, sie suchen uns mit einem Flugzeug!«
Das Geräusch wird stärker. Es kommt von Süden und geht Richtung Norden.
»Sie folgen dem Harricana.« Raoul lächelt. Er horcht noch einen Augenblick, dann meint er: »Steph hat mein Kanu gut versteckt.«
Das Geräusch entfernt sich, verändert sich, kommt wieder näher und entfernt sich erneut. Um dem Verlauf des Flusses zu folgen, muß das Flugzeug einige Bögen fliegen. Immer lauter wird das Brummen des Motors, und das Gesicht des Jungen verzerrt sich. Sein Blick irrt umher.
»Wir müssen uns verstecken!«
An dieser Stelle wachsen vor allem Weiden und kleine Espen. Doch nur zehn Schritte entfernt stehen ein paar Tannen und Rottannen. Raoul deutet in diese Richtung.
»Dort!«
Amarok erreicht die Stelle als erster, dann kommt Timax, der durch das Unterholz gerannt ist wie ein gejagter Hirsch. Gemächlich folgt ihnen Raoul.
»Wir dürfen uns nicht bewegen.«
Er drückt seinen Daumen auf den Kopf seiner Pfeife, die er sich vor ein paar Minuten erst angezündet hat, um die Glut zu ersticken.

Amarok knurrt wieder.
»Ist gut. Sei still«, flüstert Timax.
»Glaubst du etwa, die können dich hören?« lacht der Trapper. Er hebt den Kopf und brüllt: »Da könnt ihr ewig suchen, ihr Drecksäcke!«
Entsetzt packt Timax ihn am Arm.
»Du bist verrückt! Total verrückt.«
Das Motorengeräusch entfernt sich. Sie haben das Flugzeug nicht einmal gesehen.
Raoul steht langsam auf. Ohne auf Timax' Worte und die zitternden Hände des Jungen zu achten, erklärt er: »Falls sie wiederkommen und man sich nirgendwo verstecken kann, brauchst du nur eins zu tun. Geh in die Hocke und rühr dich nicht. Sieh mal, wenn du auf der Jagd bist und in zweihundert Schritt Entfernung einen Elch vor dir hast, der sich nicht bewegt, dann siehst du ihn nicht. Dagegen kannst du ein Eichhörnchen, das sich bewegt, so groß und deutlich wie einen Ochsen erkennen.«
Das Geräusch ist vollständig verstummt. Sie bleiben noch einen Augenblick unter den Nadelbäumen, dann gibt Raoul das Zeichen zum Aufbruch.
Eine Zeitlang gehen sie stumm weiter. Als sie auf Grasland stoßen, das sich über eine Fläche von gut einer Quadratmeile erstreckt, bleibt Timax stehen.
»Nein, nein, wir müssen im Wald bleiben, über freies Feld will ich auf gar keinen Fall laufen.«
Raoul läßt den Blick über die Fläche wandern, auf der nur Büschel wilder Gräser und kümmerliche Sträucher wachsen, die nicht höher reichen als bis

zum Knie. Wenn sie diese Ebene umgehen wollten, würden sie gut eine Stunde länger brauchen.
Raoul zögert einen Moment, dann macht er eine vage Handbewegung und meint: »Meine Güte, tu doch, was du willst! Ich hab jedenfalls keine Lust, diesen ganzen Umweg wegen nichts zu machen.«
»Du bist ja übergeschnappt!«
»Das hast du in den letzten drei Tagen bestimmt fünfzig Mal zu mir gesagt. Ich muß wohl dringend zum Arzt.«
Ohne sich umzudrehen, geht er mit ruhigem Schritt auf das freie Gelände zu. Amarok läuft voraus. Der Trapper schaut sich nicht um, doch sein Ohr bleibt wachsam.
Der Junge ist stehengeblieben. Er ist wütend. Die Ränder der Ebene, die im Sommer sehr feucht sein muß, sind von dichter Vegetation überwuchert. Zwischen Zwergweiden, Erlen und Steppenwacholdersträuchern wachsen Schneeball- und Brombeersträucher: ein undurchdringliches Unterholz. Raoul hat von einer Stunde gesprochen. Beladen wie er ist, würde Timax vermutlich noch viel länger brauchen ...
Bald hört Raoul hinter sich schwerfälliges Gestampfe und heftiges Schnauben. Das Geräusch zieht rasch an ihm vorbei. Amarok sieht ihn fragend an. Seit sie von Saint-Georges aufgebrochen sind, versetzen ihn viele Dinge in Erstaunen. Dieser Ausflug in den Wald ist anders als alle früheren.
»Verflucht nochmal, beeil dich!« keucht Timax.

Raoul reagiert nicht. Amarok läuft schneller, um mit Timax mithalten zu können.
»Amarok! Bei Fuß. Du siehst doch, daß er durchdreht!«
Die Angst des Jungen hat etwas Beunruhigendes. Raoul bemüht sich, seinen Schritt nicht zu beschleunigen. Auf halber Strecke bleibt er sogar stehen, um seine Pfeife wieder anzuzünden. Timax erreicht die ersten Bäume. Er wendet sich um, gestikuliert wild. Beinahe wäre Raoul noch einmal stehengeblieben, aber er will die Furcht des Jungen nicht noch vergrößern.
Die Sonne steht schon tief. Das Flugzeug ist sicher längst zurückgeflogen. Vor Sonnenaufgang wird es nicht wieder starten.

## 23

Am folgenden Tag marschierten Amarok und die beiden Männer weiter, bis es dämmerte. Am Abend versuchte Timax, der sich nachts immer ängstigte, Raoul zu überreden, geradewegs nach Norden weiterzuziehen. Er wollte den Umweg zur Familie Massard vermeiden. »Dadurch verlieren wir nur Zeit«, meinte er.
»Du redest Unsinn. Was willst du denn im Norden ohne Schlittengespann?«
»Wir könnten zum alten Lalande gehen, dort wird uns niemand suchen.«

»Das werden wir tun. Aber nicht mit leeren Händen. Wir haben keine ausreichenden Vorräte, um über den Winter zu kommen.«
»Die M.P.-Männer werden sich doch denken, daß wir zu den Massards gehen, um uns Hunde zu besorgen!«
»Aber, du Idiot, die glauben doch, daß wir mit dem Kanu unterwegs sind. Und außerdem gibt es fünfzig Stellen, wo ich mir Hunde besorgen könnte.«
»Massard wird uns wohl nicht verraten, aber ...«
»Verdammt!«
Dieser Ausbruch des Trappers brachte den Jungen zum Schweigen. Am nächsten Morgen setzten sie ihren Weg wortlos fort. Zwischen ihnen, über ihnen, über dem ganzen Wald lastete etwas Unsichtbares, das schwerer wog als ihr Gepäck.
Gegen vier Uhr nachmittags wird der Wind stärker. Er kommt aus Nordost und bringt eine dicke graue Wolkenwand mit. Für einen Augenblick scheint er zu zögern, dann bläst er plötzlich heftig los; die Windböen folgen in immer kürzeren Abständen.
»Wir hätten auf der Piste bleiben sollen, dann wären wir schon längst da.«
Das sind seit Sonnenaufgang die ersten Worte, die Raoul von sich gibt. Da Timax sich weiter in Schweigen hüllt, fügt der Trapper in weniger schneidendem Ton hinzu: »Aber mit dem Wetter hatten wir bis jetzt Glück.«
»Das liegt an meinem Vater. Er sieht uns. Er wacht über uns.«

»Na, ich kann dir sagen, dein Vater hat sich um mindestens zwei Stunden verschätzt«, erwidert der Trapper fröhlich. »Der Schnee wird wohl nicht warten, bis wir angekommen sind.«

Und schon weht feiner, eisiger Schnee, so schneidend wie Sand, über den Wald. Nur die Nadelbäume vermögen ihn aufzuhalten, die blattlosen Zweige der Erlen und Weiden stellen kein Hindernis dar. Raoul bedeutet Timax, unter einer Lärchengruppe Schutz zu suchen, und setzt seinen Rucksack ab.

»Stell deine Sachen nicht ab, wir gehen gleich weiter.« Er schnallt einen Riemen auf und nimmt zwei Wollmützen heraus. »Ich habe es geahnt. Heute morgen habe ich sie obenauf gepackt.« Er gibt Timax eine Mütze, die andere setzt er selbst auf, knüllt seinen Hut zusammen und stopft ihn in den Rucksack.

»Los, wir dürfen keine Zeit verlieren.«

Diesmal ist er es, der das Tempo beschleunigt, ohne sich um den Jungen zu kümmern, der Mühe hat, ihm zu folgen.

Seit sie die Piste verlassen haben, geht Amarok nicht mehr voraus, sondern folgt Raoul auf dem Fuß.

Im Nu wird die weiße Wand grau. Sie schluckt das Licht und wird immer undurchdringlicher, so daß man bald nur noch die Bäume in unmittelbarer Nähe erkennen kann.

»Bist du nun zufrieden?« schreit Raoul. »Niemand wird bei diesem Wetter versuchen, uns zu finden.«

Timax kann kaum noch mithalten. Unter seiner schweren Last geht sein Atem immer rauher.
Mit kaum verhohlenem Spott in der Stimme feuert Raoul ihn an, ohne sich umzudrehen: »Los, los, lauf! Wenn du jetzt schlappmachst, bist du verloren.«
»Du Mistkerl, das ist nicht dein Ernst.«
Es bedarf des Instinkts und des Spürsinns eines Wolfes, um in diesem weißen Wirbel, wo alles verschwimmt, nicht im Kreis zu laufen. Ohne auch nur einen Moment lang zu zögern, findet Raoul seinen Weg.
Nach einer guten Stunde erreichen sie den Pfad, der am See der Massards entlangführt. Das Wasser erkennen sie erst, als sie nur noch ein paar Meter entfernt sind. Die Ufer, an denen die Gräser schon niedergedrückt sind, sind von einem Eiskranz gesäumt, der bald schneebedeckt sein wird. Auf dem Pfad liegt der Schnee bereits einen Fuß hoch.
»Schneller, sonst müssen wir noch die Schneebretter anlegen.«
Amarok übernimmt wieder die Führung. Er kennt die Richtung. Er wirkt unruhig, beschleunigt das Tempo trotz des Sturms und der Schneewehen. Von Zeit zu Zeit dreht er sich um, wedelt mit dem Schwanz und knurrt.
»Amarok! Warte auf uns!«
Der Hund bleibt stehen, aber seine Augen funkeln eigenartig. Wenn Raoul bis auf drei Schritt herangekommen ist, läuft er weiter. Zwanzig Meter legt er in seinem üblichen Tempo zurück, wird dann

wieder schneller, so als werde er von einer unsichtbaren, unwiderstehlichen Kraft angezogen, und noch schneller.
Raoul ruft ihn zurück. »Nichts zu machen, was? Du hast deine Verwandten gerochen. Du bist ja ganz aufgeregt. Zumindest wissen wir jetzt sicher, daß jemand da ist.«
Der hoch aufgerichtete Schwanz wedelt heftig hin und her und fegt den Schnee von dem braunen Sack, der quer über Amaroks Packtaschen liegt. Der Wind bläst schärfer, noch beißender, und die Männer gehen gebeugt, den Kopf gesenkt, die Mützen tief ins Gesicht gezogen. Die Windböen fegen über das schwarze Wasser des Sees und verschwinden in der grauen Wand, die immer näher zu kommen scheint.
Bald entfernt sich der Weg vom See. Mehr Bäume. Nichts als Weiß, soweit das Auge reicht, nur vereinzelt zeichnen sich noch dunkle Stellen ab. Ohne zu zögern, stürmt Amarok los, und diesmal ruft Raoul ihn nicht zurück. Kaum ist der Hund von dem Unwetter verschluckt worden, da hört man auch schon Gejaule. Raoul blickt den Berghang empor, der sanft ansteigt. Ein schwacher Lichtschein zeichnet sich vor den dunklen Konturen des Waldes ab, dann wird ein helleres Licht sichtbar. Eine Tür öffnet sich, und eine Stimme ruft: »Mein Gott, das ist ja Amarok ... Der Große kann nicht weit sein.«
Raoul dreht sich um. Timax ist nur noch ein langsam vorwärtsschreitendes Keuchen. Ein dumpfes,

gequältes Brummen. Was hier näherkommt, ist ein Mann am Ende seiner Kräfte.
»Wir sind da«, sagt Raoul sanft.
Er sagt es so, als hätten sie gerade einen sicheren Hafen erreicht, aus dem nichts und niemand sie vertreiben könnte.

## 24

Die Behausung, deren Tür sich gerade geöffnet hat, ist eine erstaunliche Hütte. Ihre Mauern sind aus Baumstämmen, die teilweise mit aufgeschnittenen Kanistern verkleidet sind. Man ahnt, daß sie unter ihrem schon verschneiten Dach etwas windschief ist. Auf der rechten Seite, woher das Gejaule kommt, zeichnen sich Umrisse ab, die den Schnee aufwirbeln. Die Hunde haben sich auf die Hinterbeine gestellt und ziehen an ihren Ketten. Amarok knurrt, und Raoul muß ihn zur Ordnung rufen. Simon Massard kommt auf den Trapper zu, um ihm zu helfen, Amaroks Packtaschen abzuschnallen. Sobald der Hund von seiner Last befreit ist, stürmt er zu den anderen hinüber, und das Gebell wird noch lauter.
»Laß sie sich austoben«, sagt Simon. »Die einzig neuen sind die Welpen. Es kann nichts passieren.«
»Da kannst du sicher sein, daß ich mich raushalte.«
Simon tritt beiseite, um Raoul und Timax in die Hütte zu lassen. Er ist ein kleiner, magerer Mann

mit glattrasiertem Gesicht, vorstehenden Zähnen und kahlem Schädel. Er hilft den beiden beim Abladen ihres Gepäcks. Aus einem Stuhl neben dem Ofen erhebt sich ein großer, hagerer alter Mann, greift nach einem Stock und humpelt auf sie zu. Seine Stimme klingt eigenartig, sie wechselt zwischen tiefen und hohen, zerbrechlichen Tönen.
»Hallo, Hippolyte!« schreit Raoul. »Wir bringen euch gutes Wetter mit.«
Das Lachen des Alten klingt wie das Meckern einer Ziege.
»Du bist es, alter Halunke. Das hab ich mir schon gedacht. Du bist wie die Schnee-Eule: der Sturm treibt dich her.«
»Mit dem Unterschied, daß ich es genau andersrum mache wie sie: ich gehe ihm entgegen. Ich fand schon immer, daß der Winter nicht schnell genug da ist.«
Der Alte lacht. Unter seinem Bart kommt ein zahnloser Mund zum Vorschein, in dem eine spitze Zunge glänzt. Er sieht Timax an und zwinkert mit den Augen.
»Und dich, du Hosenscheißer, hab ich ja schon eine Ewigkeit nicht mehr gesehen. Du wirst doch wohl nicht deine Verlobte in dem Rucksack mitgebracht haben?«
Timax kommt wieder zu Atem. Sein hochrotes Gesicht glänzt vor Schweiß. Er nimmt die Wollmütze ab, und sofort bilden sich dicke Schweißperlen auf seiner Stirn, die ihm über die Augenbrauen und die platte Nase laufen und schließlich in sei-

nem roten Bart hängenbleiben, den er nicht mehr rasiert hat, seit sie aufgebrochen sind.
Die vier Männer brauchen fast den ganzen freien Platz in dem kleinen Raum, der mit einem Tisch, einen Schemel und dem Schaukelstuhl des alten Hippolyte möbliert ist. An der Wand steht ein großer Ofen mit zwei Abzügen, an der Wand oberhalb eines winzigen Spülsteins ist eine Messingpumpe angebracht. Der Alte setzt sich wieder. Links vom Ofen öffnet sich eine niedrige Tür, und eine kleine Frau, dunkelhäutig und abweisend wie die Stare, kommt herein. Ihr Blick ist streng, und sie runzelt die Stirn. Timax' Gesichtszüge erstarren. Raoul ist überrascht.
»Ihr habt Besuch?«
Der Alte bricht in schallendes Gelächter aus.
»Besuch? Das ist Eléonore, Simons Angetraute.«
Mißtrauisch und mit mürrischem Gesichtsausdruck kommt die Frau näher. Ein feiner Flaum überschattet ihre schmalen Lippen. Sie brummt: »Was haben die beiden hier zu schaffen? Die machen mir ja den Boden dreckig.«
Hippolyte schlägt mit dem Stock auf den Tisch.
»Du verdammtes, mißmutiges Weibsstück! Unsere Freunde haben einen langen, beschwerlichen Weg hinter sich, und du regst dich wegen drei Wassertropfen auf! Selbst wenn sie mir einen ganzen See in mein Haus brächten, würde ich mich freuen, sie wiederzusehen!«
Die beiden ziehen sich an der Tür ihre Stiefel aus und hängen auch ihre dicken Jacken dort auf. Dann gehen sie um den Tisch herum zum Feuer. Raoul

muß sich bücken, um sich an den Laternen, Kannen, Fallen und Körben, die von der Decke hängen, nicht den Kopf zu stoßen. Die Frau ist einen Lappen holen gegangen. Schimpfend wischt sie den Boden auf. Um Platz zu machen, rückt der Alte seinen Schaukelstuhl näher an den Ofen, auf dem ein großer Wasserkessel summt. Er deutet auf die Frau, und seine Augen funkeln spöttisch.
»Ach ja, mein lieber Raoul, du kennst Eléonore noch nicht. Und stell dir vor, wir hatten sie schon fast vergessen.«
»Seid schon still«, knurrt die Frau, während sie sich erhebt. »Da braucht ihr gar nicht stolz auf euch zu sein.«
Der Alte stampft mit seinem Stock auf dem Boden und brüllt, wenn hier jemand still zu sein habe, dann bestimmt nicht er.
»Ist die Ziege schon gemolken?« fragt Simon.
Wortlos zieht sich die Frau ihre Schuhe an, legt sich ein großes Schultertuch um, zündet die Laterne an, nimmt einen kleinen Holzeimer und geht.
»Weibsbild«, brummt der Alte. »Sie soll bloß nicht meinen, daß wir nur Hunde abrichten können.«
»Vater, jetzt übertreibst du aber ein bißchen«, meint Simon. »So schlimm ist sie nun auch wieder nicht. Sie pflegt dich besser als ich.«
Die Stimme des Alten wird milder. »Das stimmt. Aber sie darf kein Oberwasser bekommen. Es könnte schnell passieren, daß sie uns herumkommandiert. Sie hat uns sogar schon dazu gebracht, den Fußboden mit Linoleum auszulegen. Wir sind

bisher immer gut ohne ausgekommen. Ja sogar viel besser.«

Simon wendet sich an Raoul: »Wir dachten nicht, daß wir sie je wiedersehen würden. Als ich sie geheiratet habe, war ich zweiundzwanzig. Wir waren ein Stück weiter im Süden. Sie konnte sich einfach nicht an unsere Lebensweise gewöhnen. Es verging keine Stunde, in der sie uns nicht als Wilde beschimpft hätte. Da ist mir der Kragen geplatzt: Ich habe ihre Siebensachen gepackt und sie in den nächsten Zug gesetzt!«

»Und jetzt gefällt es ihr hier?«

Der Alte bricht wieder in sein meckerndes Gelächter aus.

»Der Hunger treibt den Wolf in den Wald zurück, wenn der Karibu sich dort aufhält.«

»Sie war Tellerwäscherin in einem Restaurant, das zugemacht hat. Und bei der derzeitigen Krise woanders Arbeit zu finden ...«

Simon steht auf, geht zu einem kleinen Möbelstück aus grobem Holz hinüber und kehrt mit vier Gläsern und einer Flasche zurück.

»Immerhin, sie hat uns Löwenzahnwein gemacht. Der ist gar nicht so übel. Und noch viele andere Getränke aus allem, was sie so findet.«

Er gießt eine bräunliche Flüssigkeit ein, während Raoul sagt: »Wir wußten nichts von ihr. Sonst hätten wir euch nicht gestört.«

»Ihr stört doch nicht«, sagt Simon. »Es tut gut, euch mal wieder zu sehen. Und ich sage dir nur eins, heute werdet ihr essen, wie ihr hier noch nie

gegessen habt. Wenn ich gewußt hätte, daß sie so viel vom Kochen versteht, hätte ich mich schon längst auf die Suche nach ihr gemacht.«
Alle haben sich hingesetzt, doch Timax rutscht nervös hin und her. Er hustet mehrmals und stößt schließlich Raoul mit dem Ellenbogen in die Seite. Er flüstert: »Wir müssen weiter.«
»Was sagst du da?« fragt Simon.
Raoul meint erklärend: »Er fürchtet, daß wir stören. Er will, daß wir aufbrechen.«
Die Augen des Alten blitzen auf, als er sich zu seinem Sohn umdreht. Für einen Augenblick sind das Heulen des Nordwindes und das Klappern der Blechkanister die einzigen Geräusche. Der Bart des Alten bewegt sich. Er hebt die Hand. Gerade, als er zu sprechen beginnen will, geht die Tür auf. Die Frau kommt herein.
Raoul sagt: »Wir sind ja schon eine Weile hier. Ich muß noch mal hinaus, um Amarok etwas zu fressen zu geben.«
»Ich komme mit.« Timax flitzt zu der Tasche mit dem Dörrfleisch.
»Dazu müßt ihr doch nicht beide vor die Tür«, sagt der Alte.
»Ich will aber mitgehen.«
Timax benimmt sich wieder wie ein störrisches Kind. Die drei Männer schauen sich an. Die Frau hat ihnen den Rücken zugewandt und hantiert geräuschvoll mit einer Kanne und einem Kochtopf im Spülstein.

# 25

Draußen packt sie der Sturm. Er tobt jetzt doppelt so wild wie zuvor. In dem Licht, das durch die Fensterscheiben fällt, wirkt der Schnee wie dichter, feiner Goldstaub. Kaum hat Timax die Tür hinter sich geschlossen, kommt Amarok herbeigestürmt. Die anderen Hunde, die nicht zu sehen sind, fangen an zu bellen.

»Gib ihm was«, sagt Raoul.

Timax bleibt zurück, um Amarok zu füttern, während Raoul in die Richtung geht, aus der das Gejaule kommt. In der Dunkelheit, bis zu den Knien im Schnee versunken, spürt er, daß die angeketteten Hunde an ihm hochspringen wollen. Er greift mit beiden Händen in ihr nasses Fell und ruft ein paar Namen.

»Smoki … Du bist es, Smoki …«

Der Husky winselt vor Freude.

»Ruhig, Oukiok. Ah, mein Guter, du erkennst mich …«

Die Rührung schnürt ihm die Kehle zu. Schließlich krault er die Welpen, die er noch nicht kennt und die an seinen Handschuhen knabbern. Bald kommt Timax dazu. Sie können einander kaum erkennen. Der Wind heult. Der unsichtbare Himmel hängt tief.

»Wir müssen abhauen«, sagt Timax. »Und zwar sofort.«

»Wenn dir danach ist, ich halte dich nicht auf.«

»Red keinen Blösinn, Raoul. Das Weib wird uns verpfeifen.«

»An wen?«
»An die M.P., das weißt du genau.«
»Glaubst du, sie hat einen von ihnen unter ihrem Rock versteckt?«
»Mach keine Witze. So was spürt man einfach. Instinktiv. Wenn ich hierbleibe, bin ich verloren.«
Raoul packt und schüttelt ihn.
»Du Idiot, du wirst jetzt mal kurz nachdenken, ja! Sie weiß nichts, wer ...«
»Wenn sie hierherkommen und sie ausfragen!«
Jetzt wird der Trapper wütend. Er brüllt: »Wann denn, du Dummkopf? Etwa heute nacht?«
Die Hunde gebärden sich wie toll. Der Schnee, den sie aufwirbeln, vermischt sich mit dem, den der Sturm durch die Lüfte trägt. Raoul geht zur Hütte zurück. Amarok frißt gierig den letzten Bissen Trockenfleisch.
Der Trapper sagt: »Er wird neben Arnatak schlafen. Die anderen Rüden werden stillhalten. Er ist noch immer der Anführer. Das wissen sie.«
Seine Stimme klingt wieder ruhig. Er spricht, als ob nichts wäre. Als ob es überhaupt nichts Beunruhigendes gäbe. Vor der Tür hält Timax ihn noch einmal zurück.
»Morgen früh brechen wir aber auf, ja? Vor Tagesanbruch. Du bittest Simon um die Hunde.«
»Sei unbesorgt, ich will hier nicht alt werden. Wir sind hergekommen, um uns ein Gespann zu besorgen, und nicht, um hier Wurzeln zu schlagen.«
Amarok folgt ihnen bis zur Tür. Als sie aufgeht, dringt warme Luft, die nach gekochtem Fleisch

duftet, nach draußen. Die Männer verschwinden. Die Tür schließt sich wieder, und der Wind trägt augenblicklich diesen zarten Wohlgeruch davon. Amarok kehrt zu der Stelle zurück, wo er gefressen hat, und schnuppert. Er scharrt ein bißchen Schnee zusammen, der noch nach dem Fleisch riecht, dann läuft er zu den anderen Hunden. Je näher er der langen Kette kommt, an der die Hunde festgebunden sind, desto wütender wird das Gebell. Die Hündinnen jaulen. Amarok geht an ihnen vorbei, ohne sie zu beachten, bis er zu seiner Lieblingshündin kommt, Arnatak, einer Kreuzung aus Husky und Wolf, die ihm schon zweimal einen schönen Wurf Welpen geschenkt hat. Sie jault nicht. Sie weiß, daß er zu ihr kommen wird. Was sie verbindet, sind die jungen Hunde, aber vor allem die langen Fahrten gen Norden. Bärenkämpfe, endlose Jagden.

Arnatak legt sich in die Mulde, die ihr Körper schon geformt hat. Amarok schmiegt sich an ihr Fell. Allmählich verstummt das Knurren der anderen Hunde. Schnee häuft sich an Amaroks Flanke auf, deckt sie beide schon beinahe zu. Bald ist der Sturm wieder das einzige, was sich in dieser Nacht noch regt.

## 26

Sie essen eine dicke Suppe nach einem Rezept, das die Frau aus ihrer Zeit im Restaurant mitgebracht hat. Dafür benötigt man verschiedene Gemüse und Fleisch. Der Alte behauptet, das seien die Knochen, die die Hunde nicht hätten haben wollen, aber er sagt es ohne Boshaftigkeit, eher ein wenig bewundernd. Außerdem gibt es gekochtes Pökelrindfleisch und dicke rote Bohnen. Eléonore bedient sie, ohne zu murren. Sie versucht sogar mehrmals zu lächeln. Dabei zieht sie die Oberlippe mit dem feinen Bartflaum hoch und entblößt den Oberkiefer, in dem zwei Schneidezähne und ein Eckzahn fehlen. Sie wirkt sonderbar mit diesen schwarzen Löchern. Mitten auf dem Kopf trägt sie einen grauen Haarknoten, der bei jeder Bewegung zittert, als ob er gleich herunterfallen würde.

Sie haben gegessen, ohne daß Raoul ein Wort über den Grund ihres Besuches verloren hätte. Gleich nach dem Essen schläft Timax erschöpft am Tisch ein. Raoul schickt ihn hinaus.

»Du weißt, wo die Ziege steht«, meint er. »Geh schon. Und vergeh dich nicht an ihr.«

Der stämmige Kerl geht mit seinem Rucksack und einer elektrischen Taschenlampe bewaffnet in den Sturm hinaus. Während des ganzen Essens hat er kein Wort gesagt.

Sobald er weg ist, bemerkt Simon: »Es geht ihm wohl nicht besonders.«

Raoul wirft einen Blick zum Spülstein hinüber, wo die Frau die Kochtöpfe scheuert.
»Ich muß mit euch reden.«
Er steht auf, geht an seinen Rucksack, nimmt eine Flasche Gin heraus und stellt sie auf den Tisch.
»Unter Männern«, fügt er noch hinzu.
Die Frau hat es nicht gehört. Oder tut zumindest so.
Der Alte befiehlt: »Laß deine Kochtöpfe stehen und geh zu Bett.«
Sie dreht sich ungehalten um. »Wenn ich hier überflüssig bin ...«
»Fang jetzt keinen Streit an. Geh schlafen. Mehr wollen wir nicht von dir.«
Wortlos verschwindet Eléonore durch die niedrige Tür. Für einen Moment hören sie zu, wie die Dielen unter ihren Schritten knarren. Der Rauch der drei Pfeifen hüllt die schwere Hängelampe über dem Tisch in eine wabernde Wolke. Windböen fegen über das Dach hinweg und an den Mauern entlang. Manchmal rütteln sie so heftig an Türen und Fenstern, daß die Scheiben vibrieren.
»Bloß gut, daß letzte Nacht nicht ein solches Wetter war«, sagt Raoul.
»Wo wart ihr denn?«
Er erzählt, auf welchem Weg sie hergekommen sind, aber nicht aus welchem Grund. Als er innehält, ist seine Pfeife ausgegangen. Er klopft die Asche in seine Hand und steht auf, um sie in den Aschenkasten zu schütten. Nachdem er wieder Platz genommen hat, räuspert er sich, zündet

erneut seine Pfeife an und betrachtet die beiden Massards, die ihn erwartungsvoll ansehen. Nach einer Weile fährt er schließlich fort: »Gut ... Aber jetzt will ich euch auch sagen, warum wir hergekommen sind ...«

Der Alte kneift die Lider über seinen schelmisch funkelnden Augen zusammen und klopft mit seinen langen, dünnen, knorrigen Fingern auf die Tischplatte.

»Bah! Laß hören. Als ob wir das nicht schon wüßten.«

Raoul zuckt zusammen. Er runzelt die Stirn. Sein Adamsapfel hüpft mehrmals auf und nieder, ehe er wieder schlucken kann. Der alte Mann reibt sich den Bart. Er kann ein kurzes Lachen nicht länger unterdrücken.

»Ich weiß, die ganze Sache ist nicht komisch«, sagt er, »aber du hast gerade wie eine Ziege ausgesehen, die an einem Apfel erstickt. Da mußte ich einfach lachen, mein armer Raoul. Ich habe mich nämlich die ganze Zeit gefragt: ›Wird er es sagen oder wird er es nicht sagen?‹ ...«

Raoul unterbricht ihn. Er deutet auf die Tür, durch die die Frau verschwunden ist, und sagt: »Ihr wißt, warum. Man kommt völlig ahnungslos her in dem Glauben, lediglich euch beide hier vorzufinden, und dann trifft man auf sie. Das war ein Schock ... Aber nun gut, was wißt ihr?«

Vater und Sohn sehen sich an. Wieder ist es der Vater, der das Wort ergreift: »Der Junge hat einen Sergeanten der M.P. niedergeschlagen.«

Raoul schweigt eine Weile, so als hätte er diese Nachricht gerade eben zum ersten Mal gehört. Mit erstickter Stimme fragt er dann: »Woher wißt ihr das?«

»Ein Algonkin, der auf dem Weg zum See im Land-ohne-Bäume war, hat hier haltgemacht. Er hat es uns gesagt.«

»Aber wie habt ihr erraten, wer es war?«

»Er wußte es. Er hat gesagt: ›Der Lehrling von dem Kurzbein, das im Warenhaus als Schuster arbeitet.‹ Er hat sogar gesagt: ›Er ist mit dem Trapper weggegangen, dem leicht die Hand ausrutscht.‹«

Raoul seufzt. Er hatte es geahnt, und dennoch …

»Wir sind ihm begegnet.«

Der Indianer hat sie erkannt. Es entspricht ganz der Art seines Volkes, nichts zu sagen. Er wird niemandem sagen, daß er sie getroffen hat.

Der Alte läßt ganz langsam eine lange Rauchfahne zwischen seinen Lippen, die in dem Vollbart fast nicht zu sehen sind, entweichen. Nach einer Weile sagt er ruhig: »Wir haben euch erwartet.«

Der Trapper sieht ihn überrascht an.

»Ja, ja«, meint Simon. »Ich dachte mir: Raoul wird ganz bestimmt in den Norden gehen, aber er wird einen Umweg machen und hier vorbeikommen. Er wird dorthin gehen, wo man ihn nicht suchen wird. Er wird dorthin gehen, wo es Hunde gibt.«

Einen Augenblick lang mustern sich die drei, dann erkundigt sich Simon verlegen: »Was ist denn nun eigentlich passiert?«

Raoul senkt die Stimme. Er erzählt.

»Ihr hattet wirklich kein Glück, gerade an diesen Trunkenbold zu geraten«, stellt der Alte schließlich fest.
»Soviel ist sicher.«
Simon kann sich ein Grinsen nicht verkneifen. »Mit den Pfarrern habt ihr es gut getroffen und mit der M.P. eben schlecht. Was willst du, das liegt alles nur an diesem Soldatenpack, das dafür bezahlt wird, die ganze Welt zum Narren zu halten.«
»Wenn jemand getötet worden ist«, bemerkt der Alte, »ist die M.P. doch gar nicht zuständig. Dann ist es ein Fall für die Bundespolizei. Und hier im Norden sind das die Leute von der Bergpolizei.«
»Das Gesetz ist hart«, sagt Simon.
»Nichtsdestotrotz, es gibt Grenzen. Ihr kennt Timax, er ist kein Rowdy.«
Die Stimme des Alten klingt bitter. Seine knochige Hand, die auf dem Tisch liegt, hat er zur Faust geballt, die andere umklammert den Stock. Er überlegt, seine Stirn wird noch faltiger. Dann sagt er: »Stimmt, auch im anderen Krieg waren es die M.P., die auf die Demonstranten in den Straßen von Quebec einschlugen, als wir uns der Einberufung widersetzten.«
Raoul sieht wieder zur Tür. »Weiß sie es?«
»Sie hat gehört, was der Algonkin gesagt hat.«
»Und wenn sie kommen und sie verhören?«
Ohne daß seine Stimme die leiseste Gefühlsregung verrät, sagt der Alte: »Sie kennt mich. Wenn sie redet, jage ich ihr eine Ladung Blei in den Hintern.«

Raoul füllt noch einmal die Gläser. Sie trinken. Eine Weile lauschen sie dem Heulen der Nacht. Dann fragt Simon: »Wie steht's mit den Minen?«
»Wie 1914. Kupfer gibt's genug. Mit Eisen läuft es auch nicht schlecht, aber mit dem Gold ist es vorbei.«
»Ich frage mich, warum die Jungen, die nicht heiraten wollen, nicht in die Mine gehen, die Bergleute sind doch freigestellt.«
Raoul macht eine ohnmächtige Handbewegung.
»Die Stellen sind begehrt. Alle wollen untertage arbeiten.« Er schweigt einen Augenblick. Sein Blick verdüstert sich, als er hinzufügt: »Alle, bis auf denjenigen, der seine Gründe dafür hat, nicht einzufahren.«
Simon wirkt verlegen, sein fast kahler Schädel legt sich in Falten.
»Entschuldige. Daran habe ich nicht gedacht.«
»Weißt du, ich frage mich, wo seine arme Mutter ihn wohl lieber gesehen hätte, im Krieg oder untertage ... Aber jetzt spielt das ja keine Rolle mehr.«
Die beiden Massards sehen sich an und nicken, dann sagt der Alte: »1918 gab es welche, die haben sich ganz in der Nähe von Montreal versteckt. Kein Mensch hat sie gefunden.«
»Ich weiß«, meint Raoul. »Nur – die, die sich verstecken, weil sie nicht Soldat werden wollen, die sucht man, ohne wirklich nach ihnen zu suchen. Doch einen, der jemanden umgebracht hat ...«
Er spricht den Satz nicht zu Ende. Seine letzten Worte stehen wie ein Felsblock zwischen ihnen.

Lange hört man nur das Klappern des Blechs und das Heulen des Windes, dann sagt Simon: »Vor allem, wenn es sich um einen Polizisten handelt.«
Das ist alles. Dem ist nichts hinzuzufügen. Raoul könnte ganz Quebec treffen, in alle Häuser von Abitibi gehen, überall würde man diese Worte wiederholen, die Angst machen und denen immer dieselbe erdrückende Stille folgt.
»Wir werden so schnell wie möglich aufbrechen«, beschließt Raoul. »Wenn es dir recht ist, Simon, werde ich zahlen ...«
Simon hebt die Hand, als wolle er Raoul mit dem Handrücken ohrfeigen.
»Wenn du es dir mit mir verderben willst ...«
Sie beraten, wie man am besten ein gutes Gespann zusammenstellt, so daß noch genügend Tiere übrig bleiben, damit Simon mit seinen Welpen ein zweites zusammenbekommt.
»Morgen probieren wir es aus.«
»Morgen«, verkündet der Alte, »wird es nicht mehr schneien. Es wird ziemlich kalt werden.«
Simon steht auf, um Holz nachzulegen. Er deutet auf das Eisenbett, das in der Ecke des Zimmers steht, und sagt: »Ich kann dir nicht mal mehr anbieten, hier zu schlafen.«
»Ich würde es auch nicht tun, ich will Timax nicht ganz allein lassen. Diese Geschichte nimmt ihn zu sehr mit.«
Solange die Herdtür offensteht, faucht das Feuer in den Kaminrohren. Simon schließt die Klappe wieder. Das Rumoren wird leiser.

»Dieser Dummkopf hier«, sagt der Alte grinsend, »hat den Verschlag seiner Frau überlassen. Bloß hat sie dort noch keinen Winter zugebracht. Warte, bis es richtig kalt wird, dann werden wir sie schon schimpfen hören.«
»Wir werden die Tür offenlassen«, sagt Simon.
Die magere Hand des Alten trommelt auf den Tisch.
»Ich habe schon einmal nein gesagt. Dann würde ich hier erfrieren!«
»Warum schläfst du nicht bei ihr?« will Raoul wissen. »Sie ist deine Frau.«
Simon kehrt kopfschüttelnd an seinen Platz zurück. Auf dem Weg hängt er den Schürhaken an die Kupferstange, wo er hin und her schaukelt und dabei gegen den Herd schlägt.
»Ehrlich gesagt, nach so vielen Jahren könnte ich das nicht. Ich hätte das Gefühl, bei meiner Mutter zu schlafen. (Er lacht.) Lieber schlafe ich bei Vater. Wir verstehen uns ganz gut.«
Nun müssen sie alle drei lachen. Und damit die Heiterkeit – die zwar nicht von Herzen kommt, jedoch ausreicht, um sie für einen Moment die Angst vergessen zu lassen – nicht allzu schnell verfliegt, beeilen sie sich, sie zu schüren. Sie reden über die Jahre ohne Sorgen. Über den Wald. Über die Stunden großer Freiheit. Einen Augenblick genießen sie die Erinnerung an die Jagd, das Fallenstellen, die endlosen Schlittenfahrten im Winter, um den Indianern und Eskimos Felle abzukaufen. Sie sprechen über ihre besten Gespanne. Und weil

man von Generation zu Generation den Hunden immer dieselben Namen gibt, bringen sie schon bald alles durcheinander und fangen an zu streiten. Oft ist es der Alte, der die Sache richtigstellt. Er hat ein unglaubliches Gedächtnis. Er erinnert sich an alles bis in die winzigsten Einzelheiten. Je länger die Ereignisse zurückliegen, desto gegenwärtiger sind sie ihm. Der Alkohol hilft ihnen, sie aufleben zu lassen. Längst vergangene Schneestürme, deren Tosen aus der Tiefe früherer Jahre aufsteigt, mischen sich mit dem Heulen des Sturms in dieser Nacht, der die alte Blockhütte bis in die letzten Fugen knarren läßt.

## 27

Als Raoul hinausgeht, kommt Amarok unter seinem Kokon aus Schnee hervor und springt an ihm hoch. Die Hündin jault leise, als sie ihn nicht mehr spürt. Die anderen rühren sich kaum. Der Schnee fällt nicht mehr so dicht, und alles ist in diffuses Licht getaucht. Es umhüllt das Haus und läßt den vom Sturm gepeitschten Wald erahnen.
»Los, leg dich wieder zu Arnatak. Sie ruft dich. Los, mach schon.«
Man hört die Kette rasseln, andere Hunde stehen auf und kommen näher. Die Welpen winseln.
»Seid still! Platz!«
Raoul geht um das Haus herum. Der kleine Anbau,

der mit Viehfutter vollgestopft ist, ist vor dem Nordwind durch einen hohen Wall aus aufgeschichteten Holzscheiten geschützt. Vor dem Eingang hat sich eine Schneewehe aufgetürmt. Raoul schiebt mit ein paar kräftigen Stiefeltritten den Schnee beiseite und öffnet die Tür gerade so weit, daß er hineinschlüpfen kann. Sogleich richtet sich der Strahl der elektrischen Taschenlampe auf ihn.

»Bist du's?«

»Nein, der Papst!«

»Du hast dir aber Zeit gelassen.«

»Hast du nicht geschlafen?«

»Das war wohl kaum möglich.«

»Dreh das Licht weg, du blendest mich.«

Timax legt die Lampe hin, deren Schein jetzt die niedrige Decke erleuchtet, an der Felle und getrocknete Blätter hängen.

»Was hast du?«

Timax steht auf. Er hat sich nicht ausgezogen.

»Du glaubst doch nicht im Ernst, daß ich schlafen kann, oder?«

»Du bist doch schon am Tisch eingeschlafen.«

»Seitdem ich hier bin, kann ich es nicht mehr. Ich hab euch die ganze Zeit rumschreien gehört. Worüber habt ihr gesprochen?«

»Über nichts Besonderes.«

Timax tritt näher, packt Raoul und schüttelt ihn.

»Hast du sie nicht nach den Hunden gefragt?«

»Doch, natürlich.«

»Und?«

»Na, du glaubst doch nicht, daß sie mir das abschlagen.«
»Wir müssen schnell weg. Der Wind läßt schon nach.«
»Du legst dich jetzt hin und hältst den Mund. Und versuch zu schlafen. Morgen werden wir ein Gespann zusammenstellen. Wenn wir ein gutes haben, brechen wir auf.«
»Morgen früh?«
»Scheiße!«
Raoul hat sich ausgezogen und in seinen Schlafsack aus Hasenfell gelegt.
»Mach das Licht aus.«
Timax gehorcht. Raoul hört ihn vor sich hinbrummeln und mit dem Stroh rascheln. Die Ziege zerrt an ihrer Kette. Nach einiger Zeit erklärt Raoul mit ganz ruhiger Stimme, so als ob er zu sich selbst spräche: »Wegen der Hunde und dem Rest sind wir uns einig geworden. Wir werden Richtung Norden ziehen und bei Adjutor Lalande vorbeifahren. Wir bringen ihm die Patronen mit, die Simon für ihn besorgt hat. Dann braucht er den Weg nicht zu machen. Und dann, weiter oben, reicht es, wenn wir die Polizeiposten meiden. Die Indianer sind alle Freunde ... Die Eskimos auch.«
Raoul verstummt. Er lauscht auf den Sturm, der jetzt anders klingt. Er hört auch den gleichmäßigen Atem des Jungen. Mit gedämpfter Stimme fragt er: »Schläfst du?« Er seufzt.
Es ist vollkommen dunkel. Raoul legt sich auf die rechte Seite und zieht die Knie an. Seine Gelenke

knacken. An seinem Ohr raschelt das Stroh. Die Luft, die er einatmet, ist warm. Es tut gut, sich an diesem Ort für ein Weilchen auszuruhen. Raoul dreht sich um. Im Knie und im linken Oberschenkel verspürt er einen Schmerz, den er seit über einem Jahr schon öfter bemerkt hat.
»Allmächtiger! Es stimmt also, ich werde langsam alt.«

## 28

Bei Tagesanbruch hört es auf zu schneien. Der Nordwind bläst eisig und gleichmäßig wie ein unermüdlicher Scherenschleifer. Ein kristallenes Leuchten erhebt sich im Osten in einem metallisch glänzenden Himmel.
»Wir können sofort aufbrechen«, sagt Timax. »Es liegt gerade genug Schnee. Ich hab's dir ja gesagt: Mein Vater wacht über uns.«
Seine Stimme klingt beinahe fröhlich, aber sein Blick bleibt besorgt. Auf dem Weg um das Haus schaut er südwärts. Der See liegt schwarz inmitten seiner weißen Ufer, die schon von Eisrändern gesäumt sind. Amarok ist aufgesprungen. Die Hunde an der langen Kette, die mit Pflöcken im Boden befestigt ist, stellen sich auf ihre Hinterpfoten und schlagen jaulend ins Leere. Der Schnee liegt fast zwei Fuß hoch, aber die heftigen Windböen haben an manchen Stellen Gras freigelegt,

während sich an anderen breite Schneeverwehungen bis zu drei Fuß hoch auftürmen.
Simons Frau wärmt den Rest der dicken Suppe auf. Während die Männer essen, sprechen sie über die Hunde.
Als Raoul und Simon übereinkommen, die jungen Hunde auf beide Gespanne zu verteilen, fragt Timax besorgt: »Haben sie denn schon mal einen Schlitten gezogen?«
Vater Massard mischt sich grinsend ein: »Sie sind im Juni zur Welt gekommen, hast du seitdem schon Schnee gesehen?«
In den Augen des Jungen steht panische Angst. Er weicht dem Blick des Alten aus und sieht fragend zu Raoul hinüber. Als ihm niemand zu Hilfe kommt, sagt er schließlich: »Es dauert doch eine Weile, bis man die Welpen abgerichtet hat.«
»Wenn Hunde wie Amarok und die alte Arnatak dabei sind, brauchst du dir keine Sorgen zu machen, nach drei oder vier Tagen laufen sie dann schon ganz ordentlich.«
»Drei, vier Tage! Großer Gott, da ziehe ich ja lieber ohne Gespann weiter. Ich würde auch das ganze Gepäck tragen …« Er scheint wirklich verzweifelt zu sein.
Simon unterbricht ihn. »Mein Lieber, da würdest du nicht weit kommen.«
»Zur Zeit«, sagt Raoul, »suchen sie uns auf dem Harricana. Sie haben doch nicht zweihundert Mann zur Verfügung, um sie auf deine Verfolgung anzusetzen!«

Die Frau, die hinausgegangen ist, nachdem sie das Essen aufgetragen hat, kommt mit einem Korb voller Holz zurück. Die Männer verstummen. Sie stellt den Korb neben dem Herd ab und sagt: »Ich weiß genau, um was es geht …«
Der alte Mann fällt ihr augenblicklich ins Wort: »Das reicht! Als du aufgestanden bist, hast du gesagt, daß du begriffen hast. Sei still. Wir sind nicht taub.«
»Ich bin nicht eher still, als bis ich euch gesagt habe, daß wir noch alle im Gefängnis landen werden!«
Sie dreht ihnen den Rücken zu und macht sich daran, die Rüben über dem Abtropfbrett des Spülsteins zu putzen. Timax ist kreidebleich geworden, dann wird er puterrot und stammelt: »Ihr dürft nicht glauben … Es war ein Unfall … Wir werden gehen … Wir gehen …«
Als ob die Frau gar nicht da wäre, stößt der alte Mann hervor: »Sie fällt uns langsam auf den Wekker. Das ist alles, woran sie denken kann!«
Er macht mit der Hand eine Bewegung über die Schulter. Simon steht auf, Raoul und Timax tun es ihm nach. Während sie sich die Jacken anziehen, nähert sich der Alte, auf seinen Stock gestützt.
»Denkt daran, zwei gut abgerichtete und etwas kräftigere Hunde hinten anzuspannen. Wenn der Schlitten stark beladen und die Zugleine vereist ist, schaffen die Welpen das noch nicht. Ihr riskiert obendrein, sie zu entmutigen.«
Die drei Männer gehen hinaus. Amarok ist da, auf

der Türschwelle. Er springt auf. Die anderen Hunde bellen. Sobald die beiden Schlitten vor dem kleinen Anbau auftauchen, verstärken sich die Unruhe und das Gekläffe. Amarok rennt aufgeregt zwischen den Männern und den Hunden hin und her und wirbelt dabei den Schnee hoch auf, der in der Morgensonne glitzert.

»Wir müssen sie beruhigen«, sagt Simon, »sonst können wir sie nicht anspannen.«

Er nähert sich den Hunden und läßt eine lange Peitsche knallen. Die Schnur wirbelt winzige Wölkchen weißflimmernden Staub vor den Tieren, die am aufgeregtesten sind, auf. Es kehrt Ruhe ein. Die Männer bereiten die Zuggeschirre vor. Timax macht nicht viel, sein Blick schweift von der Tür zur Piste hinüber, die am See entlangführt.

»Wir werden Siebenergespanne machen, die Hunde laufen jeweils paarweise mit einem Tier an der Spitze. Beim ersten Schlitten spannen wir Amarok ganz vorne an und nehmen nur zwei Welpen. Das müßte gehen. Das zweite mit Oukiok an der Spitze läuft hinterher.«

Insgesamt haben die Massards fünfzehn Hunde. Sie stellen ihre Gespanne zusammen und lassen den ihrer Ansicht nach schwächsten Welpen an der Kette. Als dieser merkt, daß er nicht losgebunden wird, fängt er jämmerlich zu jaulen an.

Raoul übernimmt die Zügel des vorderen Gespanns.

»Lauf! Lauf, Amarok! Ruhig.«

Amarok zieht an. Patermassi und Smoki folgen,

aber Ekredi, eine junge Hündin, die hinter Smoki im Geschirr steht, legt sich hin, vergräbt ihre Nase im Schnee und rollt sich auf die Seite. Smoki dreht sich um und knurrt sie zähnefletschend an. Der alte Timestri hinter ihr weicht aus.
»Ho!«
Der Schlitten hält. Die Männer auf ihren Schneebrettern haben es eilig, zu den Hunden zu kommen. Während Raoul sich hinkniet, um ruhig auf die verängstigte junge Hündin einzureden, entwirrt Simon die Leinen.
»Das werden wir nie schaffen«, jammert Timax. »Bestimmt haben sie uns schon geschnappt, ehe diese verdammten Köter dressiert sind.«
»Laß uns in Ruhe«, brummt der Trapper und steht auf. »Man könnte meinen, du hättest noch nie gesehen, daß ein Hund sich hinlegt!«
Als der Junge nicht aufhört zu schimpfen, wird Raoul wütend. Er sagt: »1910 hatte ich erstklassige Hunde, ich habe das Gespann aufgegeben, um meiner Schwester zu helfen, sich in Saint-Georges niederzulassen. Danach habe ich wieder Gespanne zusammengestellt. Ich habe es für dich getan. Denn für mich, in meinem Alter ... Dann hast du die kleine Blonde kennengelernt. Du wolltest nicht mehr weg, also habe ich mein Gespann aufgegeben. Und jetzt, jetzt kotzt du mich an!«
Plötzlich ist er still. Timax' Gesicht ist erstarrt. Unter dem roten Bart sind die Falten erkennbar. Seine Augen schimmern. Er senkt den Kopf und murmelt ein paar völlig unverständliche Worte.

Simon sagt: »In der Nähe der Hunde solltest du nicht so brüllen, Raoul. Das weißt du genau.«
»Stimmt. Ich bin ein Trottel.«
Er schubst Timax und versetzt ihm einen freundschaftlichen Stoß. Er will sich entschuldigen. Sagen, daß er heftiger geworden ist als beabsichtigt, aber er bringt es nicht fertig. Er kniet sich hin, um sich die Schneebretter abzuschnallen.
»Ich werde mich hinten auf den Schlitten stellen. Das gibt Gewicht. Ihr werdet sehen, es dauert nicht mehr als zwei Tage, und wir haben ein Gespann, das wie geschmiert läuft.«

## 29

Amarok hat nicht die geringste Mühe, sich als Leithund durchzusetzen. Smoki und Patermassi, die Raoul gehörten, haben schon unter Amaroks Führung gezogen. Mit fieberhafter Freude, die nur durch das Laufen gestillt werden kann, haben sie wieder ihren Platz hinter ihm eingenommen. Die beiden Welpen, Ekredi und Kranasonak, gewannen dieses neue Spiel sehr schnell lieb. Die beiden Stämmigen, die hinter ihnen im Geschirr stehen, um die Zugleine beim Anfahren möglichst schnell zu spannen und um den Jungen bei jeder Schwierigkeit einen Stoß in die Nieren zu versetzen, werden von Simon Massard geführt. Er hat sie von Anfang an an diese sehr harte und wenig ruhmrei-

che Aufgabe gewöhnt. Sie sind die schweigsamsten und beide grau-weiß gefleckt. Sobald der Schlitten hält, setzen sie sich hin, drehen sich mit dem Rükken zum Wind und warten, wie versteinert, mit zwischen den Schulterblättern eingezogenem Kopf und unter dem Fell zusammengekniffenen Augen.
Raoul hat gleich zu Timax gesagt: »Mit den beiden müßtest du dich eigentlich gut verstehen, sie sind dir ähnlich. Und sie fressen genausoviel wie du.«
Ihre Arbeit macht ebenso Fortschritte wie der Winter, der die Schneemassen formt und härtet und das trübe Wasser des Sees mit Eis bedeckt. Von Sonnenaufgang bis zur Dämmerung sind die drei Männer mit ihren Tieren draußen.
Timax bleibt unruhig. Sobald sie draußen sind, sucht er den südlichen Horizont mit den Augen ab. Dreimal hören sie das Geräusch eines Flugzeugmotors, aber am kristallklaren Himmel ist nichts zu sehen.
Raoul hat bereits am ersten Tag gesagt: »Wohlgemerkt, falls ein Flugzeug auftauchen sollte, verstekken wir uns, wenn Bäume in der Nähe sind. Wenn wir auf freiem Feld sind, bleiben wir stehen und rühren uns nicht.«
Simon wies darauf hin, daß sie schließlich nicht die einzigen seien, die nach Norden gingen. »Dir steht dein Name ja nicht auf den Rücken geschrieben.«
Am dritten Tag geht Simon zum See hinunter und reibt sich die Hände, als er zurückkommt.
»Jetzt haben wir eine Weile Ruhe. Das Eis ist zu

dick für ein Wasserflugzeug, aber noch zu dünn für eines mit Kufen.«

Unermüdlich wiederholt Timax: »Die Hunde sind soweit, wir können los.«

Wenn sie im Haus zu Mittag essen, steht er andauernd auf, geht zum Fenster oder öffnet die Tür.

Die Frau murrt: »Wir werden noch alle erfrieren.«

Die Massards und Raoul haben lange beraten, ehe sie übereingekommen sind, daß Simon sich mit seinem Gespann auf den Weg nach Saint-Georges machen soll. Er fährt jedes Jahr zu Beginn des Winters dorthin, um sich mit Vorräten einzudecken. Niemand wird sich wundern, ihn zu sehen. Außerdem erfährt er, was es an Neuigkeiten gibt.

»Mal sehen«, sagt er, »vielleicht kann ich sogar ein Funkgerät mit Batterien auftreiben, das nicht zu teuer ist.«

Dieses eine Mal ist die Frau der gleichen Meinung: »Es wird aber auch Zeit, daß wir hier nicht länger wie die Wilden leben.«

Sie kann es kaum erwarten, daß die Besucher wieder verschwinden. Und Timax kann es kaum erwarten, sie nicht mehr sehen zu müssen. Was also das Wesentliche betrifft, sind sich beide durchaus einig; das hindert sie jedoch nicht daran, einander zu hassen. Immer, wenn er mit Raoul allein im Schuppen ist, kommt der Junge unweigerlich auf sie zu sprechen.

»Die da würde viel dafür geben, mich am Galgen baumeln zu sehen. Die hätte keine Hemmungen, mich zu verraten.«

Er, der sonst schläft wie ein Stein, steht zwanzig Mal in der Nacht auf. Ohne die Taschenlampe anzuknipsen, geht er zur Tür und öffnet sie einen Spaltbreit. Raoul sieht, wie sein nackter Körper sich vor der Helligkeit, die der Schnee reflektiert, abzeichnet. Timax vergewissert sich, daß Amarok noch vor der Tür liegt. Der Trapper tut so, als ob dieses ewige Hin und Her ihn nicht aufwecken würde.

Im Schlaf murmelt Timax oft etwas vor sich hin oder schreit ganz fürchterlich. Der Trapper hört das Stroh rascheln. Manchmal schläft der Junge wieder ein, ohne irgend etwas zu sagen. Aber schon mehrfach hat er Raoul wachgerüttelt und gesagt: »Sie sind da ... Ich bin sicher, sie sind da. Geh nachsehen.«

»Du gehst mir auf die Nerven!«

In dieser Nacht hat er sogar geschrien: »Er ist da. Ich erkenn ihn wieder ...«

»Wen denn?«

Pause. Ein Seufzer. Fast ein Schluchzen. »Nichts.«

Das durchdringende Heulen des Nordwindes läßt kaum nach. Alles ist erstarrt und gefroren. Wenn der Junge zu laut schreit, hören sie ein Scharren und dumpfe Schläge gegen die Tür. Das ist Amarok, der aufsteht, bis zur Hausecke geht, in alle Himmelsrichtungen schnuppert und zu seinem Verschlag vor der Hütte zurückkehrt. Er schläft dort auf Befehl von Raoul. Um Timax zu beruhigen.

Mehrmals haben sie schon, durch die Holzwand

hindurch, Massards Frau gehört: »Kann dieser Fettkloß nicht endlich still sein!«

Als sie ihnen an diesem Morgen die Suppe aufwärmt, brummelt sie ununterbrochen vor sich hin. Der Alte haut auf den Tisch, um sie zum Schweigen zu bringen, und Simon sagt: »Laß sie, sie muß nun mal ständig jammern, dagegen kann man nichts machen.«

Schließlich, nach vier Tagen beschwerlicher Arbeit, sind die beiden Hundegespanne soweit.

Simon hat sogar noch den schmächtigen Welpen in sein Gespann aufgenommen, so daß er nun mit vier Paaren und zwei Hunden an der Spitze fährt. Und als ob er den Männern, die zögerten, ihn anzuspannen, das Gegenteil beweisen wollte, erweist sich der Kleine, der Kiniok heißt, sogleich als ebenso folgsam wie die alten Routiniers des Rudels. Seinen Mangel an Körpergewicht gleicht er durch großen Einsatz wieder aus. Nachdem Raoul ihn aufmerksam bei der Arbeit beobachtet hat, untersucht er Pfoten und Schnauze; verschüchtert läßt sich der völlig erschöpfte Hund das gefallen, dann leckt er die Hand des Trappers.

Raoul sagt ernst zu Simon: »Ich wette, daß aus diesem Bürschchen da mal ein ebenso kräftiger und kluger Leithund wird wie Amarok. In zwei Jahren sprechen wir uns wieder.«

»Genauso kräftig, das kann sein. Ein genauso kluger Leithund, das weiß ich nicht. Schön wär's, aber ich glaube es kaum.«

Die beiden Gespanne stehen hintereinander auf

dem harten Schnee. Die beiden Männer haben die Gelegenheit genutzt und mit den Schlitten noch Holz aus dem Wald geholt. Bevor sie die Tiere ausschirren, betrachtet Simon die hechelnden Hunde und nickt.
»Ich habe in meinem Leben bestimmt Hunderte von Hunden gesehen. Aber keinen zweiten wie Amarok ... Nicht einen. Und du auch nicht.«
Amaroks Augen funkeln vor Stolz, genau wie Raouls.

## 30

Noch vor Sonnenaufgang ist Simon fertig zur Abfahrt.
Während sie seine acht Hunde anschirrten, mußten sie Amarok in der Nähe der anderen anbinden. Er raste wie wahnsinnig um das Gespann herum, wütend, nicht mit von der Partie zu sein.
Mit seinem Schlitten, der nur mit leeren Kisten und Säcken beladen ist, wird Simon Saint-Georges-d'Harricana vor Einbruch der Dunkelheit erreichen. Er nimmt den kürzesten Weg, der über Dalquier-Saint-Maurice führt. Für den Rückweg wird er länger brauchen und eine Nacht biwakieren müssen. Er drückt ihnen die Hand, steigt auf seinen Schlitten, zieht sich die Wolfsfellkapuze über und ruft: »*Go*!«
Die acht Hunde laufen los, während die sieben, die

an der Kette bleiben, zu jaulen anfangen. Der Himmel beginnt sich über dem dunklen Wald zu röten, dort, auf der anderen Seite des zugefrorenen Sees, wo der Wind einen Schleier aus blassen Farben vor sich hertreibt.
Raoul läßt seine Peitsche knallen und ruft, während er zu den Tieren hinübergeht: »Wartet nur, ihr kommt auch noch dran. Wir kriegen euch schon ruhig!«
Etwas mehr als einc Stundc Fahrt von hier Richtung Norden haben sie Birken geschlagen und das Holz zum Abtransport schon vorbereitet. Die Piste, die sie in den letzten Tagen angelegt haben, ist ordentlich fest.
»Wir müßten alles herschaffen können, ehe Simon wieder da ist.«
»Wenn die M.P. nicht vor ihm da ist«, meint Timax mürrisch.
Raoul hat es aufgegeben, ihm auf so etwas zu antworten. Er stellt sich taub.
»Komm, wir spannen an.«
An diesem Morgen fahren sie zweimal. Beim Mittagessen erzählt der alte Massard ununterbrochen Geschichten von Hunden. Er behauptet, in seinem Leben mehrere Hunde gekannt zu haben, die zehnmal soviel wert gewesen seien wie Amarok. Niemand widerspricht ihm. Die Frau meint nur höhnisch: »Selbst wenn Sie einen fahren lassen, behaupten Sie noch, das besser zu können als andere.«
»Paß bloß auf, daß ich dir nicht eins auf deine vorwitzige Nase gebe!«

Raoul und Timax gehen gleich nach dem letzten Bissen hinaus.
»Die werden sich eines Tages noch an die Gurgel gehen.«
»Ach woher! Die werden einander noch ins Herz schließen«, prophezeit der Trapper. »An dem Tag, an dem der Alte den Löffel abgibt, wird sie am meisten heulen.«
Dann sind sie auf dem Rückweg von der zweiten Fahrt am Nachmittag. Amarok führt den Zug an, ohne daß Raoul auch nur einmal eingreifen muß. Das Gespann ist schon bestens aufeinander eingespielt.
Plötzlich wird Amarok langsamer. Timax umklammert die dicken, festgezurrten Holzscheite, der Trapper steht hinten auf dem Schlitten.
»Was hat er denn?« knurrt Timax.
»Sei still!«
Raoul hält den Schlitten an. Stille. Aus der Ferne dringt, kaum hörbar, das Brummen eines Flugzeugs.
»Es kommt näher, wir müssen uns verstecken.«
Das Gesicht des stämmigen Kerls wird bleich. Er springt vom Schlitten und verschwindet in der Dunkelheit des Nadelwaldes. Ruhig lenkt Raoul Amarok an die Seite, und sobald der Schlitten unter den Bäumen ist, hält er ihn an.
»Ich wußte es«, keucht Timax. »Ich habe es dir gesagt. Sie kommen hierher, bevor wir weg sind.«
»Na und? Wenn du eine Tagesreise weiter wärst, glaubst du, dort könnten sie nicht auftauchen? Ich

habe dir schon tausendmal gesagt, daß Hunderte von Schlittengespannen im Norden unterwegs sind.«
Der Motorenlärm kommt näher, dann verändert sich das Geräusch.
»Er dreht ab.«
Kaum hat Raoul das gesagt, ändert sich das Geräusch erneut. Es klingt recht nah, aber weniger bedrohlich.
»Er landet«, meint Timax mit tonloser Stimme.
Raoul lacht gezwungen.
»So wird es sein, er wird sich auf dem Wipfel einer Rottanne niederlassen.«
»Lach nur. Der See ist ordentlich zugefroren.«
»Nicht genug, hat Simon gesagt.«
Das Geknatter wird lauter.
»Und ich sage dir, er kreist gerade über dem Haus der Massards«, meint Raoul. »Und das wird er über allen einsam stehenden Hütten im Norden machen. Überall dort, wo Rauch aufsteigt. Wenn du mich fragst, sind sie damit den ganzen Winter über gut beschäftigt.«
Der stämmige Kerl ist nicht zu Scherzen aufgelegt. Er betrachtet den Schlitten und ruft wütend: »Los, wir schmeißen dieses Holz jetzt runter und hauen schnurstracks nach Norden ab.«
Diesmal muß Raoul laut loslachen. »Genau, das machen wir. Mit dem bißchen Tabak in meiner Tasche und zehn Patronen. Und wenn wir Hunger haben, kauen wir Tabak.«
In den Augen des Jungen steht wieder dieses Ent-

setzen, das dem Trapper mehr Angst macht als jeder Wutanfall.
»Aber, Herrgott nochmal, Raoul, was können wir denn tun?« Timax Stimme klingt flehend.
Der Trapper deutet auf Amarok, der sich, die Schnauze auf den Pfoten, hingelegt hat.
»Dasselbe wie er. Warten.«
Er holt seine Pfeife und seinen Tabakbeutel aus der Tasche.
»Schade, daß du nicht rauchen willst. Du ahnst ja nicht, wie das in solchen Augenblicken hilft.«
Er stopft sich in aller Ruhe eine Pfeife, zündet sie an und steckt dann seine Hände eilig in die dicken Fäustlinge zurück.
»Es zieht immer mehr an, wir werden eine großartige Piste haben.«
Der Junge rührt sich nicht. Er hält den Rücken gekrümmt und hat den Kopf zwischen die Schultern gezogen, so als ob die Nadelbäume, durch die der Wind pfeift, ihn mit ihrem ganzen Gewicht zermalmen wollten. Raoul bemüht sich, ihn mit einem aufmunternden Lächeln zu beruhigen, doch sein Blick kann diese Mauer der Angst nicht durchdringen.
Die Minuten dauern ewig. Vielleicht zwanzigmal entfernt sich das Flugzeug, dreht wieder, kommt zurück, steigt auf, geht wieder runter und bleibt dabei immer unsichtbar und doch entsetzlich gegenwärtig.
Dann entfernt es sich schließlich, um die gleiche Vorstellung ein Stückchen weiter südöstlich zu geben.

»Siehst du, es ist schon über dem Coigny-See. Da haben drei Schürfer ihr Lager. Über denen wird es genauso kreisen. Jetzt können wir wieder weiter.«
Der Junge schüttelt den Kopf. Eigensinnig. Bockbeinig. Eingehüllt in seine Stille. Raoul sagt nichts. Er wird ihn nicht einen Schritt von hier wegbewegen können, solange das Motorengeräusch noch zu hören ist. Er klopft den Inhalt seiner Pfeife in einen der dicken Fäustlinge. Dann, nachdem er kräftig in den Pfeifenstiel geblasen hat, um ihn zu reinigen, spuckt er aus. Man hört ein leichtes Klatschen auf der Schneedecke.
»Na«, sagt der Trapper mit vergnügter Stimme, »da merkt man doch gleich, wie kalt es ist.«

## 31

Als der Schlitten aus dem Wald kommt, wirft die schon tief stehende rote Sonne die violett schimmernden Schatten des Hauses und des kleinen Schuppens auf den glitzernden Schnee. Je kälter es wird, desto mehr funkelt alles. Unter den Schlittenkufen knirscht der feste Schnee durchdringend.
Während Timax das Holz ablädt, spannt Raoul die Hunde aus und kettet sie für die Nacht an. Amarok, der nicht angebunden wird, setzt sich hin, mit dem Rücken zum Nordwind, um ihnen zuzusehen.
Zum wahrscheinlich zwanzigsten Mal, seit das Flugzeug nicht mehr zu hören war, wiederholt

Timax: »Wir müssen heute nacht abhauen. Proviant haben wir genug. Und Simon kann uns den Rest zum alten Lalande bringen.«
Raoul stellt sich weiterhin taub. Sie lassen den Schlitten neben dem Schuppen und gehen ums Haus. An der Ecke bleibt Raoul stehen. Amarok, der vorausgelaufen ist, zeigt nicht die geringste Unruhe.
Timax fragt halblaut: »Was hast du?«
»Das Licht ist nicht wie sonst.«
»Das stimmt. Laß uns abhauen.«
Raoul packt ihn am Arm. Ohne lauter zu werden, sagt er im Befehlston: »Rühr dich nicht vom Fleck!«
Er nähert sich langsam dem Fenster. Die Petroleumlampe brennt nicht, nur eine Kerze steht in der Mitte des Tisches. Sie erhellt den Raum gerade soweit, daß man den Alten erahnen kann, der in seinem Stuhl neben dem Herd sitzt, in dem hinter der Ofenklappe das Feuer rötlich schimmert. Er dreht sich um.
»Bin ich blöd. Das Öl ist aus. Das ist alles. Deshalb sollte Simon sicher auch nach Saint-Georges fahren.«
Timax atmet tief durch. Sein Gesicht entspannt sich.
»Mann, du hast mir vielleicht einen Schrecken eingejagt ...«
Raoul öffnet die Tür. Sie treten ein und machen sie Amarok vor der Nase zu, der sich auf der Schwelle niederläßt. Raoul geht einen Schritt und bleibt stehen. Der alte Massard hat quer auf den Armlehnen

des Schaukelstuhls sein Gewehr vor sich liegen. Eléonore sitzt, steif wie ihr Stuhl, in der Ecke gegenüber, in ihren Mantel gehüllt.
Weil er den Satz schon vorbereitet hat, fragt Raoul: »Kein Öl mehr da?«
Das gicksige Lachen des Alten purzelt durch das verlöschende Halbdunkel. Der Flamme der Kerze, die beim Öffnen der Tür zu flackern begonnen hat, gelingt es nicht, wieder zur Ruhe zu kommen.
»Kein Öl? Du kommst vielleicht auf Ideen. Denk nur, dieses Weibsstück hier wollte die Lampe nicht anzünden.«
»Ich mache gar nichts, wenn man mich bedroht.«
»Aber was ist denn mit euch beiden los?«
Die Frau zuckt mit den Schultern.
»Habt ihr das Flugzeug nicht gehört?« fragt der Alte.
»Wir sind doch nicht taub.«
»Nun, wir haben es auch gehört. Und dieses Miststück ist hinausgelaufen. Ich konnte brüllen, soviel ich wollte, sie hat ihren Mantel genommen, und kaum daß ich mich umdrehe, ist sie auch schon draußen und dabei, durch heftiges Winken auf sich aufmerksam zu machen. Als ich bei der Tür bin, komme ich gerade recht, um zu sehen, wie keine zwanzig Schritte von hier ein Päckchen abgeworfen wird.«
Mit der Stockspitze deutet er auf eine zerknitterte Zeitung auf dem Tisch, ein Stück Schnur und einen Rollgabelschlüssel, der auf einem Blatt Papier liegt, das aus einem Heft gerissen wurde.

»Schönes Werkzeug. Wenigstens das. Sie haben es dazugetan, um das Päckchen zu beschweren.«
Raoul ist nähergekommen. Er nimmt das Blatt und hält es unter das Licht. Timax beugt sich vor. In einer langgezogenen, etwas zittrigen Handschrift, die sich kaum an die Linierung hält, steht da:

*Massard, du gewährst einem Verbrecher Unterschlupf. Du machst dich zum Komplizen. Landry muß sich der Polizei stellen. Sag Herman, daß Sergeant Roberson sich um die Angelegenheit kümmert. Er wird nicht schlecht behandelt werden. Roberson gibt ihm sein Wort darauf.*

Mit kaum hörbarer Stimme flüstert Timax: »Jetzt sofort ... Wir müssen sofort verschwinden.«
Der Alte, der ihn nicht gehört hat, fängt wieder zu zetern an.
»Dieses verfluchte Weib. Sie wollte euch verjagen. Euch mit der Flinte empfangen. Ich habe sie mit einem Stockhieb aufs Maul davon abgehalten. Und das Gewehr habe ich ihr abgenommen. Und du kannst sicher sein, wenn sie sich nur einen Millimeter vom Fleck gerührt hätte, hätte ich ihr noch zwei Schläge in den Bauch verpaßt.«
Der Blick des alten Mannes funkelt triumphierend.
Raoul schüttelt den Kopf.
»Also Hippolyte, laß bloß die Finger von diesem Schießeisen. Eléonore wird sich schon nicht zu Fuß aus dem Staub machen.«
»Dazu wäre sie imstande! Armes Dummerchen, du

würdest keine dreihundert Schritt weit kommen, ohne zu erfrieren.« Seine Stimme zittert ein wenig, doch er scheint sich wieder etwas beruhigt zu haben.

Raoul dreht sich zu der Frau um. »Also, es wäre besser, sie würde Licht machen.«

Sie steht auf. Als sie in die Nähe der Kerze kommt, bemerkt Raoul über ihrem linken Auge eine dicke, eigroße Beule, die sich schon blau verfärbt hat. In den Augenbrauen klebt etwas Blut.

»Na, Sie haben aber ganz schön zugeschlagen, Hippolyte.«

»Ich sagte dir doch, daß dieses Luder euch mit der Flinte verjagen wollte.«

»Das wird nicht nötig sein«, entgegnet Timax, »wir hauen sowieso gleich ab.«

Eléonore hat die Lampe vom Haken genommen. Sie hebt das Glas hoch. Ihre Hände zittern. Raoul greift nach der kleinen Ölkanne und füllt den Behälter aus weißem Porzellan auf. Die Frau setzt den Docht ein und zündet ihn an.

Der Alte, der jede ihrer Bewegungen verfolgt, schreit: »Dreh den Docht nicht so hoch. Das hab ich dir doch schon hundertmal gesagt. Das verbraucht Öl. Dann wird die Flamme zu groß, und schließlich zerspringt das Glas. So teuer, wie die Sachen sind ...«

Weil Eléonore noch immer zittert, hängt Raoul die Lampe in die kupferne Halterung. Einen Augenblick lang schaukelt sie hin und her.

»Sie sollten sich mit frischem Wasser waschen.«

»Das wollte ich doch. Aber der alte Kerl hat ja verhindert, daß ich mich vom Fleck rühre. Ich durfte mir nicht mal den Mantel ausziehen.«
Timax ist ans Fenster gegangen und klebt mit der Nase an der Scheibe. Er sieht unverwandt Richtung Süden, wo der zugefrorene See unter dem aufgehenden Mond schimmert. Ohne sich umzudrehen, meint er: »Wir beladen die Schlitten, dann brechen wir auf.«
»Gut, so machen wir's«, stimmt Raoul ihm zu. »Simon wird uns das Nötigste zu Adjutor Lalande bringen.«
Hastig steht der Alte auf.
»Ihr wollt heute abend noch aufbrechen?«
»Warum nicht. Es ist eine wunderbar klare Nacht.«
»Aber, Hergott nochmal, du weißt ganz genau, daß die M.P.-Männer nicht hier sein können, bevor ...«
Raoul fällt ihm ins Wort: »Ich kenne Sergeant Roberson. Wir sind uns häufig im Norden begegnet. (Er zögert.) Er ist ein guter Mann, aber er wird seine Arbeit machen. Ein verdammt guter Hundeführer. Sie wissen schon, warum sie ihn schicken.«
»Was nützt ihnen ein Hundeführer ohne Hunde! Die Polizei in Saint-Georges hat keine, das hast du selbst gestern gesagt.«
»Sie können welche beschlagnahmen ... Wenn Simon Pech hat, sogar sein Gespann.«
Das Gesicht des Alten verzieht sich. Er deutet auf sein Gewehr und sagt mit dumpfer, angespannter Stimme: »Du beleidigst mich, Raoul. Mein Junge ist wie ich. Er würde seine Hunde lieber töten, als

sie einem Polizisten zu überlassen, damit der seine Freunde einsperren kann ... Das würde er tun. Ich weiß es ...«

Der alte Mann schweigt. Er wirkt verstört. Schwer atmend läßt er sich wieder in seinen Schaukelstuhl fallen.

Timax steht noch immer am Fenster. Einen Moment lang herrscht Stille. Die Frau lehnt am Spülstein. Sie taucht ein Geschirrtuch in eine Schüssel mit kaltem Wasser und betupft sich die Stirn.

Mit beinahe sanfter Stimme sagt der Alte: »In dem kleinen Wandschrank ist eine braune Flasche mit einem Glasstöpsel. Tu dir etwas davon drauf. Das hilft.«

Die Frau seufzt und geht, um in dem Schränkchen nachzusehen.

»Raoul, leg Holz nach«, fährt der Alte fort. »Dann beladet ihr eure Schlitten. Währenddessen wird Léonore euch etwas warmmachen, damit ihr was im Bauch habt. Wenn ihr gegessen habt, fahrt ihr los.« Nach einer Pause fügt er hinzu: »Ihr könnt alles mitnehmen, was noch hier ist. Simon bringt mit, was wir brauchen.«

# 32

An der Größe seiner Futterration erkennt Amarok, daß sie bald aufbrechen werden. Sobald er sein mit Öl bestrichenes Fleisch aufgefressen hat, kehrt er zu den Männern zurück. Er umkreist den Schlitten, und Raoul muß ihn mehrmals ermahnen: »Geh beiseite, los!«

Amarok macht Platz und verfolgt jede Bewegung mit den Augen. Er horcht. Die Männer sprechen. Im Haus schreit die Frau wegen der Tür, die ständig auf- und zugeht. Sie jammert um all die Sachen, die mitgenommen werden. Der Alte beschimpft sie, aber seine Wut hat nachgelassen. Im Anbau des Hauses sind die anderen Hunde – jeder an seiner Kette, die an der langen Zugleine befestigt ist – schon ganz aufgeregt.

»Geh und sag ihnen, daß wir nicht ohne sie abfahren«, befiehlt Raoul mit einer Bewegung seines Arms.

Amarok läuft mehrmals zwischen dem Haus und der Leine hin und her.

Als der Schlitten beladen ist, gehen die Männer ins Haus. Amarok nimmt wieder seinen Wachposten ein, doch diesmal legt er sich nicht auf die Türschwelle, sondern neben den Schlitten. Er lauert und späht in der Dunkelheit in Richtung See und Wald, ohne daß ihm dabei eines der Geräusche von drinnen entginge.

Raoul und der alte Hippolyte sitzen am Tisch. Timax bleibt stehen. Als sein Teller mit dampfender

Suppe gefüllt ist, nimmt er ihn und stellt sich ans Fenster.
»Was machst du da?« fragt der Alte.
»Ich will Wache halten.«
Hippolyte steht auf, nimmt seinen Stock in die eine und das Gewehr in die andere Hand.
»Stell mir meinen Stuhl ans Fenster«, befiehlt er. Als Timax zögert, schreit er: »Tu, was ich sage! Ich werde Wache halten, ich. Ich kann noch die ganze Nacht lang Suppe essen. Geh und iß in aller Ruhe.«
Timax gehorcht. Der Alte läßt sich, das Gewehr in Reichweite, nieder. Sein Blick fixiert das glänzende Metall, auf das der Schatten der Erlen ein verschlungenes Muster zeichnet.
»Sicher wittert Amarok sie schon lange, bevor man sie überhaupt sehen kann. Das muß wirklich eine ganz besondere Freundschaft sein, für die ich so was Lächerliches mache.«
Der stämmige Kerl beugt sich über den dampfenden Gerstenbrei, in den Eléonore Rauchfleisch geschnitten hat, und sagt nichts. Er sieht Raoul fragend an. Er scheint nicht mehr so besorgt zu sein. Die Tatsache, daß sie aufbrechen werden, hat ihn schon beruhigt.
Ohne sich umzudrehen, redet der Alte weiter: »Eine solche Suppe, wie sie dieses Weibsstück hier macht, wirst du so schnell nicht wieder bekommen.«
Die beiden Männer essen. Die Frau bleibt in der Nähe des Herdes.
Hippolyte sagt zu ihr: »Es ist ja nicht so, daß du

durch und durch schlecht wärst, meine arme Léonore, dir fehlt nur jegliche Menschlichkeit. Du hast keine Moral. Und außerdem hast du weniger Verstand als ein Murmeltier.« Ehe er fortfährt, räuspert er sich und spuckt auf den Boden. »Wenn ich da an meine arme Frau denke!«
So kann er stundenlang weitermachen, wie eine von einem ruhig dahinströmenden Fluß angetriebene Mühle. Die anderen hören ihm nicht wirklich zu. Die Frau kommt und setzt ihnen ein dickes Stück Pökelrindfleisch vor, das sie zusammen mit Saubohnen gekocht hat. Der kräftige Duft erfüllt den Raum. Irgend etwas gibt es hier, was Lust macht zu bleiben. Sich für immer niederzulassen.
Der ehemalige Waldläufer hat aufgehört, von seiner Frau und ihren Kochkünsten zu sprechen. Nun redet er, immer noch im gleichen Tonfall und ohne sich umzudrehen, von etwas anderem.
»In fünf oder sechs Tagen müßtet ihr beim Adjutor sein. Bestellt ihm Grüße von mir. Ich glaube nicht, daß wir uns noch einmal sehen werden. Er kommt hier nie vorbei, wenn er nach Saint-Georges muß. Er holt sich seinen Proviant mit dem Kanu. Vor dem Frost. Wenn ich was von ihm gehört hätte, wäre ich mit ihm noch auf Goldsuche gegangen. Er ist ein alter Narr. Er ist drei Jahre älter als ich und glaubt immer noch, daß er ein halbes Jahrhundert vor sich hat. Gold hat er nie gefunden. Wenn er nicht vom Fallenstellen hätte leben können, wäre er schon längst verhungert.«
Die Männer haben fertiggegessen. Sie stehen auf

und gehen zur Tür. Bevor er sich vom Alten verabschiedet, dreht Raoul sich um.
»Wiedersehen, Eléonore. Danke für die Suppe.«
Sie zögert, dann stammelt sie: »Gott sei mit euch. Glaubt nicht, daß ich euch was Schlechtes will.«
Timax bedankt sich auch. Als er ihnen die Hand schüttelt, versucht Hippolyte, der sich erhoben hat, seine Rührung zu verbergen.
»Seid unbesorgt«, brummelt er, »ich weiß schon, wie man mit der da umspringen muß. Sie wird kuschen wie meine Hunde!«
»Tun Sie doch nicht so hartherzig.«
»Und wegen der Lebensmittel und der Patronen macht euch keine Sorgen. Simon bringt euch die Sachen, sobald er kann. Er wird nur so lange warten, bis er sicher ist, daß ihm niemand folgt.«
Als Raoul seine Fäustlinge anzieht, sagt der Alte noch: »Ich denke mir, daß du vielleicht vorhast, noch ein paar Rottannen zu fällen, um damit die Piste zu versperren, aber tu das nicht. Das ist die sicherste Methode, ihnen zu zeigen, welchen Weg du genommen hast.«
Sie gehen hinaus. Der eisige Wind packt sie. Amarok springt auf. Der Schnee unter seinen Pfoten wirbelt hoch. Sie haben kaum zwei Schritte gemacht, als sie die Stimme des Alten hinter der Tür wettern hören.
»Nun zu dir, du Schlampe. Besser du vergißt, daß sie hier waren! Und vor allem, daß sie auf dem Weg zu Lalande sind. Du weißt, ich würde nicht zögern, dir eine Ladung Blei in den Bauch zu

pusten. Einen Bauch, den du nicht einmal dazu benutzt, uns einen kleinen Massard zu schenken, mein Gott! Mit dir ist wirklich nicht viel los …«

TEIL 4

# Die große Treibjagd

# 33

Schon lange haben sie den Teil der Piste hinter sich gelassen, wo sie die Hunde antreiben mußten. Das Gespann ist dennoch nicht langsamer geworden. Der vom Wind zusammengepreßte Schnee ist wie blankes, klingendes Blech.
Weil die Kälte nach zwei Stunden Fahrt immer beißender wurde, haben sie haltgemacht, um den Hunden die kleinen Fellschuhe über die Pfoten zu streifen. Bei den beiden jungen war das nicht so einfach, sie wollten diesen Kälteschutz wieder abreißen. Timax mußte den Hund, der die Schuhe schon anhatte, festhalten, während Raoul sich mit dem anderen befaßte. Als sie dann wieder auf ihren vier Pfoten standen, mußten sie sich anstrengen, um mit Amaroks Tempo mitzuhalten, der, wenn es um die Arbeit geht, keinen Spaß versteht. Timax sitzt auf dem Schlitten bei den Säcken und der übrigen Ausrüstung; Raoul steht, die Peitsche in der Hand, hinten auf den Kufen.
Der Nordwind bläst unaufhörlich weiter, die Piste entlang und ihnen direkt ins Gesicht, so als sei er wütend darüber, diese schmale Schneise im Wald vorzufinden. Wenn der Weg eine Biegung nach links oder rechts macht oder abschüssig wird, ist der Wind nicht ganz so heftig. Er wütet dann in höheren Lagen, in den Wipfeln der Nadelbäume, die stöhnen und ächzen. Das schwache Licht des Mondes schimmert auf dem Schnee.
Immer, wenn der Weg steiler und die Tiere langsa-

mer werden, steigen die Männer ab, um das Gewicht des Schlittens zu verringern. In schwierigen Abschnitten schieben sie und heben den Schlitten hinten an.

»Wir sind nicht so schwer beladen. Man bräuchte schon ein sehr gutes Hundegespann, um uns einzuholen.«

»Hoffentlich kann uns Simon die restlichen Sachen bringen.«

»Dich versteh einer. Erst wolltest du zu Fuß mit rein gar nichts aufbrechen. Und jetzt hast du Angst, daß uns etwas abgeht.«

Als Raoul das Gespann haltmachen läßt, murrt Timax nicht. Er geht Holz sammeln und macht Feuer, während sich der Trapper um die Tiere kümmert. Der Platz ist gut. Vor nicht allzulanger Zeit müssen hier Indianer Rast gemacht haben. Der Schnee hat ihre Feuerstelle noch nicht ganz zugedeckt, und auch das Flechtwerk aus Ästen, das sie zum Schutz gegen den Wind errichtet haben, steht noch.

»Du siehst, wir sind nicht allein auf der Welt.«

Timax sagt nichts. Die ganze Zeit über, während er arbeitet, horcht er in den Wald. Schließlich fragt er:

»Wie lange ist es noch bis Sonnenaufgang?«

»Mindestens vier Stunden.«

Der Junge geht zum Weg hinüber und betrachtet ihn prüfend in nördlicher Richtung.

»Was suchst du?«

»Ich sehe ihre Spuren nicht.«

»Es ist mindestens drei Tage her, daß sie hier

waren. Wenn es so stürmisch ist wie jetzt, besteht nicht die geringste Gefahr, daß man etwas sieht. Sogar unsere Spuren verwischen schon.«
»Glaubst du?«
»Es ist doch nicht das erste Mal, daß du im Winter vor die Tür gehst.«
Der Junge weiß es, aber er hat das Bedürfnis, alles zu hören, was ihn beruhigen könnte. Als er ständig hin und her läuft, um den Pfad im Auge zu behalten, wird Raoul schließlich ungeduldig.
»Jetzt setz dich endlich ruhig hin und laß mich in Frieden. Gehen wir mal vom schlimmsten Fall aus: selbst wenn jemand wüßte, daß wir hier sind, könnte er erst morgen früh in Saint-Georges losfahren. Das würde bedeuten, daß wir zwei Tage Vorsprung hätten. Das andere Gespann wäre vermutlich auch schwerer beladen als wir. Aber es kann keiner wissen. Von den Massards aus gibt es drei Wege, die wir hätten einschlagen können, du siehst also ...«
Er schweigt. Selbst wenn er sagen würde, daß zwischen ihnen und dem Rest der Welt zehn Mal die chinesische Mauer stünde, würde das nichts ändern. Timax hat sich neben ihn ganz dicht ans lodernde Feuer gesetzt, in dem knisternd die Äste der Rottanne verbrennen. Er starrt in die Flammen. Kurz darauf wendet er sich ab und durchforscht wieder mit seinen Blicken das Unterholz. Nein, nichts, weder die Entfernung noch die Zeit, noch der Sturm, der harte Fels oder der dichte Wald können das abhalten, was ihn verfolgt, was für ihn da

ist, ganz nah, an der fließenden Grenze zwischen Licht und Schatten.
Die Hunde, die schon angebunden sind, warten auf ihr Fressen. Auch Amarok, der neben dem Schlitten liegt, wird allmählich ungeduldig.
Obwohl er weiß, daß es sinnlos ist, sagt Raoul noch: »Du weißt genau, daß Amarok beim kleinsten Hündchen, das eine halbe Stunde von hier entfernt ist, sofort Laut geben würde.«
»Eine halbe Stunde ist nicht viel.«
»Das ist zehnmal mehr, als wir brauchen, um das Lager hier abzubrechen.«
Seine Stimme ist sanft. Er hat sich gerade geschworen, sich nicht vom Zorn hinreißen zu lassen.
Nachdem sie gegessen und die Hunde versorgt haben, breiten sie ihre Hasenfelle vor dem Flechtwerk aus, das sie nach Norden hin abschirmt und die Wärme des Feuers auf sie zurückstrahlen läßt. Raoul sorgt dafür, daß Timax dicht an dem Astgitter liegt, dann streckt er sich, seinen Karabiner griffbereit, neben ihm aus.

## 34

Bei klarem Tageslicht sind sie den Vormittag über gut vorangekommen. Dann, gegen Mittag, treibt der Wind, ohne daß er seine Richtung geändert hat, plötzlich feine, schneidende Flocken vor sich her. Der Himmel färbt sich gelb, wird dann grau, als ob man seine kräftig leuchtenden Farben mit Schlamm gemischt hätte, und ist schließlich nicht mehr zu sehen. Der Sturm hängt wie ein dichtes, rauhes, raschelndes Gewebe über dem Wald. Die Rottannen, Thujen, Balsamtannen und Lärchen biegen sich, ihre Äste verhaken sich unruhig ineinander. Doch das kann man hinter dem dichten Schleier aus wild durcheinanderwirbelnden Schneeflocken nur ahnen.

Schnell bilden sich Schneewehen, die Amarok zwingen, sein Tempo zu zügeln. Die beiden Männer halten kurz an, um sich die Schneebretter anzuschnallen, dann gehen sie weiter, wobei sie sich an der Spitze abwechseln, um an den schwierigsten Streckenabschnitten den Schnee festzustampfen. Amarok sinkt manchmal bis zum Bauch ein, aber er kämpft sich unbeirrt vorwärts. Als das Fortkommen immer beschwerlicher wird, hält Raoul erneut an.

»Wir müssen sie in einer Reihe hintereinander spannen.«

»Dadurch verlieren wir Zeit.«

»Nein, wir werden Zeit gewinnen.«

Wenn man die Hunde so anspannt, ermüden sie nicht so schnell. Die ersten machen die Spur. Sie folgen dem Trapper, der an der Spitze bleibt. Er überläßt es Timax, den Schlitten von hinten zu schieben und ihn, wenn die Kufen hängenbleiben, anzuheben.

Der Tag bleibt eintönig, scheint in einer nie endenwollenden Dämmerung zu versinken.

Lange bevor es Nacht wird, macht Raoul halt.
»Wir müssen weiter«, drängt Timax. »Es schneit schon weniger.«
»Um so besser. Dann hat es morgen aufgehört, und wir kommen schneller vorwärts.«
»Ich sage dir, wir müssen weiter. Es ist noch nicht dunkel.«
»Ich weiß, aber die Hunde sind am Ende.«
»Denkst du.«
»Keine Diskussion. Ich will meine Hunde nicht umbringen.«
Der Junge murrt vor sich hin, als er mit der Axt davongeht, mit der er bald darauf den Stamm eines Nadelbaums bearbeitet. Sobald die Tiere ausgeschirrt worden sind, lassen sie sich in den Schnee fallen, von dem sie schnell zugedeckt werden.
»Es lohnt sich nicht, sie anzubinden.«
»Du mußt sie sofort füttern.«
»Nie im Leben. Gerade wenn sie eine solche Strapaze hinter sich haben, muß man mindestens eine Stunde warten.«
Für diese Rast hat Raoul ein durch Erosion entstandenes Tal gewählt, wo ein paar übereinandergestürzte und schneebedeckte Bäume guten Schutz bieten, so daß sie kein Flechtwerk aus Ästen errichten müssen. Es genügt, in einigem Abstand ein Feuer zu machen, gerade weit genug entfernt, damit die Hitze nicht den Schnee schmelzen läßt, doch nahe genug, damit die Männer geschützt sind, ohne daß der aufsteigende Rauch sie stört.
»Diese Nacht werde ich mich neben die Feuerstelle

legen«, sagt Timax, »es ist nicht einzusehen, daß du immer aufstehen mußt, um Holz nachzulegen.« Er wirkt ruhiger, als ob dieser Sturm, der sie von der Welt abschneidet, ihn besänftigt hätte.
»Wenn du willst.«
»Wenn es weiter so schneit, laufen wir jedenfalls nicht Gefahr, von ihrem Flugzeug aufgestöbert zu werden.«
»Wenn diese Schneefälle vorüber sind«, versichert Raoul, »werden sich viele Gespanne auf den Weg nach Norden machen. Ihre verdammte benzinstinkende Stechmücke müßte schon sehr dicht über dem Wald fliegen, um einen Schnurrbart erkennen zu können.«
Sie haben sich unter dem Dach aus Ästen und Schnee zum Schlafen hingelegt. Das Feuer ist drei Schritte entfernt. Aus seiner Glut steigen Funken auf, und seine Flamme wird vom Wind zum Weg hin geblasen. Der Schlitten steht neben ihnen, und an seiner Kufe hat sich ein Schneehaufen aufgetürmt, aus dem Amaroks Schnauze hervorlugt.
In diesem vom Sturm rauschenden Kokon geht es ihnen gut. Der kräftigste Windstoß fegt weit über ihnen dahin, überspringt mit einem Satz die kleine Schlucht. Es geht ihnen so gut, daß Timax in dieser Nacht durchschläft. Jedesmal, wenn er Holz nachlegen muß, klettert Raoul über ihn hinweg, ohne daß der Junge sich einmal rührt. Als sie bei Sonnenaufgang ihre Fahrt fortsetzen müssen, rüttelt ihn der Trapper wach.
Es schneit fast nicht mehr. Die Kälte herrscht wie-

der über den Wald. Doch bis der Wind die frische Schneedecke eingeebnet und der starke Frost die Schneewehen gehärtet hat, kommt das Gespann nur langsam, mit einer stündlichen Rast, vorwärts. Die Vorderseite der Parkas bedeckt sich mit Eis; die Bärte und die Wolfsfellkapuzen sind reifbedeckt. Die beiden Männer schnaufen und schütteln sich. Bei jedem Halt bleibt Timax' Blick auf den Weg gerichtet, den sie gerade zurückgelegt haben.

»Sei unbesorgt. Es kann niemand kommen.«

»Wenn ich daran denke, daß ich so tief geschlafen habe, schöner Mist!«

»Darüber mußt du nicht jammern. Das beweist, daß es besser wird.«

Die Piste schlängelt sich zwischen kleinen, dichten Wäldchen hindurch, in denen sich kümmerliche Birken mit Thujen, Kiefern und Rottannen mischen.

Während einer Rast meint Timax: »Hier könnte man nicht einfach neben der Piste herfahren.«

»Stimmt.«

»Dazu noch der Wind, der könnte schon ein paar Bäume umwehen, das wäre schnell ein verdammtes Hindernis.«

Sie stehen neben dem Schlitten. Der dicke Fäustling des Jungen nähert sich dem Griff der Axt, die zusammen mit den Waffen festgeschnallt ist.

»Laß sie liegen«, sagt Raoul ruhig. »Wir werden den Weg nicht unpassierbar machen.«

»Du redest ...«

»Der erste, der hier vorbeikommt, wird Simon sein.«
»Simon! Dein Freund von der Bergpolizei wird ihm seine Hunde weggenommen haben. Das ist nicht ...«
»Sei still! Du hast gehört, was der Alte gesagt hat!«
»Der Alte ... Der Alte lebt in seiner eigenen Welt.«
Beim nächsten Halt, als Raoul gerade die Thermoskanne öffnet und dampfenden Tee in zwei Becher gießt, fragt Timax: »Glaubst du nicht, daß sie vermuten, daß wir beim Adjutor sind?«
»Wie willst du ...?«
Timax, der schneller als sonst reagiert, fällt ihm ins Wort: »Wie haben sie erraten, daß wir bei den Massards sind?«
Eine wütende, kräftige Bö aus Nordost fegt vorbei und wirbelt eine große Menge Pulverschnee auf. Die beiden Männer drehen sich weg und kauern sich zusammen. Als sie sich wieder aufrichten, wiederholt Timax seine Frage.
»Nun, wie konnten sie das wissen?«
Raoul zögert. Er leert seinen Becher und schwenkt ihn aus, ehe er ihn wieder in den Sack packt, der ganz hinten auf der Ladung festgemacht ist.
»Du siehst also, sie könnten alles wissen ... alles!« ruft der Junge.
Nun wendet sich der Trapper plötzlich um und sieht Timax fest in die Augen. Seine Stimme ist ebenso schneidend wie der Nordwind.
»Ja, kann sein, daß sie alles wissen. Und du, du Riesentrottel, hast dich nicht einmal gefragt, wer es

ihnen vielleicht erzählt haben könnte. Mir wäre es lieber gewesen, wir würden nicht darüber sprechen. Nur weil du es ja offenbar nicht mehr aushalten kannst, werde ich dir sagen, wer es war.«
Er schweigt. Er zögert noch. Timax wird sich vielleicht abwenden, aber nein – ohne großen Nachdruck, so, als ob ihm nicht wirklich an einer Antwort liegt, sagt er: »Los, sag schon, was du denkst.«
»Also gut, ich denke genau wie du, mein Alter. Deine Verlobte ist bestimmt ein gutes Mädchen. Ihr Bruder, ein feiner Kerl ... Bloß der Vater, der ganz genau weiß, an wen ich meine Hunde verkauft habe, von diesem Vater weiß kein Mensch, wie er zu seinem Geld gekommen ist. Er hat eurer Heirat noch nicht zugestimmt.«
Der Junge senkt den Kopf. »Wenn ich das glücklich überstehe, weiß ich nicht, was sie dann machen wird. Auf jeden Fall, wenn der Alte uns verpfiffen hat ...«
Ohne den Trapper anzusehen, dreht er sich um und nimmt seinen Platz hinten auf dem Schlitten ein. Während Raoul an den Hunden vorbei, die aufstehen und ihn beschnuppern, nach vorn geht, kreisen Timax' Worte in seinem Kopf: »Wenn ich das glücklich überstehe ...«
Beim nächsten Halt fängt Timax wieder an zu wüten. »Mein Gott, wenn dieser Dreckskerl ...«
Raoul unterbricht ihn. »Übertreib nicht, es ist nicht sicher.«
»Ach, weißt du etwa noch jemanden?«

»Ja.«
»So? Wen denn?«
»Denk nach.«
»Mir fällt niemand ein.«
Raoul wiegt den Kopf. »Sergeant Roberson, er hat mich oft mit Simon gesehen. Er kennt ihn. Er weiß, woher er kommt.«
Timax runzelt die Stirn. Er denkt angestrengt nach. »Er hat dich genauso mit 'ner Menge anderer Typen gesehen.«
»Stimmt. Und wahrscheinlich wissen sie auch nichts. Das Flugzeug ist bestimmt überallhin geflogen. Vielleicht haben sie überall die gleiche Nachricht in Umlauf gebracht. Für alle Fälle.«
Das Gesicht des Jungen hellt sich auf. Er lächelt, dann fängt er nervös zu lachen an.
»Vielleicht sind sie auf einer ganz anderen Piste unterwegs. Es gibt hier jede Menge Pisten. Du hast recht, der Norden ist groß.«
Timax ist aufgeregt. Er hat einen Rettungsring gefunden, an den er sich klammern kann. Er hält sich an ihm fest und paddelt mit aller Kraft. Raoul muß ihn unterbrechen, damit sie ihre Fahrt fortsetzen können.
Gegen vier Uhr hält Raoul an.
»Die Tiere sind erschöpft. Wenn der Frost ordentlich anzieht, können wir um Mitternacht weiter. Dann wird die Piste fester sein.«
Als der Mond hinter den Bäumen aufsteigt, schlafen die satten Hunde und Männer schon tief. Nur Amarok, der sich neben dem Schlitten ausgestreckt

hat, döst vor sich hin. Oft öffnet sich sein Auge halb. Er lugt unter dem reifbedeckten Fell hervor, um den Weg zu beobachten, auf dem ihre Spur langsam verschwindet.

## 35

Timax ist mindestens zwanzigmal hochgeschreckt, hat Raoul wachgerüttelt und gesagt: »Hast du nicht gehört?«
»Was?«
»Die Hunde.«
»Wenn Amarok keinen Laut von sich gibt, kannst du schlafen.«
Sie haben das Feuer in Gang gehalten, und nachdem sie die Hunde gefüttert, gegessen, ihren kochendheißen Tee getrunken und die Thermosflaschen wieder aufgefüllt haben, sind sie lange vor Sonnenaufgang aufgebrochen.
Der Mond steht noch hoch am Himmel. Es ist kälter geworden, und der Wind kommt direkt aus Norden. Der Schnee ist schon hart und hat sich zu langen Wogen geformt, über deren Spitzen glitzender Staub fegt. Die Hunde und der Schlitten versinken nur noch an manchen Stellen, und sie werden merklich schneller. Amarok legt seinen Gefährten ein höllisches Tempo vor. Das Knirschen der Kufen vermischt sich mit dem scharfen Pfeifen des Windes und dem heiseren Japsen der Hunde.

Jedesmal, wenn sie haltmachen, spricht Timax davon, die Piste unpassierbar zu machen. Diese Idee hat sich in seinem Kopf festgesetzt, und dort bleibt sie wie ein Pfahl, den niemand mehr herausreißen kann. Mit vergleichbarer Hartnäckigkeit widersetzt sich Raoul. Außerdem lichtet sich der Wald, je weiter sie nach Norden kommen. Die Vegetation wird immer niedriger und immer unregelmäßiger. Sie ist zwar genauso dicht, vielleicht sogar noch dichter als zuvor, aber große kahle Flächen erstrecken sich links und rechts der Piste, so daß es einem Gespann leicht möglich wäre, abseits des Weges zu fahren.

Sie machen ihre Mittagsrast, kurz nachdem sie eine Stelle passiert haben, an der sich die Piste in drei Wege gabelt. Bevor sie weiterziehen, greift Raoul zur Axt. Timax' Augen leuchten auf.

»Willst du, daß ich es tue?«

»Ich will nicht den Weg unpassierbar machen, du siehst doch, daß das hier keinen Sinn hätte. Ich werde zu dem Weg, der Richtung Westen führt, hinübergehen und Spuren machen, so daß man denkt, wir hätten dort biwakiert.«

»Das kostet uns nur Zeit.«

»Die Hunde müssen sich erholen.«

Er geht quer durch das Buschwerk, seine Axt in der Ellenbeuge des linken Arms, in der rechten Hand sein Jagdgewehr. Bevor er die andere Piste erreicht hat, hat er schon zwei Schneehühner geschossen, deren Spuren er gesehen hatte. Er fällt Thujen und wählt eine gut geschützte Stelle, an der der Wind sie nicht allzu schnell mit Schnee bedecken kann. Dort entfacht er ein Feuer und formt eine Kuhle, so daß es so aussieht, als ob zwei Männer dort geschlafen hätten. Er legt jede Menge Äste ins Feuer, nimmt seine Waffe und die beiden Schneehühner und geht auf seinen Schneebrettern davon, die auf dem knirschenden Boden kaum Spuren hinterlassen.

Die Flüsse fließen noch, aber die Seen sind schon alle zugefroren. Die Schicht ist zwar noch zu dünn, als daß sich ein Gespann gefahrlos aufs Eis wagen könnte, aber wenn es weiter so friert, wird man die Seen in zwei Tagen überqueren können. So werden sie die Zeit wieder aufholen, die der Sturm sie gekostet hat.

Zur Mittagszeit des fünften Tages hören sie ein Brummen, doch wieder ist das Glück auf ihrer Seite. Der Weg führt an einem See entlang, von dem er durch eine feuchte, sandige Senke getrennt ist, in der dichtgedrängt Weißtannen wachsen. Es ist Raoul, der führt. Er schreit: »Rechts! Rechts! Rechts!«

Amarok zögert keinen Augenblick und lenkt den Schlitten zu den Bäumen. Die niedrigen Zweige peitschen die Planen, mit der die Ladung zugedeckt ist. Raoul läßt die Zugleinen des Schlittens locker und ruft: »Hooo!«

Das Gespann hält an. Die Tiere stehen bis zum Bauch im Schnee. Die beiden Männer werfen sich unter die Bäume neben den Schlitten und schauen zum Himmel. Da das Astwerk sehr dicht ist, können sie nicht viel sehen. Das Flugzeug kommt von Norden, deshalb haben sie es so früh gehört. Der Wind hat ihnen das Geräusch zugetragen. Es fliegt nicht besonders hoch und folgt offenbar der Piste. Raoul kriecht an den Rand der Bäume. Er sieht, wie es vorbeifliegt.

»Es ist nicht dasselbe«, sagt er.

»Woher, glaubst du, kommt es?«

»Meiner Meinung nach ist es der Piste gefolgt, wo ich das Feuer angezündet habe, dann muß es quer rübergeflogen sein zu diesem Weg.«

»Sie müssen auf jeden Fall jemanden dabei haben, der sich hier in der Gegend gut auskennt.«

»Die Leute, die den Norden kennen, sehen sofort, wo die Pisten verlaufen.«

Das Geräusch verebbt. Timax ist angespannt.

»Mein Gott, sie werden uns nie in Ruhe lassen.«

»Mach dir keine Gedanken, sie haben nichts gesehen. Sie sind weg und werden woanders suchen. Bis sie hier alle Wege abgesucht haben, sind wir am Großen Fluß.«

»Sie haben Posten auf dieser Seite.«

»Du glaubst doch nicht etwa, daß wir uns dort blicken lassen. Ich habe Freunde da drüben. Wir werden bestens Bescheid wissen.«

»Mit den Flugzeugen und Radios und all dem ...«

»Ach, Timax! Du wirst doch nicht wieder die Hosen voll haben. Das macht auf Dauer weiche Knie. Der Schnee ist so weit zurückgegangen, daß alle die, die mit Hunden unterwegs sind, jetzt wieder aufbrechen werden.«

Sie stehen auf und sehen sich an. Dann fügt Raoul lachend hinzu: »Sie wissen nicht einmal, wie viele Hunde wir haben.«
Sie packen den Schlitten an, aber es kostet große Mühe, ihn aus der Senke herauszubekommen. Das Vorderteil hängt fest und hat sich tief eingegraben. Timax muß den Schnee wegschaufeln, um auf festen Untergrund zu stoßen, dann hebt er die schwere Last an, und mit seinen Bärenkräften gelingt es ihm, den Schlitten aus dem Loch zu hieven. Raoul, der die Zugleinen gelöst hat, bindet sie hinten am Schlitten an und läßt die Hunde vom Weg aus ziehen. Mit vereinten Kräften und weil sie die Anweisungen des Trappers genau befolgen, schaffen sie es, das Ganze aus der Senke herauszubefördern, ohne daß die beiden Männer die Ladung herunternehmen müssen.
»Morgen müßten wir beim Adjutor sein. In der Nacht können sie uns mit ihrer Höllenmaschine nicht sehen. Wir sollten also heute so lang wie möglich weiterziehen.«

## 36

Dieses Flugzeug, das über sie hinweggeflogen ist, hat wieder die panische Angst geweckt, von der Timax besessen ist. Vor weniger als einer Stunde haben sie sich hingelegt. Im Schlaf spürt Raoul, daß Timax aufsteht. Er denkt, daß der Junge Holz

nachlegen will, aber nach nur wenigen Sekunden kracht die Winchester, dreimal. Der Trapper springt auf.
»Bist du jetzt vollkommen übergeschnappt!«
Die Hunde sind aus ihrem Kokon aus Schnee gekrochen.
»Er ist da!«
Timax deutet auf einen Punkt im Wald, an dem völlige Finsternis herrscht. Die Hunde knurren, nur Amarok nicht, der in alle Richtungen wittert und die ganze Aufregung nicht zu begreifen scheint.
»Was hast du gesehen?«
»Ihn. Ihn, sag ich dir.« Er drückt sich gegen den beladenen Schlitten, auf den er seine Waffe gelegt hat.
»Laß das. Du könntest einen unserer Hunde treffen.«
Die Augen des Jungen starren unverwandt auf den Punkt in der Finsternis.
»Ich sag dir, er war da. Ich hab seine dreckige Visage genau erkannt. Ich hab geahnt, daß ich ihn nicht getötet habe. Er will meinen Kopf. Bestimmt. Er will mich kriegen.«
Raoul legt dem Jungen die Hand auf den Nacken und schüttelt ihn sanft.
»Komm, leg dich wieder hin. Die Hunde sind zu erschöpft, als daß wir sofort wieder aufbrechen könnten.«
Timax dreht sich zu ihm um und sieht ihn völlig verängstigt an. »Ich schwöre dir, daß er da ist.«
»Du weißt genau, daß er tot ist. Du hast geträumt.«

»Ich habe ihn gesehen. Ich schwöre es.«
»Gut. Wir werden uns nicht wieder hinlegen. Wir setzen uns noch eine Stunde ans Feuer. Dann brechen wir wieder auf.«
»Am Feuer geben wir schöne Zielscheiben ab.«
Jetzt wird Raoul laut: »Wenn du hier wie angewurzelt stehenbleibst, wirst du bald erfroren sein. Komm schon, vertrau mir.«
Die Hunde haben sich wieder in ihre Mulde verkrochen, außer Amarok, der bei den beiden Männern bleibt.
»Siehst du, er ist unruhig.«
Raoul fängt an zu lachen. »Kein Wunder. Mitten in der Nacht ballert ein Typ über seinen Kopf hinweg auf ein ...«
Er schweigt. Er hat ›auf ein Gespenst‹ sagen wollen, aber er brachte das Worte nicht über die Lippen.
Timax seufzt. Widerwillig hat er dem Trapper den Karabiner ausgehändigt. Mit dem Blick eines gehetzten Tieres schaut er sich um. Er wehrt sich ein bißchen, als Raoul ihn am Arm packt und zu dem Gitter hinüberzieht, an dem sie ihre Schlafstelle errichtet haben.
»Ich will mich nicht wieder hinlegen. Ich kann sowieso nicht schlafen.«
»Wir müssen uns ein wenig ausruhen, sonst steht man das nicht durch.«
Sie legen sich wieder hin, aber der Junge richtet sich immer wieder auf, um besser lauschen zu können, um etwas zu erspähen. Amarok, den die Schüsse unruhig gemacht haben, hat sich nicht wieder hin-

gelegt. Er hat einen kleinen Rundgang gemacht, unter der Plane geschnuppert und sich dann im Schutz des Schlittens niedergelassen, mit der Nase in die Richtung, aus der sie gekommen sind.
»Du kannst ganz beruhigt sein«, sagt Raoul noch einmal. »Selbst wenn jemand noch mehrere Meilen entfernt ist, riecht er ihn schon.«
Timax verschanzt sich eine ganze Weile hinter seinem Schweigen, dann fragt er: »Hast du jemals davon gehört, daß ein Toter zurückkehrt?«
»Ach komm, fang doch nicht mit solchen Albernheiten an.«
»Das sind keine Albernheiten. Mutter Ferrodard hat es gesagt. Sie hat sowas schon gesehen. Dann haben es auch andere gesehen.«
»Sei jetzt still.«
Hartnäckig entgegnet Timax: »Meine Mutter sagt auch, daß es wahr ist. Und du weißt, meine Mutter ...«
Er spricht nicht zu Ende. Er richtet sich auf, als wäre ihm plötzlich eine Erleuchtung gekommen.
»Du hast doch drei- oder viermal gesagt, daß bei solchen Schneeverhältnissen eine Menge Schlitten nach Norden unterwegs sein würden.«
»Es sind sicher auch eine ganze Menge.«
»Man sieht niemanden.«
Raoul lacht. »Ein Glück, du würdest doch gleich auf sie losballern.«
»Red keinen Blödsinn, Raoul. Wenn man niemanden sieht, dann deshalb, weil alle tot sind. Hast du denn nicht verstanden? Es gibt nur noch Tote.«

Nun setzt sich auch Raoul auf und lehnt sich an das Gitterwerk. Mit ganz sanfter Stimme entgegnet er: »Du hast recht, mein Kleiner. Es gibt nur noch Tote. Es sind Tote, die uns auf den Fersen sind. Und deshalb mußt du auch nicht auf sie schießen. Wenn sie schon ins Gras gebissen haben, wirst du mit einer Kugel nicht mehr viel bei ihnen anrichten. Ich glaube sogar, man müßte fortgehen, um zu sehen ...«

Plötzlich fällt ihm Timax barsch ins Wort. »Hör auf! Wir müssen sofort abhauen.«

Er steht auf, Raoul ebenfalls.

»Wir werden gehen. Das wird dich beruhigen. Wenn nicht, werde ich dir am Ende noch eine runterhauen.«

Jetzt fängt der Junge an zu betteln. Die Tränen, die er nur schwer zurückhalten kann, lassen seine Stimme zittern. Er hat sich die Fäustlinge ausgezogen, und seine Hände klammern sich an den Parka des Trappers, krallen sich darin fest.

»Herrgott nochmal, Raoul, versetz dich mal in meine Lage. Sobald ich zwei Minuten schlafe, sehe ich diesen Typ vor mir. Oder ich sehe einen anderen, der mit einem Strick in der Hand auf mich zukommt und ihn mir um den Hals legen will. Ich fühle mich wie ein Fuchs in der Schlinge. Hast du jemals versucht, dir vorzustellen, wie es für das Tier sein muß, sich mit einer Schlinge um den Hals zu wehren? Nun, ich weiß es jetzt. Ich glaube wirklich, ich könnte nie mehr eine solche Falle aufstellen.«

»Mein Lieber, bei der Kälte hat ein gefangener Fuchs gar nicht die Zeit zu leiden.«
Timax trottet brummend davon. »Sauerei ... Sauerei ...«
Und Raoul fragt sich, was oder wen er wohl damit meint.

## 37

Die ganze Nacht hindurch haben sie ein höllisches Tempo gehalten und den Tag über im Unterholz von Rottannen verbracht. Bevor sie ihr Lager verließen, hatten sie das Feuer ausgemacht und die Spuren, so gut es ging, verwischt. Hier haben sie nur die Petroleumlampe angezündet, um eine Dose Bohnen mit Speck aufzutauen, die sie lauwarm aßen. Timax hat mit der Axt gefrorenen Fisch in Stücke geschlagen, den die Hunde mühsam zerbissen und gekaut haben.
Amarok dreht seine Runden, ohne sich allzuweit zu entfernen. Sobald er sich dem Rand des Unterholzes nähert, ruft Timax ihn zurück.
Im Lauf des Tages hat ein Flugzeug zweimal die Piste überflogen. Nach dem zweiten Mal beschließt Raoul: »Jetzt können wir gehen, wir haben nichts mehr zu befürchten.«
Sie brechen auf, ohne die Nacht abzuwarten. Amarok, der diese Wechsel des täglichen Rhythmus nicht besonders schätzt, ist schlecht gelaunt und

gibt dem Gespann ein gnadenloses Tempo vor. Wegen nichts fletscht er die Zähne, und die beiden jungen Hunde legen jedesmal, wenn er knurrt, die Ohren an.

Um Mitternacht ordnet Raoul eine einstündige Rast an. Obwohl Timax ihn inständig bittet, weiterzuziehen, macht der Trapper Feuer, taut Fleisch für die Hunde auf und bereitet ein richtiges Essen zu, sogar Tee, um die Thermoskannen aufzufüllen.

»Damit fahren wir in einem Zug durch zum Adjutor. Wir müßten morgen früh bei ihm sein.«

»Bei Tageslicht wollten wir doch nicht fahren«, fleht Timax.

»Ich hab dir schon hundertmal gesagt, daß ihr Flugzeug nicht vor Sonnenaufgang da sein kann. Es kann auch noch nicht auf dem Harricana landen. Sie landen auf dem Ouanakasee, dann brauchen sie noch mehr Zeit. Bis die sich mal auf den Weg machen ... ich kenne das Durcheinander.«

Die Sonne, rosa und fahl, geht gerade auf, als sie sich dem offenen Gelände nähern, das Adjutor Lalandes Hütte umgibt. Es ist eine kleine Blockhütte mit einem Schneehaufen an der rechten Seite, der bis zum Dach reicht.

Amarok verlangsamt das Tempo. Er hebt den Kopf, legt die Ohren an und schnuppert.

»Lauf! Lauf!«

Nun werden die anderen Hunde unruhig. Raoul knallt mit der Peitsche, das Gespann wird ein bißchen schneller, verlangsamt aber gleich darauf wieder das Tempo. Raoul sieht keinen Rauch aus dem Schornstein aufsteigen. Nicht die kleinste Spur.

Timax springt vom Schlitten ab. »Da stimmt etwas nicht. Wir dürfen nicht hinfahren.«

Er kommt dennoch nach, um nicht wie angewurzelt auf dem freien Feld herumzustehen. Raoul hält das Gespann zwanzig Schritt vor der Hütte an. Er nimmt seine Waffe und befiehlt: »Bleib bei den Hunden.«

»Geh nicht hinein.«

»Wenn es eine Falle wäre, würde das Feuer brennen.«

Er geht allein. Die kleine Hütte, die der alte Einsiedler selbst gebaut hat, ist perfekt ausgerichtet. Der Wind fegt vor der Tür. Auf der linken Seite liegt eine große Schneewehe, die wie ein zusammengerolltes Reptil aussieht. Das Licht der aufgehenden Sonne läßt seinen geschmeidigen Körper leuchten.

Raoul versucht, durchs Fenster zu sehen, doch drinnen ist es dunkel, und die Scheiben sind vom Rauch geschwärzt. Er geht zur Tür, die sich ohne Schwierigkeiten öffnen läßt. Nachdem Raoul einen Blick hineingeworfen hat, begreift er sofort. Der Alte liegt ausgestreckt auf dem Bett. Sein rechter Arm liegt neben dem Körper, die offene Handfläche nach oben gerichtet, der linke angewinkelt auf der Brust. Raoul geht einen Schritt hinein und tritt zur Seite, damit Licht in den Raum fällt. Da entdeckt er den Hund, er liegt ausgestreckt neben dem

Bett, ebenso starr wie sein Herr, mit der Schnauze auf den Pfoten und weit geöffneten Augen, die zur Tür starren.

Raoul dreht sich um und sagt: »Geh mit den Hunden bis zum Waldrand und warte auf mich.«

»Was ist los?«

»Geh, sag ich dir. Ich werde es dir erklären.«

Raoul hört bald darauf, wie Timax über das Gespann flucht. Er geht hinaus. »Brüll nicht so!«

Amarok liegt mit gespreizten Pfoten auf dem Schnee und weigert sich, sich von der Stelle zu rühren. Raoul hockt sich vor ihn hin und spricht zu ihm mit der samtweichen Stimme, die nur Amarok vorbehalten ist.

»Amarok, du gehst mit Timax. Hm, du gehst mit ihm bis zu den Bäumen.«

Amarok fegt mit seiner Schnauze den Schnee weg. Er setzt sich. Raoul nimmt seinen dicken Kopf zwischen seine behandschuhten Hände und spricht weiter auf ihn ein. Der Hund steht auf. Raoul macht drei Schritte, durch das Gespann geht ein Ruck, und es folgt ihm. Als er beiseite geht, bleibt Amarok stehen und legt sich hin.

»Mein Gott«, tobt Timax. »Was hat er denn?«

»Der Alte und der Hund sind tot. Alle beide. Er spürt es. Er will nicht, daß ich zu den Leichen zurückgehe.«

Die Augen des Jungen füllen sich mit Entsetzen.

»Überall gibt es nur noch den Tod. Ich hab es dir gesagt, mein Gott. Seit drei Tagen sage ich es dir immer wieder.«

Ohne sich um ihn zu kümmern, führt Raoul die Hunde an den Waldrand. Als das Gespann im Schutz der Bäume angekommen ist, bindet er Amarok an dem Stamm einer Tanne fest.
»Paß auf, daß er sich nicht stranguliert, wenn er wie verrückt an der Leine reißt. Ich brauche fünf Minuten.«
»Geh nicht dorthin, Raoul. Der Tod ist überall.«
Als Timax sich an ihn klammert, schlägt er ihm kurzerhand kräftig auf den Arm. »Halt's Maul!« sagt er mit schneidender Stimme.
Er geht, ohne sich umzudrehen. Amarok fängt jämmerlich zu jaulen an, und sofort stimmen die anderen Hunde ein. Sie sitzen alle da, ihre Schnauzen gen Himmel und auf die kleine Hütte gerichtet.
Jetzt fällt in den kleinen Raum ein helleres Licht; der Schnee reflektiert die schwachen Sonnenstrahlen. Raoul geht hinein und setzt sich ans Fußende des Bettes, zieht seine Kapuze aus Wolfsfell und die grobe Wollmütze vom Kopf. Er bekreuzigt sich. Einen Augenblick lang blickt er still in dieses steinerne Gesicht, dessen Backenknochen über dem weißen Bart hervorstehen.
»Adjutor, dort oben, wo Sie jetzt sind, ist es ganz still. Hier unten lauert überall der Tod. Das stimmt. Also, wenn Sie uns helfen können ...«
Seine Stimme klingt ruhig, aber mit einem Mal überschlägt sie sich und bricht. Er hustet. Er setzt die Mütze wieder auf. Er sieht sich in der Hütte um. Das Gewehr des Alten hängt über seinem Bett

an einem riesigen Elchgeweih. Vor dem Fenster, gegen einen Stuhl gelehnt, entdeckt er nagelneue Holme für einen Schlitten und die Querhölzer, die der Alte schon zugeschnitten hat. Es liegen sogar schon Riemen aus Elchleder für das Geschirr da.
»Da wollte er sich also einen kleinen Schlitten bauen ...«
Auf dem Tisch findet Raoul ein Paar fast neue Fäustlinge aus Bärenleder und eine Blechdose mit Zucker. Daneben einen emaillierten Teller, einen Löffel und eine Gabel, über die Lehne eines Stuhls hat der Schürfer ein Hemd ausgebreitet. Es ist trokken. Es ist also gewaschen worden, bevor der Frost anbrach. Der Wasserkessel ist voll mit einem Eisblock, der ihn zum Platzen gebracht hat.
In den Regalen findet Raoul Zucker, Schokolade, zwei große Dosen Tee und ein riesiges Stück Speck, das hart wie Stein ist. In einem Schrank stehen zwei Säcke Hundefutter. Raoul dreht sich für einen Augenblick zum Leichnam um: »Ich weiß genau, daß es Ihnen lieber ist, wenn ich es mitnehme und nicht die Bergpolizei.«
Er findet zwei Säcke aus grauem Tuch, in die er alles einpackt. Als er hinausgehen will, bemerkt er auf dem Fensterbrett ein dickes Kupferfeuerzeug.
»Das nehme ich auch mit, zum Andenken an Sie, Adjutor. Zum Andenken an all die Pfeifen, die wir zusammen geraucht haben.«
Raoul geht hinaus. Inzwischen ist es hell geworden, aber er sieht alles nur verschwommen, wie durch einen Schleier. Und es ist nicht dieser Augen-

blick, der ihm jetzt gegenwärtig ist, sondern andere, die er mit dem alten Schürfer erlebt hat. Und er hört seine tiefe, leicht zittrige Stimme deutlicher als das ununterbrochene Gejaule seiner Hunde.

Er stellt die beiden Säcke und seinen Karabiner ab, schließt sorgfältig die Tür und rollt einen Klotz davor, den der Alte zum Holzhacken benutzt hat. Nachdem er sich noch einmal bekreuzigt hat, nimmt er seine Sachen und geht. Je näher er dem Schlitten kommt, desto weniger jaulen die Hunde. Kaum hat er den halben Weg hinter sich, da verstummt Amarok und legt sich hin; und die anderen tun es ihm nach.

»Wir müssen machen, daß wir loskommen. Du hast uns entsetzlich viel Zeit gekostet«, meint Timax unruhig.

»Ich wollte das nicht der Bergpolizei überlassen. Und ich konnte nicht gehen, ohne dem Alten Adieu zu sagen.«

»Sie werden ihn finden.«

»Wenn sie als erste hierherkommen.«

»Sie werden kommen. Du hast es gerade gesagt.«

Raoul verstaut die Säcke, dann übernimmt er wieder die Führung, leitet Amarok quer durch den Wald und meidet die Piste.

# 38

Sie fahren eine Weile zwischen niedrigen, vereinzelt stehenden Rottannen, umfahren eine zu dicht bewaldete Niederung und mühen sich an einer steilen Stelle ab, wo sich viel Pulverschnee angesammelt hat.

»Warum hast du die Piste verlassen?«

»Ich will das Dorf der Cris meiden, das am Ufer liegt.«

»Sie sind doch unsere Freunde.«

»Genau, und sie würden nicht verstehen, warum wir gleich wieder weiter müssen.«

Sie halten an, damit die Hunde verschnaufen können. Raoul zögert, ehe er hinzufügt: »Außerdem ist es mir lieber, daß sie nicht gezwungen sind zu lügen, falls man sie verhören sollte.«

Noch eine weitere knappe Stunde geht es durch Wald und Tundraflächen, wo außer ein paar dünnen Grasbüscheln nichts wächst, dann kehren sie wieder auf die Piste zurück, wo sie schneller vorwärtskommen.

Mittlerweile können sie sich unbesorgt auf das Eis wagen und überqueren zwei kleine Seen. Wenn sie eine kurze Rast machen, schlafen die Hunde sofort ein, und wenn sie wieder aufbrechen, zeigen die jungen Tiere erste Anzeichen von Ermüdung und Unzufriedenheit. Amarok bringt sie jedoch schnell wieder zur Vernunft.

Nachdem sie sich auf einem schlechten Abschnitt der Piste abgemüht haben, halten sie gegen Mittag

an für eine längere Pause. Sie ziehen den Schlitten unter die Bäume und richten sich ein. Raoul deutet auf den See vor ihnen, den sie überqueren müssen.
»Danach geht es eine Zeitlang bergauf, anschließend wieder bergab auf einen kleineren See zu.«
Timax hat gerade die Axt herausgezogen, um das Fleisch für die Hunde zuzuschneiden, als Amarok anfängt zu knurren. Sie horchen. Nichts. Trotzdem zögert Raoul nicht einen Moment lang.
»Wir müssen schnell wieder anspannen.«
»Du glaubst, daß ...«
»Wahrscheinlich sind es die Cris, die auf der Jagd sind. Aber man kann nie wissen.«
Amarok ist äußerst nervös. Er knurrt ununterbrochen und die anderen Hunde auch. Vor allem Petermassi, der, wie sich Raoul erinnert, ein besonders feines Gehör hat.
Sie haben ihr Gepäck wieder aufgeladen und sind mit dem Anspannen fertig, als sie weit hinter sich Gekläffe hören.
»Lauft!«
Sie haben den Hunden nicht die Schneeschuhe übergezogen, deshalb finden die Pfoten der Tiere leichter Halt. Der Schlitten saust einen kleinen Abhang hinab zum See. Das Eis sirrt unter den Kufen.
Raoul keucht aus tiefster Kehle, heftiger als die Hunde. »He, he, he!«
Diesen Befehl benutzt er nur, wenn die Tiere alles geben sollen.
Raoul hat sich für den See entschieden, der ihnen

zwar keine Deckung bietet, ihnen aber einen beträchtlichen Vorsprung ermöglicht. Außerdem würden sie auf der Piste, selbst wenn der Schnee stark gefroren ist, eine Spur hinterlassen.
Timax, der neben dem Schlitten herläuft, um die Tiere nicht zu überanstrengen, kann nicht folgen.
»Steig auf! Steig auf!«
Der stämmige Kerl wirft sich auf den beladenen Schlitten.
Der Fahrtwind macht sie benommen. Sie hören nichts als sein Pfeifen.
Etwa dreihundert Schritte vor dem Ufer hören sie Schüsse.
»He, he, he!«
Arnatak stürzt und wird von den nachfolgenden Hunden überrannt. Alle stolpern übereinander. Die Zugleinen haben sich verheddert. Raoul dreht sich um. Der Schlitten der anderen ist nicht weit hinter ihnen.
»Ho!«
Amarok ist schon stehengeblieben, ohne diesen Befehl abzuwarten. Raoul legt seine Winchester an, und ohne genau zu zielen, schießt er dreimal in Richtung der Verfolger, die sich aufs Eis werfen. Er weiß, daß er sie aus dieser Entfernung unmöglich treffen kann. Sie sind mit einem großen Gewehr, einer Roos 303 bewaffnet, deren Schußweite dreimal so groß ist wie die seines Karabiners.
»Duck dich! Duck dich!«
Der Junge legt sich aufs Eis und schreit: »Ich wußte es ... Ich wußte es.«

Weitere Schüsse fallen. Kniend zerschneidet Raoul die Zugleinen und befreit Arnataks blutenden Körper.
Mit vor Zorn zusammengebissenen Zähnen knurrt er: »Diese Schweine ... Diese Schweine ...«
»Wir sind geliefert!« jammert Timax.
»Rühr dich nicht vom Fleck!«
Der Junge, den das Sirren der Kugeln und die Explosionen auf dem zugefrorenen See völlig kopflos machen, springt auf, um Richtung Ufer loszurennen. Er macht drei Schritte, bleibt stehen, zögert. Er schwankt, dann krümmt er sich und kippt, die Hände auf dem Bauch, zur Seite.
Raoul stürzt zu ihm. Er zieht ihn, hebt ihn mit aller Kraft hoch und schafft es, ihn auf den Schlitten zu hieven. Die Zugleinen sind noch immer verheddert, aber die Hunde können den Schlitten, mehr schlecht als recht, ziehen.
»Lauf, Amarok! He, he, he!«
Das Gespann steuert auf das Ufer zu. Ein paar Schüsse fallen noch, aber sobald der Schlitten die ersten Bäume erreicht hat, herrscht Stille.
Raoul läßt die Hunde die Uferböschung hinaufklettern und hilft ihnen mit aller Kraft. Oben halten sie an.
»Warte hier, Amarok. Platz!«
Amarok setzt sich, sein Blick ist unruhig. Er weiß, daß etwas Ernstes vor sich geht. Raoul schaut über den See. In der Nähe des Südufers haben die beiden Männer ihr Gespann gewendet. Auch sie wollen ihre Hunde in Sicherheit bringen. Raoul ist wütend.

»Ich töte keine Hunde, ich nicht!«
Er kehrt zum Schlitten zurück, zu Timax, der zusammengekrümmt daliegt. Er hat die Handschuhe ausgezogen, und seine Finger krallen sich in den rot verfärbten Stoff des Parkas. Er röchelt. Er öffnet die Augen, in denen panische Angst steht. Seine Stimme ist kaum zu hören.
»Meine Mutter … Du mußt …«
Er verzieht das Gesicht.
»Ich werde dich pflegen.«
Der schwere bärtige Kopf bewegt sich langsam von rechts nach links. Die Kapuze verschiebt sich und verdeckt seine Augen. Raoul zieht sie vorsichtig zurück. Der Junge findet noch die Kraft zu flüstern: »Gisèle … ihr Vater … sag ihnen …«
Blut quillt aus seinem Mund und rinnt in den Bart, wo es augenblicklich gefriert. Timax hebt den Kopf etwas an. Er verdreht die Augen. Die rechte Hand öffnet sich, läßt den steifgefrorenen Stoff los und fällt auf die Plane. Raoul drückt die angstvollen Augen des Jungen zu, zieht sich die Mütze vom Kopf und bekreuzigt sich.
Dann richtet er sich auf. Etwas in ihm hat sich verhärtet. Eine ungeahnte Kraft, scharf wie eine Messerklinge.
»Amarok! Du bleibst hier. Leg dich hin.«
Amarok streckt sich auf dem Schnee aus, und die anderen tun es ihm nach.
Raoul vergewissert sich, daß seine Waffe geladen ist. Er nimmt seine Munitionstasche und dringt langsam Richtung Süden vor, dabei hält er sich

immer hinter den Bäumen und dem Buschwerk. Oft hält er inne, um mit dem Blick das Ufer abzusuchen, wo sich die Feinde versteckt halten.

## 39

Schritt für Schritt pirscht der Trapper vor, kriecht unter ein Gebüsch, späht über den See. Eine felsige Landzunge, die in einer Kurve nach Westen hin verläuft, schiebt sich ins Wasser vor. Dort müssen sich die beiden Männer so versteckt haben, daß ihr Hundegespann auf dem Eis bleiben und sie jederzeit die Verfolgung wieder aufnehmen können, wenn es ihnen ungefährlich scheint.
Raoul entfernt sich vom Ufer und geht langsam weiter. Alle zehn Schritte hält er inne und lauscht. Der Wind kommt von Nordosten. Er steht nicht günstig für ihn, doch er bläst auch nicht in die Richtung der anderen. Im Augenblick können ihre Hunde Raoul noch nicht wittern. Er müßte sich ihnen bis auf hundertfünfzig Meter nähern können, dann bestünde Waffengleichheit.
Als er noch mindestens dreihundert Meter entfernt ist, sieht er das Gespann der Bergpolizei um die Landzunge herum nach Südosten fahren.
»Das ändert auch nichts.«
Er ist ruhiger, als er es jemals bei einer Jagd war. Er wartet. Er hat sich im Schutz des Gestrüpps gut eingerichtet. Zehn Minuten vergehen, dann nimmt

er zu seiner Rechten, zwischen den kümmerlichen Birken, einen Schatten wahr, der sich langsam nach Westen fortbewegt.

»Sehr gut. Du hast deinen Kompagnon mit den Hunden zurückgelassen. Du wirst versuchen, mich von hinten anzugreifen. Besser konnte es gar nicht kommen.«

Bald verschwindet der Mann in dem blauen Parka. Raoul weiß, daß er seine Spur weiter verfolgen wird. Er wartet etwa eine Viertelstunde, dann macht auch er sich auf den Weg ins Landesinnere. Bald findet er die Spur des Sergeanten. Ein berauschendes Gefühl des Triumphes erfüllt ihn. Er wirft die Kapuze seines Parkas ab und schiebt die Mütze zurück, so daß die Ohren frei sind. Er spürt die Kälte nicht. Er empfindet nicht die geringste Spur von Angst. Er fühlt sich von einer ungeheuren Klarheit durchdrungen. Jeder Muskel seines Körpers ist wach und bereit. Sein Fuß findet instinktiv die richtige Stelle, wo er geräuschlos auftreten kann.

Eine Weile folgt er der Spur des Sergeanten. Dann, vor einer Schneewehe, biegt er ab. Er hat sich nicht getäuscht. Der Sergeant vermutet Raoul noch immer am See und versucht, seine Spur zu finden, um ihn aus dem Hinterhalt anzugreifen. Raoul sieht ihn unten am Ufer. Er legt sein Gewehr an. Wenn er jetzt abdrückte, würde er ihn in den Rükken treffen.

Doch etwas in ihm zwingt ihn dazu, den Arm zu senken. Zu seiner Linken liegt eine umgewehte

Pinie, das Wurzelwerk ragt wie ein Spitzenmuster aus Schnee empor.
Raoul kniet sich hinter den Wurzelballen und ruft: »Du bist verloren, Roberson!«
Der andere springt in ein Thujengebüsch in Dekkung.
»Ergib dich, Herman! Zwing mich nicht, auf dich zu schießen.«
»Du bist verloren, Sergeant! Ich weiß, wo du bist, doch du weißt nicht, wo ich bin. Du bist verloren.«
Aus der Ferne schallt die Stimme des zweiten Polizisten zu ihnen herüber: »Warte auf mich, Sergeant, ich greife ihn von hinten an!«
»Bleib, wo du bist!« schreit Roberson.
»Du schießt also jetzt auf Hunde! Du bist ein Dreckskerl, Roberson!«
»Ich habe weder auf die Hunde gezielt noch auf deinen Freund ...«
»Du oder dein Kompagnon, das ist mir egal. Du wirst auf jeden Fall dafür bezahlen. Ich will dich von vorn erwischen. Ich will, daß du genug Zeit hast, den Tod auf dich zukommen zu sehen.«
Die Worte sprudeln aus ihm heraus. Alles in ihm ist genauso klar wie der Himmel.
Durch das Wurzelwerk hindurch beobachtet er das Gebüsch, in dem der Sergeant Zuflucht gesucht hat. Bei näherem Hinsehen entdeckt er, daß sich etwas kaum merklich nach rechts bewegt. Roberson versucht, einen Felsen zu erreichen, hinter dem er sich verschanzen kann. Raoul hebt die Waffe. Er will nicht einfach drauflos schießen, sondern sicher

sein, daß er den Mann trifft, wenn dieser springt, um hinter dem Felsen zu verschwinden. Mehr als zwei Sätze würde er dafür nicht brauchen. Doch das reicht. Mit Sicherheit.

Raoul zieht die rechte Hand aus dem Fäustling und behält nur den Wollhandschuh an. Er legt an. Der Zeigefinger liegt am Abzug. Genau in dem Augenblick, da er es erwartet hat, springt der Mann aus dem Gebüsch. Ein Schuß zerreißt die Stille, hallt tausendfach wider. Roberson hat seinen Sprung nicht beenden können. Er ist gestürzt und hat sein schweres Gewehr fallen lassen. Raoul weiß, daß der Sergeant eine Pistole hat, doch er ist sicher, ihn getroffen zu haben.

Der Trapper geht ruhig zu dem Verwundeten hinüber. Roberson kniet mit gekrümmtem Rücken am Boden, den Kopf im Schnee. Sein Röcheln klingt weniger rauh als das von Timax.

Die Stimme des anderen Mannes schallt aus weiter Entfernung zu ihnen herüber: »Sergeant! Sergeant! Ist alles in Ordnung?«

Raoul lacht auf. »Alles in Ordnung! Du hast keinen Sergeanten mehr!«

Er versetzt dem Verletzten mit dem Fuß einen Stoß gegen die Schulter, so daß dieser zur Seite taumelt und gegen den Felsen fällt. Auch sein Bart ist voller Blut.

»Nun?«

Die Augenlider des Mannes zittern. Eine von Blut erstickte Stimme stößt hervor: »Herman ... der Norden ...«

Er ist tot. Raoul hebt die zehnschüssige Roos 303 auf, die eine Reichweite von mehr als fünfhundert Metern hat. Er öffnet den blutdurchtränkten Parka, der schon steif friert, und nimmt dem Sergeanten den Patronengürtel ab. Auch den Revolver zieht er aus dem Halfter und schiebt ihn sich in die Tasche. Dann hockt er sich hinter den Felsvorsprung, an dem der Tote lehnt, und ruft: »Wenn du deinen Sergeanten willst, mußt du ihn dir holen!«
Als Antwort wird unten das Feuer eröffnet. Kugeln pfeifen hoch durch die Luft. Einige prallen an einem Baumstamm zu seiner Rechten ab. Raoul erhebt sich ein wenig und sieht, wie der Mann auf den See zuläuft. Plötzlich fallen ihm die Worte ein, die Roberson immer zu seinen Hunden sagte. Er brüllt: »*Go*! *Go*! Hoch, hoch, hoch, hoch!«
Das Polizeigespann rast von der Landzunge. Die herrenlosen Hunde folgen der Spur des anderen Schlittens.

## 40

Als die Hunde sich in Bewegung setzen, hört man den Polizisten rufen: »Hua! Hua! *Come*, *come*, *come*!«
Doch sogleich feuert Raoul mit dem Mehrlader des Sergeanten einige Schüsse ab; der Lärm übertönt die Kommandos, und die Hunde folgen unbeirrt der Spur, ohne auch nur langsamer zu werden.

Raoul stellt das Feuer ein und ruft: »Jetzt hast du nichts mehr! Mörder! Wenn du dich heranwagst, werde ich mit der 303 deines Chefs auf dich schießen.«
Dann läuft er quer durch den Wald, um auf schnellstem Wege zu seinem Gespann zu kommen.
»Fehlte noch, daß Amarok mit ihrem Leithund aneinandergerät. Das wäre eine schöne Bescherung!«
Als er dort eintrifft, steht das Polizeigespann brav hinter seinem eigenen Schlitten. Die Hunde knurren zwar etwas, aber sobald er mit ihnen spricht, beruhigen sie sich und wedeln mit dem Schwanz.
»Ihr werdet mir folgen, meine Kleinen.«
Er macht sich daran, die Zugleinen zu entwirren. Im Vorbeigehen wirft er einen raschen Blick auf Timax' zusammengekrümmten Körper. Er flüstert: »Das ist erledigt.«
Nachdem er die Hunde eingespannt hat, stellt er sich hinten auf den Schlitten und gibt das Zeichen zum Aufbruch. Amarok zieht an.
Das andere Gespann folgt gehorsam. Es sind prächtige Tiere, eine Kreuzung aus Husky und Malamut. Raoul spricht mit Timax, als ob dieser ihn noch hören könnte. Fast emotionslos.
»Wenn der andere verrückt genug ist, dann wird er der Piste folgen, die nach Cris führt. Wenn nicht, wird er versuchen, mich zu schnappen. Aber das wird ihm nicht gelingen.«
Raoul versetzt sich in den Polizisten hinein, der noch sehr jung sein muß.

»Das Dorf Cris ... die Chancen, dorthin zu gelangen, stehen eins zu tausend. Also wird er mir folgen, um mich wie einen Hasen abzuknallen.«
Er schüttelt sich vor Hohngelächter.
»Ich werde ihm eine Chance geben und nicht allzu weit fahren.«
Er betrachtet die Gegend genau und findet schon bald eine Stelle, die ihm geeignet scheint, um sein Nachtlager aufzuschlagen. Es wird erst in zwei Stunden dunkel werden. Der Wind bläst gleichmäßig. Der Himmel färbt sich im Westen purpurrot. Es bleibt kalt.
»Die Hunde könnten noch eine Zeitlang weiterlaufen«, murmelt er. Dennoch hält er an.
Als erstes rückt er Timax' erstarrten Körper wieder gerade, der zur Seite gerutscht ist. Er zieht ihm die Kapuze vors Gesicht, so daß man sein Gesicht und diesen Bart nicht mehr sieht, der zu einem bräunlich glänzenden Block erstarrt ist.
Er läßt sich Zeit – ein Waldläufer, den nichts zur Eile drängt –, er ordnet die Zugleinen seiner Hunde und die des M.P.-Schlittens. Er schirrt die Schlittenhunde aus und kettet sie für die Nacht an. Amarok hat schon seinen Platz neben dem Schlitten eingenommen. Als Raoul den Leithund des Polizeigespanns anketten will, knurrt das Tier und versucht zu entkommen, um sich mit Amarok zu messen. Ein kräftiger Schlag auf die Schnauze lehrt es, daß Raoul nicht zu den Männern gehört, die sich von einem Hund auf der Nase herumtanzen lassen.

Falls der Polizist sich nähern sollte, wird Amarok knurren. Der Trapper baut also in aller Ruhe sein Biwak auf, macht Feuer, legt Holz nach und taut für sich und die Hunde etwas zu essen auf. Er muß nicht erst Timax' steifen Körper beiseite schieben, um an die Nahrungsmittel heranzukommen. Alles, was er braucht, findet er im gut bestückten Gepäck des Polizisten.

Raoul entdeckt einen großen Vorrat an Patronen und ein Ersatzgewehr. Er legt die Waffen des Sergeanten dazu. Seine Winchester, die er schon seit vielen Jahren hat, reicht ihm voll und ganz.

Er ißt in aller Ruhe und gibt den Hunden zu fressen; zwei Meter vom lodernden Feuer entfernt rollt er dann mehrere Decken zusammen, formt sie zu einem Körper und deckt das Ganze mit einer Plane zu. Er legt noch ein paar dicke Äste aufs Feuer, nimmt seinen Karabiner und Patronen, ruft leise Amarok und schlägt den Weg ein, auf dem sie gekommen sind.

Auf dem Herweg hat er bereits ein gutes Versteck entdeckt. Hundert Schritte von der Piste entfernt, am Rande einer Felsplatte, hat kurzes, dichtes Buschwerk einen Wall gebildet. Raoul und Amarok kriechen in das Gestrüpp. Der Mond geht gerade auf, wirft die unruhigen Schatten der Bäume über den Schnee, der den Fels bedeckt. Sie bilden ein wirres Netz, in dem sich das Licht zu fangen scheint. Das einzige Zeichen von Leben sind der Wind und das Feuer, auf das Raoul hinabsieht und das die Totenwache zu halten scheint.

# 41

Amarok sitzt neben Raoul auf dem Felsvorsprung. Über ihnen erhebt sich eine Gruppe von Nadelbäumen. Hier sind sie geschützt. Unter ihnen wächst dichtes Strauchwerk. Beide halten den Blick starr auf die Piste gerichtet. Der Wind ist eisig, doch weder Mann noch Hund scheinen ihn zu spüren. Sie verharren ebenso regungslos und schweigsam wie der Felsen, auf dem sie sitzen. Der Mond steigt höher. Die Schatten werden kürzer, und das Mondlicht wandert langsam über den Schnee. An ihrem Lagerplatz flackert das Feuer einige Male kurz auf. Das ist das Harz, das aus den Zweigen tritt. Doch hier oben kann man das Knistern nicht hören. Der Wind treibt den Rauch wie dünne Wollfäden über den See.

Raoul und Amarok warten schon etwa zwei Stunden in ihrem Versteck, als der Hund plötzlich ein kaum wahrnehmbares Knurren ausstößt.

»Gut, Amarok«, flüstert Raoul. »Sei jetzt ganz still.« Er legt die Hand auf den Kopf des Hundes, der verstummt.

Es vergeht noch eine Weile, dann stupst Amarok mit der Nase an das Bein des Trappers. Raoul zieht den Fäustling von der rechten Hand, greift nach seinem Karabiner, hebt ihn hoch. Ein Kopf mit Pelzmütze taucht auf, hält inne, bewegt sich weiter bergan. Dann sieht man den Oberkörper und schließlich die ganze Gestalt. Der Mann bewegt sich äußerst vorsichtig. Er ist fast auf Raouls Höhe

angekommen, als die Hunde ihn wittern. Die einen knurren, die anderen jaulen. Der Mann legt rasch an und feuert vier Schüsse ab. Raoul sieht, daß sich die Plane, die er in der Nähe des Feuers aufgerollt hat, zweimal bewegt. Er läßt den mißtrauischen Mann ein paar Schritte auf das Biwak zugehen, dann legt er an. Eine Zehntelsekunde, bevor er abdrückt, schreit er: »Du Schwein!«
Er hat auf den Kopf gezielt. Der Mann taumelt nach hinten, sackt auf die Knie und fällt zur Seite. Der Hund knurrt. Raoul sagt: »Komm, Amarok, komm, mein Schöner. Wir sind fertig.«
Der Hall des Schusses schallt als zehnfaches Echo vom Ufer des Sees zurück. In den Rottannen hört man Vögel piepsen und erschreckt davonflattern.
Raoul geht nach unten zu seinem Biwak. Amarok bezieht wieder seinen Posten bei den Schlitten, während Raoul die Hunde beruhigt und Holz auf das Feuer legt.

## 42

Raoul hat sich an der Stelle schlafen gelegt, an der der Polizist ihn töten wollte. Er hat sich in die Decke aus Hasenfell und in die Plane mit den Schußlöchern gewickelt. Er ist hellwach. Und er wird auch keinen Schlaf finden. Er würde am liebsten sofort aufbrechen, aber die Hunde müssen sich ausruhen.

Der Wind pfeift in den Bäumen. Gelegentlich läßt der Frost einen Baumstamm zerbersten. Das Heulen des Eises auf dem See ist bis hierher zu hören. Raoul liebt dieses Geräusch, das klingt wie der Ruf eines Nachtvogels und der eines Wolfes zugleich. Er weiß, woher es kommt, doch noch nie hatte er so viel wie in dieser Nacht an das Leben in den Tiefen des Wassers denken müssen. An jenen Ort, von wo der Atem in großen Blasen aufsteigt und unter dem Eis, das ihn gefangenhält, ein klagendes Geschrei ausstößt. Wenn die Eisschicht dicker wird, wird das wilde Toben der Blasen nicht mehr zu hören sein. Doch tief im Wasser setzen unzählige winzigkleine Lebewesen ihre Arbeit fort. Dort herrscht das Leben des Todes. Es entsteht aus dem Verwesungsprozeß des Holzes, der Blätter, der Tiere, die zu Schlamm werden. Millionen von Larven ernähren sich davon. Auch ein menschlicher Körper taugt als gigantisches Mahl für die Millionen winziger Mäuler. Zum Beispiel sein eigener Körper oder der von Timax oder die der Polizisten.
In Saint-Georges schlafen jetzt alle. Alle, außer vielleicht zwei Frauen: Catherine, die an ihn denkt, und die dicke Justine Landry, die an ihren Sohn denkt. Bestimmt betet sie für ihn, wie sie für ihren Mann gebetet hat, der in der Mine ertrunken ist, wie sie für ihre Tochter gebetet hat, als diese gegen die Krankheit ankämpfte, der sie schließlich erlag. Justine hat nichts mehr. Niemanden mehr, für den sie da sein kann.
Raouls Brustkorb hebt sich. Sein Gesicht ver-

krampft sich, und seine Augen, die starr auf das Feuer gerichtet sind, schließen sich für einen Augenblick.
Sollte er nicht nach Saint-Georges zurückkehren, um Justine zu sehen? Ihr sagen, wie ihr Junge gestorben ist? Muß er dort nicht jene aufspüren, die sie verraten haben? Muß nicht noch jemand bestraft werden?
Raouls Gedanken verweilen für einen Moment bei den Massards. Er überlegt, was sie wohl sagen würden, wenn er mit zwei Hundegespannen zurückkäme.
Er sieht den alten Lalande, der seit so vielen Jahren allein in den Wäldern gelebt hat, wie er tot mit seinem Hund in seiner Hütte auf dem Bett liegt.
»Ich sage dir, der Tod ist überall.«
Mit einem Mal tut sich eine große Leere vor ihm auf. Raoul hält ihr stand. Und rasch nimmt die Leere Form an, füllt sich mit Leben. Sie wird zur Weite des Nordens, die mit dem Packeis endet, das schon bald die ganze James Bay und die Hudson Bay überziehen wird. Doch das ist weit weg, so weit ist Raoul niemals gegangen.
Plötzlich schreckt der Trapper hoch. Er war eingenickt. Ein Hund hat geknurrt. Raoul richtet sich auf und stützt sich auf einen Ellenbogen. Nein, das war nicht Amarok. Er legt sich wieder hin und grübelt, woran er im Schlaf gedacht hat.
»Wenn ich nur auf ihn gehört hätte … wenn wir nur nicht der Piste gefolgt, sondern im Zickzack gegangen wären.«

Raoul steht auf und legt Holz nach. Anstatt sich wieder hinzulegen, rollt er Decke und Plane zu einem Bündel zusammen und lehnt es gegen die Rückseite des Schlittens. Dorthin setzt er sich, ganz in die Nähe von Timax. Amarok kommt und legt sich dicht neben ihn. Raoul hat das Bedürfnis zu sprechen.

»Amarok, bei den Eskimos hast du Freunde. Du wirst sie schon wiederfinden.«

Er spricht lange mit dem Hund, der den Kopf auf die Schenkel des Trappers gelegt hat und hin und wieder einen tiefen Seufzer ausstößt.

Als hinter den Wäldern die ersten rötlichen Strahlen die Morgendämmerung ankündigen, taut Raoul für sich und für die Hunde etwas zu essen auf und kocht Tee. Er ißt. Er sieht Timax, wie er dort – nah am Feuer und ihm direkt gegenüber – gierig sein Essen hinunterschlingt. Es fehlte nicht viel, und Raoul hätte mit ihm gesprochen.

Sobald die Hunde gefressen haben, schirrt er sie an. Er wird das Polizeigespann lenken. Er weiß, daß Amarok ihm folgen wird. Amarok braucht nicht geführt zu werden. Sein Herr ist vor ihm, er wird ihm nicht von den Fersen weichen und lediglich etwas erstaunt darüber sein, daß er nicht die Führung übernehmen darf.

Die namenlosen Hunde gehorchen ganz ausgezeichnet, und Raoul läßt nur manchmal seine Peitsche knallen, wenn der Weg breiter wird und eins der Tiere Anstalten macht, sich zu weit von den anderen zu entfernen. Diese Hunde haben sofort gespürt, daß sie von einer erfahrenen Hand gelenkt werden. Und Raoul sieht Roberson vor sich, wie er, viel weiter oben im Norden, ein solches Gespann lenkt, um mit ihm zusammen die Leute mit Proviant zu versorgen, die durch den Winter von der Außenwelt abgeschnitten sind. Er sieht ihn ganz gelassen, ohne Haß und ohne Bedauern.

Der Tag bricht an. Der Wind bläst unvermindert stark von Norden. Das schöne Wetter wird andauern.

Jedesmal, wenn auf dem Weg ein holpriger Buckel die Schlitten in Schräglage bringt, dreht Raoul sich um. Timax' Körper schaukelt zwar ein wenig hin und her, aber er ist mit einem Gurt gut festgeschnallt.

Als sie Rast machen, bleibt Raoul einen Moment lang vor dieser Stoffmasse stehen. Plötzlich schiebt sich das aufgewühlte Gesicht von Justine Landry davor. Nicht die fünfundvierzigjährige, vom Leben zermürbte Frau, die er bei seiner Schwester zurückgelassen hat, sondern die fünfundzwanzigjährige, die einen Goldschürfer heiratete, der Bergmann geworden war. Justine lachend im Kreise all dieser vergnügten Menschen.

»Guter Gott! Könnte ich denn so mit dir zurückkehren?« sagt er laut zu dem stämmigen Kerl, dem das Blut den Mund verschlossen hat, wie der Schlamm es bei seinem Vater getan hatte. Plötzlich durchziehen tiefe Falten Justines Gesicht. Sie ist noch immer fünfundzwanzig, aber dicke Tränen laufen ihr über die Wangen.

»Nein, ich kann nicht. Ich kann ihn dir nicht so zurückbringen. Das ist nicht möglich. Ich kann nicht.«
Seine Stimme versagt. Alles dreht sich und verschwimmt ihm vor Augen.
Raoul ist auf den Schlitten zugegangen, wo er mit seinen Fäustlingen nach einer Zugleine greift. Er schließt die Augen. Es kostet ihn gewaltige Mühe, wieder zu Atem zu kommen und sein Herz zu beruhigen, das wie wahnsinnig in seiner Brust hämmert.

## 43

Seit zwanzig, vielleicht dreißig Tagen zieht Amarok nach Norden. Denn jetzt hat er wieder die Führung übernommen. Er vermag am besten einen Weg durch diesen Kosmos aus Felsen, Gestrüpp, das kaum höher ist als er selbst, Tannen und hartgefrorenem Schnee zu finden. Er führt, seit sie die Piste verlassen haben, um in dieses Gewirr verkümmerter Pflanzen vorzudringen, über das der Wind hinwegpfeift, ohne je auf ein nennenswertes Hindernis zu stoßen.
Als Raoul ihn anwies, den Weg zu verlassen und Richtung Osten zu ziehen, verstand er, daß er die Indianerdörfer, die Lager, alles was raucht und nach Mensch riecht, meiden sollte.
Solange sie noch nicht vollständig zugefroren

waren, zwangen ihn die Flüsse oft zu langen Umwegen, doch seit mehreren Tagen ist alles erstarrt.
Es schneite, dann setzte die große Kälte ein.
Die beiden Gespanne, die einander folgten, liefen lange Zeit an den ›Stromschnellen der Stiere‹ und dem Iroquois-Wasserfall entlang, aus dessen Wasser noch Dampf aufstieg. Sie überquerten den Nottaway und zogen dann durch das erstarrte Land um den Opinaca.
Raoul gibt nur noch den Befehl zum Aufbruch und zum Anhalten. Abends macht er die Zugleinen fest, schirrt die Hunde aus und bindet sie für die Nacht an. Nur der Leithund des Polizeigespanns knurrt noch, wenn er Amarok sieht, doch dieser dreht nicht einmal mehr den Kopf nach ihm um. Sobald sich der Trapper im Windschutz eines Felsens hinlegt, läßt sich Amarok dicht neben ihm nieder. Hier braucht man die Schlitten nicht zu sichern, der Winter ist der beste Wachposten.
Als sie lange genug ostwärts gezogen sind, wendet sich Amarok gen Norden. Sie überqueren den Fluß Vieux Comptoire und wagen sich in eine wilde Region vor, wo die Felsen die weiße Schneedecke zu durchbohren scheinen.
Weil die Kälte immer schneidender wird – ein Feuer kann man hier nicht mehr entfachen –, kommt es vor, daß der Befehl zum Aufbruch mitten in der Nacht gegeben wird. Amarok verwundert nichts. Er knurrt, schnappt einige Male kurz zu und treibt

sein Gespann an. Das andere, von einem ebenso majestätischen Leittier angeführt, folgt.
Amarok findet immer den besten Weg in dieser Welt, in der alles gleich aussieht und an der ein immer gleicher Horizont vorüberzieht. Diese Reise wird niemals enden. Sie hat kein Ziel und keine Grenze.
Raoul übernimmt erst an dem Tag wieder die Führung, als er den Grand Rivière de la Baleine erkennt. Die Beschaffenheit des Eises auf dem Fluß deutet darauf hin, daß auch das Meer zugefroren sein muß. Hinter einem riesigen Felsen in der Nähe des Ufers schlägt Raoul das Lager für die Nacht auf. Amarok schmiegt sich dicht an ihn. Der Nordwind pfeift eisig und wirbelt feinen Schneestaub, Myriaden winziger Eiskristalle, über den Boden.
Am nächsten Morgen gehen sie nicht weiter nach Norden, sondern folgen den Windungen des Grand Rivière de la Baleine nach Westen. Sie haben jetzt das Land-ohne-Bäume erreicht. Hier hört das Gebiet der Indianer auf, und das der Inuit beginnt. An der Stelle, wo der Fluß ins Meer mündet, liegt Poste de la Baleine. Raoul kennt dort alle, die Jäger und Händler und die vom Handelskontor. Aber er weiß, daß sich dort auch immer einige Sergeanten der Bergpolizei aufhalten. Man hat sie sicherlich per Funk über die Geschehnisse unterrichtet. So macht Raoul einen großen Bogen um den Posten und zieht weiter bis zur Küste. Als er sie erreicht, steht die Sonne schon tief. Ein langes rotgoldenes

Band erstreckt sich über die schimmernde Weite des Packeises.
Raoul wendet sich gen Süden. Der Lichtschein folgt ihm, bis die riesige rote Sonne hinter den purpurvioletten Schichtwolken versinkt, die weit draußen auf dem Eis schlummern. Es scheint, als würde sich der Wind nicht bis dorthin vorwagen.
Amarok zügelt sein Tempo. Er ist unruhig, wendet häufig den Kopf nach hinten. Dieser Richtungswechsel scheint sinnlos. Er führt sie zurück zur Flußmündung, zu einem Dorf. Und das, nachdem sie Umweg über Umweg gemacht haben, um menschlichen Siedlungen auszuweichen.
»Hoooo!«
Die Gespanne bleiben stehen. Sie sind wieder an der Küste. Das Dorf liegt gegenüber, auf der anderen Seite der felsigen Landzunge.
Raoul schlägt seine Steigeisen ein und bindet die Zugleine an. Er schirrt die Hunde aus und führt sie zu ihrem Platz, an dem sie die Nacht verbringen sollen. Wie immer beginnt er mit dem Polizeigespann. Dann bindet er seine eigenen Tiere an. Seit Arnataks Tod sind es nur noch fünf. Amarok bleibt frei. Der Hund ist erstaunt darüber, daß Raoul viel länger als gewöhnlich mit den Tieren spricht.
Als er seine Arbeit beendet hat, richtet Raoul sich auf und wendet den Blick nach rechts. Die Sonne ist untergegangen. Nur ein malvenfarbenes Funkeln ist auf der Eisfläche zurückgeblieben, das jetzt von langen, tiefvioletten Wolken verschlungen wird. Im Nordwesten zeichnen sich dunkle Schat-

ten ab. Das sind die ersten Felsen der langgestreckten Manitounuk-Inseln, die sich drei Meilen von der Küste entfernt zu einem dicken Wulst auftürmen.
Der Trapper geht zu seinem Schlitten zurück. Er schneidet die Haltegurte durch und schiebt Säcke, die Kiste und verschnürte Pakete auf das Packeis. Nur Timax' steifgefrorener Körper bleibt auf dem Schlitten. Dann gibt er den Hunden zu fressen, die verwundert sind, so bald nach dem Anhalten und so reichlich gefüttert zu werden. Raoul spricht mit ihnen.
»Ihr seid gute Tiere. Ihr seid brav gelaufen. Ihr werdet sehen, in dem Dorf warten eure Freunde. Sie werden kommen. Sie werden kommen.«
Seine Stimme klingt heiser. Sie klingt noch belegter, als er Amarok zu fressen gibt.
»Komm, komm, mein Schöner. Komm, mein Hund. Auch dir wird es dort gutgehen. Es sind Freunde. Sie werden dich wiedererkennen.«
Amarok versteht nicht. Raoul führt ihn zu der Stelle, wo die anderen Hunde angebunden sind. Während er frißt, spürt er, wie ihm der Trapper das Halsband umlegt. Seit sie von Saint-Georges aufgebrochen sind, hat er nur die Packtaschen und das Zuggeschirr getragen, jedoch nie mehr sein Halsband. Er frißt. Raoul drückt seinen Kopf an sich.
»Mein Schöner ... Amarok. Amarok.« Seine Stimme versagt.
Er erhebt sich und geht weg. Amarok ist noch nicht fertig mit Fressen, doch er will ihm folgen.

Unmöglich. Das Halsband ist an der Kette befestigt, mit der die Zugleine angebunden ist.
Amarok jault.
»Sei still, Amarok. Platz!« ruft Raoul.
Amarok legt sich hin. Er frißt nicht mehr. Er zittert. Er starrt seinem Herrn nach, verfolgt im Halbdunkel jede seiner Bewegungen. Raoul hat sich den Zugriemen des Schlittens um die Schultern gelegt, zieht ihn hinaus auf das Packeis und geht in Richtung der Inseln davon, die sich nur undeutlich vom schwach erleuchteten Himmel abheben.
Amarok jault. Er schüttelt sich. Zerrt an der Kette. Er wirft sich in den Schnee, schlägt mit den Pfoten um sich und versucht, sich aus dem grauenvollen Halsband zu befreien, das ihn würgt. Er steht wieder auf. Schüttelt sich. Zerrt noch einmal. Seine Krallen schlagen sich in das schneidende Eis.
Er sieht auf das Meer hinaus. Sein scharfes Auge erkennt noch deutlich die Gestalt: ein winziger Punkt vor der weißen Weite. Besessen vor Wut und Schmerz beginnt Amarok wieder an der Kette zu reißen. Er zerrt, bis das Fell an seinen Ohren ausreißt und er sich halb erwürgt hat, um seinen großen Kopf aus der Falle zu befreien.

## 44

Raoul marschiert langsam weiter. Das Packeis ist mit Schneewehen und Eisbuckeln überzogen, die unter seinem Schritt metallisch knirschen. Die Müdigkeit macht ihm mehr zu schaffen als das Gewicht des Schlittens. Er ist bereits schweißgebadet. Höhnisch lachend sagt er zu sich selbst: »Um so besser, dann geht es wenigstens schneller.«

Für einen langen Augenblick hallt das Packeis wie ein riesengroßes, leeres Faß; das Geräusch erfüllt die Nacht bis zum unsichtbaren Horizont. Alles scheint zu zerspringen, abzubröckeln. Die Eismassen werden noch unebener. Raoul schleppt sich mühsam voran im Dämmerlicht des ausklingenden Tages, das die Eiswüste nun gefangen hält.

Als Raoul die ersten Riffe erreicht, ist die Nacht hereingebrochen. Nur die unterschiedlichen Pfeiftöne des Windes zeigen ihm, wo die Felsen sind. Der Trapper dreht sich um. Die Küste ist nicht mehr zu sehen. Er setzt seinen Weg fort bis zu dem schmalen Gang, der die beiden ersten Felsriffe voneinander trennt. Der Nordwind jault hier noch durchdringender.

Der Trapper hält an. Sein Atem geht stoßweise. Bei jedem Atemzug scheint sich eine Nadel tief in seine Lunge zu bohren. Er lockert den Riemen, der ihm in die Schulter schneidet. Er tastet nach dem Schlitten und dem steinharten Körper darauf. Er kniet nieder, zieht seine Handschuhe aus und schleudert sie von sich. Seine Finger sind erstarrt, dennoch gelingt es ihm, seinen Parka zu öffnen. Er zieht ihn aus und wirft ihn ebenfalls weit weg. Er ringt nach Luft, als hätte man ihn in ein eiskaltes Bad getaucht. Er lehnt sich gegen die Schlittenkufen. Das Packeis ist hart.

»Timax.«

Seine Zunge ist rauh, halb gelähmt. Schon bildet sich eine Eisschicht rund um seinen Mund, auf seinem nassen Gesicht.

Er fühlt sich gut. Müdigkeit hüllt ihn ein, wiegt ihn unendlich zart. Sie breitet unter ihm eine weiche Decke aus.

Hinter ihm ist Timax, der stämmige Kerl, bereits erschöpft eingeschlafen. Auch Raoul fühlt, wie der Schlaf kommt. Er ruft ihn. Noch einmal öffnet er die Augen und sucht nach dem Schein des Feuers. Er hat doch Holz nachgelegt. Es gibt genug Holz in diesem Wald. Seine Augen fallen wieder zu. In seinem Kopf rauscht es.

Raoul ist eingeschlafen. Er wird wach, weil er spürt, daß jemand da ist. Ein Atemhauch gleitet über sein Gesicht.

»Amarok!«

Er versucht aufzustehen. Er stützt sich auf die Ellenbogen, doch sie rutschen weg, und er fällt schwer zurück.

»Amarok! ... Geh ...«

Ist seine Stimme zu hören? Der Hund gehorcht nicht. Raoul versucht noch einmal, mit ihm zu sprechen, aber seine Lippen sind erstarrt. Er will auch nicht mehr sprechen. Wohlige Ruhe erfüllt ihn.

Ist Nebel aufgezogen? Oder ist es eine Eisplatte, durch die dieses merkwürdige Licht schimmert, das ihn zu fliehen scheint? Ihn immer wieder flieht und immer wieder zurückkommt. Schneit es? Ist es Tag?

Raoul ist nicht auf dem Packeis. Er ist am Ufer des Sankt-Lorenz-Stroms. Seine Mutter holt ihn.

»Eines Tages wirst du entweder erfrieren oder ertrinken, du Lausebengel! Ist es denn die Möglichkeit!«

Ein Seufzer ist über seine Lippen gekommen, und Amarok drückt sich dichter an ihn. Seine Schnauze nähert sich Raouls Gesicht, das durch den Bart völlig verdeckt wird.

Ein langer Augenblick verstreicht, dann wird Raoul von einem Schluchzen geschüttelt, das keinen Weg nach draußen findet. Er versucht, seine Lippen zu öffnen, die der Frost verschlossen hat. Ein Name brennt auf seiner Zunge, aber er bringt ihn nicht heraus. Nur ein dumpfes Brummen dringt aus seiner Brust, ein eigenartiger Klagelaut. Amarok rückt näher, um dieses merkwürdige Geräusch besser hören zu können.

Der Nordwind pfeift schärfer. Er wirbelt den Schnee auf, den er dem langgestreckten Körper der Insel entrissen hat, um damit den Schlitten und jene anderen Körper einzuhüllen.

Ein lautes Getöse läßt Raoul zusammenfahren. Träumt er? Kann er noch sehen, oder entspringen diese Bilder seiner Phantasie?

Da sind Eisbären. Sie greifen an. Amarok springt

auf. Gebärdet sich wie der Teufel. Er ist so flink, daß die riesigen Pranken der Raubtiere ins Leere schlagen. Und stark. Schon liegt ein Weibchen mit durchbissener Kehle auf dem Packeis und tränkt es mit seinem Blut. Amaroks Gebell hat die anderen Hunde herbeigelockt, Simon Massards Hunde, die der Polizisten, die aus Poste de la Baleine und alle anderen Hunde, die Raoul in seinem Leben gekannt hat. Alle seine Hunde, die schon seit Jahren tot sind, sind zurückgekommen, um sie, Timax und ihn, zu verteidigen. Um diese Eisbären auszulöschen, sie wie die Feldhühner ausbluten zu lassen und zu verschlingen. Das Packeis ist bis zum unsichtbaren Ufer hin mit Blut getränkt, ist rot vom Blut der Bären und vom Blut der rot Uniformierten, die die Hunde ebenfalls zerfleischen werden.

Raoul verspürt keinen Schmerz. Ihm ist nur etwas zu warm, und er hat das Gefühl, keine Luft zu bekommen. Mit einer fahrigen, ungelenken Geste, mit Fingern, die schon steifgefroren sind, versucht er seine Jacke aufzumachen, um seine Brust zu kühlen. Er erstickt. Ein heiseres Röcheln quält ihn, ist in seinem Inneren gefangen. Amarok preßt sich dicht an ihn. Er leckt sein bärtiges Gesicht, seine Nase, seine Augenlider, die sich nicht mehr öffnen.

Der Nordwind heult wie ein Polarluchs, als er sich in das Hindernis aus Holz, Stoff und Fleisch verbeißt, das schon am Packeis festgefroren ist.

Raoul hockt reglos da. Sein Atem steht still. Das Blut in seinen Adern beginnt zu gefrieren. Doch

Amarok lebt noch. Er kann nicht länger bei diesem Körper bleiben, der einem Eisblock gleicht. Er steht auf, geht bis zum Felsvorsprung und wittert in den Wind. Drüben sind die anderen. Es gibt dort einen Schlitten mit Proviant. Ein Dorf mit Menschen und Hunden. Auch mit Hündinnen, die er gekannt hat. Einige Hunde sind seine Kinder.
Er läuft zu Raoul zurück und legt sich wieder neben ihn. Er drückt sich an ihn, steht auf und kratzt den Schnee von der Kleidung ab, damit er sich noch dichter an seinen Herrn schmiegen kann. Seine Schnauze schiebt sich zwischen die Wolle und den Arm. Er atmet in kleinen Zügen, aber die Kälte hat bereits Raouls Geruch getötet, den kräftigen und warmen Geruch des Lebens.
Die Nacht verstreicht. Im Morgengrauen erhebt sich Amarok. Es ist nicht mehr so kalt, und es fängt an zu schneien. Amarok läuft ein kurzes Stück Richtung Küste, wird dann langsamer, bleibt stehen und macht kehrt. Am Felsen hebt er das Bein und geht dann zu Raoul zurück. Er stupst ihn ein bißchen mit seiner großen Nase an. Aber Raoul rührt sich nicht. Amarok stößt einen langen Seufzer aus. Er legt sich in die Mulde, die sein Körper geformt hat, und schließt die Augen.

TEIL 5

# Frühling

## 45

In diesem Winter ist im hohen Norden viel Schnee gefallen. Mehr als gewöhnlich. Der erste große Sturm setzte Mitte Dezember ein. Er kam von Grönland und hat auf seinem Weg von den Baffininseln über das vereiste Meer Kräfte gesammelt. Er wurde kurz von den kahlen, runden Bergrücken des Povungnituk aufgehalten und umtoste wütend die Iglus und Zelte, die noch standen, um sich dann noch entfesselter auf die Ebene und die stillen Seen der Halbinsel Ungava zu stürzen.
Diese Gegend fällt alljährlich den höllischsten Stürmen zum Opfer, doch so schlimm wie in diesem Winter war es, soweit sich die Eskimos erinnern konnten, noch nie gewesen. Alle Lebewesen, die nicht in wärmere Gefilde gezogen waren, alles, was sich noch an der äußersten Spitze vom Reich des Nordens aufhielt, verkroch sich so tief wie möglich vor dem Zorn des Himmels.
Der Wind war so schneidend wie die Messer, mit denen man die Felle bearbeitet, und schärfte sich noch an den Granitfelsen, die die Küste säumen. Jeder Windstoß wirbelte Schnee auf und trieb ihn zu der spiegelnden Eisbank. Dort bildete der feine Pulverschnee einen Schleier, der sich in Wellen vorwärtsbewegte, sich mit dem Fortschreiten des Tages verfärbte und verhärtete, bis er funkelte und knisterte. Diese unermüdliche Brandung trieb hinüber zum anderen Ufer der Hudson Bay, zu jener Küste, die immer unsicht-

bar bleibt und am Abend das Licht des Tages aufsaugt.
Draußen, vor Poste de la Baleine, an der südlichsten Spitze der langgestreckten Manitounuk-Inseln, bildet sich, sobald sich der Nordwind aufmacht, ein Sog. Dieses riesige, schnaubende Tier nährt sich von jeder Windbö. Es hortet den Schnee und türmt ihn am äußersten Rand der Inseln auf, ganz so, als wolle es sie nach Süden hin verlängern, dort wo Licht und Wärme herrschen.
Als der große Sog an den Manitounuk-Inseln sein Leichentuch ausbreitete, war der Körper des alten Waldläufers Raoul Herman bereits seit Tagen ebenso steifgefroren wie der von Timax Landry auf dem Schlitten. Doch Amarok, der Leithund, atmete noch.
Amarok hatte voller Zufriedenheit den Schnee gewittert. Wie schon so oft würde das feine Pulver ihn einhüllen und vor dem Nordwind schützen, dessen Zähne schärfer sind als die eines Wolfes. Unter dieser Winterdecke würde Amarok sich und auch den schlafenden Trapper aufwärmen können. An den steifgefrorenen Körper geschmiegt, meinte der Hund für einen Augenblick ein Flüstern zu hören: »Amarok … Amarok …«
Er antwortete mit einem leisen Jaulen, doch es war nur das Heulen des Windes gewesen.
Stunden vergingen. Der Atem des Hundes wurde so schwach, daß er nicht mehr ausreichte, um den Schnee auf seiner harten, aufgesprungenen Schnauze zum Schmelzen zu bringen.

»He! He! He!«
Amarok versuchte aufzustehen, doch das Fell unter seinem Bauch war schon am Eis festgefroren, ebenso seine gefühllosen Pfoten. Die erstarrten Muskeln wollten nicht mehr gehorchen. Nur ein winziger Rest Leben, der sich in die Nähe seines Herzens geflüchtet hatte, steckte noch in ihm.
Neun Tage und Nächte setzte der Wind, der beständig vom hohen Norden genährt wurde, sein Werk fort. Als er schließlich nachließ, schliefen die drei Gefährten unter einem mehr als zwölf Meter hohen Schneeberg.
Die Jäger, die gleich am nächsten Morgen die Hunde und den Polizeischlitten gefunden hatten, fuhren im Lauf des Winters oft hinaus zu den Inseln. Ihre Gespanne schossen in hohem Tempo durch das gleißende Licht, weniger als einhundert Schritte an der Stelle vorbei, wo die beiden Männer und ihr Hund schliefen. Sie ahnten nichts, der Winter hatte alles ausgelöscht: das Leben und jegliche Spur, die davon zeugte.
Wochen und Monate gingen ins Land, stahlblaue Nächte und purpurne Morgengrauen über den Schneebergen. Es kamen neue Stürme und neue Winde, die die Schneewehen formten und ihre Oberfläche veränderten, nur die aufgetürmte Schneemasse am Ende der Manitounuk-Inseln veränderte sich nicht.
Bei ruhigem Wetter kreiste mehrmals ein Hubschrauber über der Bucht. Er landete sogar auf dem Packeis. Männer, die unter ihrem dunkelblauen

Parka eine braune Uniform trugen, stiegen aus und befragten den Polizisten des Postens, die Indianer und Eskimos. Niemand hatte Raoul Herman, dem vom Norden besessenen Trapper, Unterschlupf gewährt oder ihn auch nur vorbeiziehen sehen. Keiner sagte ein Wort von den Hunden, die man vor dem großen Sturm im Dezember gefunden hatte. Keiner erinnerte sich an seinen Anteil an den Lebensmitteln und Fellen, die sie auf dem Schlitten gefunden hatten. Alle hatten die großen Roos 303 Gewehre, die Pistolen und Patronen vergessen, die sie im Schnee vergraben hatten, um sie ins Meer zu werfen, sobald man wieder ein Kanu zu Wasser lassen konnte. Im hohen Norden bedeutet der Winter Schweigen. Er errichtet überall dort seine Mauern, wo man in Frieden leben will.

Mit aufbrausenden Wutausbrüchen zog er sich bis Anfang Mai hin. Dann kam über Nacht der Regen. Er dauerte noch einige Stunden nach dem Morgengrauen an, dann stieg eine Sonne, die schon wärmte, über dem Dunst auf. Die Erde erwachte plötzlich zu neuem Leben. Die Zeit war da, zu der alles aus den Tiefen des Bodens zum Vorschein kommt, zu der die großen Herden wilder Tiere zurück in den Nordwesten zu ihren Sommerquartieren ziehen. Auch die Vögel, die bald an der Küste und in der Tundra nisten würden, kehrten zurück.

Die plötzliche Wärme brachte den Boden, der unter Schnee und Eis ruhte, in Bewegung. Die Wassermassen begannen zu toben und ließen die dicke Eisschicht aufplatzen. Breite grüne und blaue Spalte brachen im Packeis auf.

Jetzt hat der Frühling im Norden Einzug gehalten. Überall schmilzt der Schnee, das Wasser der Seen und Flüsse rauscht unter dem Eisgang, die jadegrünen Ränder und die vom Schlamm geschwärzte Unterseite der Schollen treten zutage. Vom Ufer rutschen schwere Eisblöcke ins Wasser, schlagen Wellen und lassen eine Gischt aufschäumen, die weißer ist als der schmutzige Schnee.

Es ist die Zeit des großen Lärmens und des Lichts. Schon wagen sich die ersten Ratten aus ihrem Bau. Die Raben suchen nach Aas, das der Schnee eingehüllt hat.

An der Westküste der Manitounuk-Inseln hat sich das Packeis, von den Gezeiten erschüttert, von den Felsen gelöst. Ein Eisblock, eine kleine Insel, treibt langsam vom Ufer weg. Er ist mit einem Schneehügel beladen, der oben an einer Rißstelle auseinandergebrochen ist.

Die Sonne steht hoch am Himmel. Sie ist weiß und warm. Überall tropft Wasser, von den Felsen und von den Eisblöcken, die sich je nach Laune und Strömung im Wasser drehen, zur Seite neigen, wieder aufrichten oder umkippen. Das Meer ist von einem undurchdringlichen Grün, und in der Tiefe zeichnen sich violette, fast schwarze Adern ab.

Der große Eisblock, auf dem sich der Schneehügel türmt, hat sich jetzt gedreht. Die aufgebrochene Kuppe zeigt nach Südwesten, ist dem Licht zugewandt, dem flammenden Himmel. Der Schnee

schmilzt. Schwere Brocken versinken im Wasser. Überall flattern Meeresvögel, tauchen zwischen den Eisschollen ins Wasser oder lassen sich für eine Weile auf ihnen nieder.
Plötzlich löst sich ein großer Schneeblock ab, gleitet an den Rand der Eisscholle, die von einem schönen, perlmuttschimmernden Blau ist, und fällt ins Wasser. Als die aufspritzende Gischt sich wieder gelegt hat, umspülen die auslaufenden Wellen den Fuß des Schneehügels. Man erkennt etwas, das einem Holzkreuz ähnelt. Es ist der Holm eines Schlittens. Ein zweiter Schneeblock löst sich und gleitet ins Wasser. Dann folgt ein Krachen wie ein Donnerschlag. Die Eisscholle ist in der Mitte geborsten, und das Gewicht des nassen Schnees bringt sie zum Kippen. Eine Seite hebt sich in die Luft, treibt auf der Kante, bis der ganze Schnee ins Wasser gerutscht ist, hebt sich noch höher, so als wolle sie ganz aus dem Wasser steigen, um dann, vom eigenen Schwung mitgerissen, ihre Drehung zu vollenden und ins aufspritzende Meer zu kippen. Schwere Wogen schlagen über ihr zusammen. Es dauert lange, bis wieder Ruhe eingekehrt ist.
Noch viele Wochen lang werden Tausende von Eisschollen zerbrechen und im mächtigen Sog des bewegten Meeres mitgerissen werden.
Schon sinkt die Sonne, wirft ein violettes Licht auf die unendliche Weite, die nach dem langen Winter zu neuem Leben erwacht ist.